사자의 아들
칸의 여행

사자(獅子)의 아들: 칸의 여행 7

허담 新무협 판타지 소설

초판 1쇄 찍은 날 § 2021년 5월 27일
초판 1쇄 펴낸 날 § 2021년 6월 3일

지은이 § 허담
펴낸이 § 서경석

총괄팀장 § 노종아
편집책임 § 김범석
디자인 § 스튜디오 이너스

펴낸곳 § 도서출판 청어람
등록번호 § 제387-1999-000006호
등록일자 § 1999. 5. 31
어람번호 § 제2-2872호

주소 § 경기도 부천시 부일로 483번길 40 서경B/D 3F (우) 14640
전화 § 032-656-4452 팩스 § 032-656-4453
http://www.chungeoram.com
E-mail § chungeorambook@daum.net

ISBN 979-11-04-92350-0 04810
ISBN 979-11-04-92295-4 (세트)

도서출판 청어람

허담

新무협 판타지 소설

7

사자의 아들

칸의 여행

FANTASTIC ORIENTAL HEROES

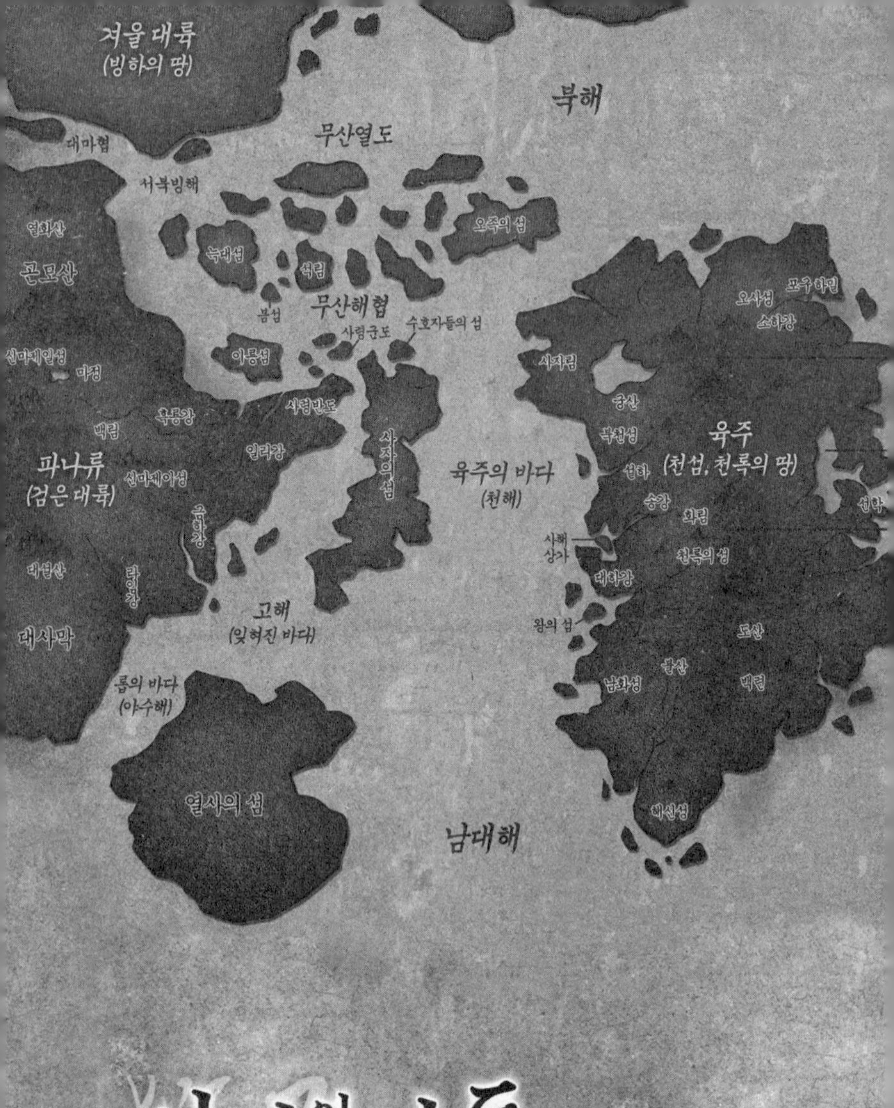

겨울 대륙
(빙하의 땅)
북해
무산열도
대마협
서북빙해
오족의 섬
늑대섬
석림
무산해협
봄섬
사령군도
수호자들의 섬
아룡섬
곤모산
마정
사령반도
흑룡강
백림
일라강
파나류
(검은 대륙)
사자의 섬
육주의 바다
(천해)
사자림
궁산
북천성
육주
(천섬, 천록의 땅)
설하
송강
화림
사해
상가
천록의 성
대하강
왕의 섬
고해
(잊혀진 바다)
대사막
롭의 바다
(야수해)
불산
남화성
백련
열시의 섬
남대해
배신성
오사성
소하강

사자의 아들

칸의 여행

목차

제1장

사자의 아들

쿠우우우!

거대한 상선이 거친 파도를 가르며 다가왔다. 바다의 제왕이라 불리는 묵룡대선이다. 돛대 위에서 휘날리는 검은 깃발이 그 이름을 증명하고 있었다.

무한과 소룡들은 자신들이 탄 배로 다가오는 산처럼 움직이는 묵룡대선을 자부심을 담은 눈으로 바라보고 있었다.

그러다가 문득 사람들의 얼굴에 의혹의 빛이 떠올랐다.

"뭔가 좀 다른데?"

입을 연 것은 소독이었다.

무한 역시 다가오는 배가 묵룡대선의 깃발, 검은 용을 새긴 거대한 깃발을 달고 있고, 그가 한동안 타고 항해했던 묵룡대선의 모양과 비슷한 모습을 하고 있지만, 자세히 보면 그가 알고 있던 묵룡대선과는 다르다는 것을 깨달았다.

그러자 소룡 사비옥이 침착한 표정으로 말했다.

"새로운 묵룡대선이야."

"아, 완성되었구나!"

사비옥의 말에 왕도문이 탄성을 흘렸다.

소룡들의 눈이 호기심으로 반짝였다.

새로운 묵룡대선이 만들어지고 있다는 것은 모두 알고 있었다.

하지만 그들이 빛의 전설을 찾아 마지막 수련 여행을 떠날 때까지 새 묵룡대선은 완성되지 않았었다.

또한 봄섬 인근의 외딴 섬에서 비밀리에 건조되고 있던 묵룡대선은 외부에 노출되지 않았기에, 소룡들도 새로 건조된 묵룡대선을 보는 것은 이번이 처음이었다.

당연히 호기심이 생기지 않을 수 없었다.

독안룡 탑살은 한 척의 묵룡대선으로는 상행에 있어서나 혹은 그들의 안위를 지키는 면에서도 부족하다고 생각하고 있었다.

물론 그 한 척이 보통의 상선 몇 척 분의 크기와 전력을 가지고 있었지만, 한 척의 묵룡대선에 모든 힘과 물건을 싣고 움직이기 때문에 예상치 못한 일이 일어났을 때, 빠르게 대응할 수 없다는 약점이 늘 존재했다.

그래서 탑살은 두 척의 묵룡대선을 더 만들어 육주의 바다와 무산해협 위에 언제나 그들의 배가 떠 있게 만들기로 했다.

세상 어느 곳에서 무슨 일이 일어나도 즉시 자신들의 이익을 보호하기 위해 움직일 수 있는 전력을 갖추기로 한 것이다.

그건 상인이 아닌 전사로서의 본능적인 결정이었다.

신마성이 나타나기 이전부터, 흑라의 시대 이후 안정되었던 세상의 정세가 조금씩 변하기 시작했다는 것을 느끼고 있던 독안룡 탑살이었다.

이후 천하가 신마성과 육주 원정대의 대전쟁으로 극심한 혼란으로 빠져들 때, 독안룡 탑살은 계획대로 두 척의 묵룡대선을 완성했다.

그는 이제 육주와 파나류의 모든 바다에서 자신의 사람을 지킬 수 있는 전력을 갖추게 된 것이다.

"멋지다……."

묵룡대선이 가까워지자 무한이 중얼거렸다.

새로운 묵룡대선은 과거의 묵룡대선과 닮아 있으면서도 달랐다.

예전의 묵룡대선이 큰 산과 같은 진중함을 가지고 있었다면, 그들 앞에 모습을 드러낸 묵룡대선은 정말 한 마리 용처럼 강하고 날렵한 모습이었다.

"상선보다는 전선에 가깝군."

궁마천이 조금 무거운 음성으로 말했다.

궁마천도 어느새 갑판에 나와 독안룡 탑살이 새로 만든 묵룡대선을 주의 깊게 살펴보고 있었다.

그런 그의 눈에 독안룡 탑살이 만든 새 묵룡대선은 상선이 아니라 전선에 가까워 보였다.

그리고 그건 한 가지 사실을 말해주고 있었다.

독안룡 탑살의 세력이 더 이상 상선을 운용하는 상계에만 머물지 않겠다는 의지, 바로 그 의지의 증거를 새로운 묵룡대선으로 드러내 보이고 있었던 것이다.

그건 곧 적어도 바다에서는 그 어떤 세력도 경쟁을 용납하지 않던 해신성에는 큰 경쟁자가 탄생한 것이라고도 할 수 있었다.

궁마천으로는 우려스러운 일이 아닐 수 없었다.

하지만 묵룡대선의 소룡들에게 구원을 받은 그로서는 그런 걱정을 노골적으로 드러낼 수도 없었다.

그런데 그런 그를 더욱 당황시키는 일이 일어났다.

"선장님이다! 선장님께서 직접 오셨어!"

배의 선수에서 묵룡대선을 조금이라도 가깝게 보려고 고개를 내밀고 있던 왕도문이 소리쳤다.

독안룡 탑살의 등장은 새로 건조한 묵룡대선이 나타난 것보다 훨씬 강한 충격이었다.

새로운 묵룡대선들은 새로운 선장이 맡을 거라는 것이 공공연한 사실이었기 때문이었다. 그런데 독안룡 탑살이 새로 건조된 묵룡대선을 타고 나타난 것이다.

"후우, 이거 참 긴장되네."

독안룡을 만나는 기쁨도 잠시, 왕도문이 깊은 숨을 내쉬며 중얼거렸다.

그건 그뿐 아니라 소룡들 모두가 마찬가지였다.

아니, 배에 타고 있는 모든 사람들이 긴장하고 있었다. 그만큼 독안룡 탑살의 위압감은 강렬했다.

특히 해신성주 궁마천은 당황한 기색이 역력했다.

어차피 묵룡대선 사람들과 봄섬으로 가고 있었으니 독안룡 탑살을 만나는 것은 정해진 일이었다.

하지만 이렇게 갑자기, 아무런 준비도 없이 그를 만날 거라고는 미처 생각지 못했던 궁마천이었다.

그것도 자신이 가장 곤궁한 시기에 독안룡과의 만남은 그를 더욱 초라하게 만드는 일이었다.

하지만 망망대해에 두 척의 배가 조우한 이 상황에서 그가 독안룡 탑살과의 만남을 회피할 방법은 없었다.

쿠우우!

"돛을 내려라."

파도를 밀어내며 움직임을 멈춘 새로운 묵룡대선 위에서 굵은 목소리가 흘러나왔다.

독사검왕 서군문의 목소리다.

"검왕님이 배를 맡으시나?"

독안룡 탑살이 배에 타고 있음에도 독사검왕 서군문이 명을 내리자 사비옥이 중얼거렸다.

"그런 것 같은데……."

소독이 대답했다.

"그럼 선장님은 왜……?"

수련 여행에서 돌아오는 자신들을 마중하기 위해 탑살까지 나오는 것은 지나친 감이 있었다.

사비옥의 의문에 소독이 조금 떨어져 있는 해신성주 궁마천을 눈짓으로 가리켰다.

"아! 그렇구나."

사비옥이 그제야 눈치를 챈 듯 고개를 끄떡였다.

생각해 보면 당연한 일일 수도 있었다. 신마성에 패배하기 전만 해도 감히 이왕사후를 자신의 집에 앉아서 맞을 사람은 세상에 존재하지 않았다.

물론 독안룡 탑살이라면 그럴 만한 자격과 배포가 있긴 하지만, 그럼에도 불구하고 이왕사후는 독안룡에게도 무시할 수 없는 존재였다.

하지만 독안룡 탑살을 잘 알고 있는 사람들은 그가 이렇게 직접 배에 올라 궁마천을 마중 나온 이유가 이왕사후의 명성과 권력 때문이 아님을 알 것이다.

그보다는 신마성 원정에서 처절하게 패한 궁마천을 위로하기 위한 것이 더 큰 이유일 것이다.

독안룡 탑살이라는 사람이 강자에게 강하고 약자에게는 너그러운 성품을 가진 사람이기 때문이었다.

"왔느냐?"

돛을 내리고 새로운 묵룡대선이 정지하자 선수(船首)로 걸어 나온 독사검왕 서군문이 건너편 배에 서 있는 소룡들을 보며 소리쳤다.

"검왕님!"

소룡들이 일제히 서군문을 향해 인사를 했다.

"모두 무사하냐?"

서군문이 다시 물었다.

이미 이룡섬에 도착한 이후부터는 주기적으로 전서구를 보내 소룡오대의 상태를 알렸지만, 그래도 직접 눈으로 보고 말로 들어야 안심이 되는지 서군문이 물었다.

"예, 모두 무사합니다."

소독이 소룡들을 대신해 대답했다.

"삼공자님과 석 대장도 괜찮으시오?"

서군문이 두굴과 석와룡의 안부를 물었다.

"괜찮습니다."

"저도 좋습니다."

석와룡과 두굴이 대답했다.

그러자 서군문이 고개를 끄떡이고는 선원들에게 명을 내렸다.

"사다리를 내려라. 선장님께서 건너가실 것이다."

쿵!

서군문의 명에 선원들이 준비하고 있던 긴 사다리를 무한이 타고 있는 배에 걸쳤다.

이번에도 보통의 경우와는 조금 달랐다.

마중을 나온다 해도 양쪽 배에서 인사를 하고 뭍으로 이동하는 것이 보통이다.

그런데 독안룡이 바다 위에서 소룡들이 탄 배로 건너오려고 하는 것은 당연히 해신성주 궁마천 때문일 것이다.

사다리가 내려지자 서군문이 먼저 사다리를 걸어 소룡들이 탄 배로 왔다.

그 뒤를 따라 독안룡 탑살도 소룡들이 타고 있는 배로 넘어왔다.

"선장님!"

소룡들이 일제히 독안룡 탑살에게 인사를 했다.

그러자 탑살이 입을 열었다.

"모두 수고했다. 그간의 경과는 전서를 통해 대충 들었으니 되었고, 자세한 이야기는 섬에 가서 듣는 것으로 하지. 지금은 귀빈께 인사를 드릴 시간이니."

탑살의 말에 소룡들이 일제히 뒤로 물러나 뒤에 있던 해신성주 궁마천으로 향하는 길을 열었다.

그러자 탑살이 무겁게 걸음을 옮겨 궁마천 앞으로 다가갔다.

"성주! 오랜만이오. 원정대 소식은 들었소이다. 유감스러운 일이오."

탑살이 궁마천에게 정중하게 말을 건넸다.

그의 표정에서 대원정에서 패한 궁마천에 대한 조롱이나 비하의 느낌이 전혀 없었으므로, 궁마천 역시 탑살의 인사를 정중하게 받았다.

"정말 오랜만이구려. 십 년이 다 되어가는데 웃는 얼굴로 만나지 못하게 되어 유감스럽소. 이번에 독안룡의 제자들로부터 큰 도움을 받았소. 이 은혜 잊지 않겠소."

"은혜랄 것이 있겠소. 어려움에 처한 사람을 돕는 것은 전사로서 당연히 해야 할 의무인데… 아무튼 자세한 이야기는 묵룡이선으로 건너가서 하십시다."

독안룡 탑살이 자신이 타고 온 배를 가리키며 말했다.

"묵룡이선… 새로운 묵룡대선이구려."

궁마천은 바닷사람이다. 그의 처지와 상관없이 새로운 묵룡대선에 관심을 보이는 것은 당연했다.

"그렇소이다. 세상이 어수선하니 한 척의 묵룡대선으로는 세상의 변화에 대응하기가 힘들어서 두 척의 묵룡대선을 새로 만들었소."

독안룡 탑살이 대답했다.

"음. 세 척의 묵룡대선이라… 좋은 선택을 하신 것 같소이다. 세 척의 묵룡대선이라면 육주의 바다와 무산해협을 오가는 긴 항로에서 무슨 일이 벌어져도 빠르게 대처하실 수 있을 것이오."

"저 역시 그런 기대를 가지고 배를 늘린 것이지요. 자, 건너갑시다."

독안룡 탑살이 손을 들어 궁마천을 묵룡이선으로 이끌었다.

궁마천이 탑살의 안내에 따라 두 척의 배를 연결한 사다리를 건너 묵룡이선으로 넘어갔다.

그 뒤를 따라 해신성의 대전사 황검충과 해신성의 전사들 역시 묵룡이선으로 건너갔다.

그런데 독안룡 탑살과 궁마천이 묵룡이선으로 건너간 직후, 묵룡대선의 선원들이 사다리를 회수하려고 하는데 갑자기 누군가의 다급한 목소리가 들렸다.

"잠깐, 우리 좀 건너갑시다. 검왕님께 허락받은 일이오."

급하게 소리치며 사다리로 달려온 사람들은 무한에게도 낯이

익은 사람들이었다.

“아저씨!”

사다리를 넘으려는 두 사람을 발견한 무한이 손을 들어 아적삼을 향해 소리쳤다.

“어, 그래. 칸아! 기다려라. 내가 건너갈 테니.”

무한을 발견한 아적삼이 환하게 웃으며 소리치고는 손에 한 보따리 짐을 들고 무한이 타고 있는 배로 건너왔다.

그 뒤를 따라 이문술도 어깨에 짐 하나를 짊어지고 아슬아슬하게 뒤뚱거리면서 사다리를 건넜다.

“아저씨!”

아적삼이 사다리를 건너자 무한이 아적삼을 향해 다가갔다.

“그래. 이놈! 어디 보자!”

쿵!

아적삼이 들고 있던 짐을 던지듯 내려놓고 무한을 얼싸안았다. 그리고 급히 다시 떨어져 무한의 어깨를 두 손으로 잡고 이곳저곳 살펴보기 시작했다.

“어디 다친 데는 없지?”

“걱정 마세요. 오히려 전보다 더 튼튼해졌는걸요.”

“그래그래. 다친 데 없으면 됐다. 어이구, 이놈!”

아적삼이 다시 무한을 끌어안았다.

그러자 그 뒤에서 이문술이 소리쳤다.

“야! 적삼, 빌어먹을 작자야. 그렇게 살살 내동댕이치면 안에 든 접시가 깨지겠냐? 아예 망치로 부숴 버려야지. 망할 놈! 아침부터 뼈 빠지게 음식 준비를 시키고는!”

배 위에서 제대로 된 음식을 준비하는 것은 어려운 일이다. 그것도 일개 선원이.

하지만 아적삼과 이문술이 펼쳐 놓은 음식들은 소룡들의 입을 떡 벌어지게 만들었다.

"이런 걸 어떻게 다 준비하신 겁니까?"

왕도문은, 자칭 숙수로서 배에서 할 수 있는 요리가 한정되어 있다는 걸 알기 때문에 아적삼이 펼쳐 놓은 음식들을 보며 놀라 물었다.

"뭐, 검왕님께 부탁해서 묵룡대선의 주방을 빌렸네."

아적삼이 대답했다.

"그래도 배 안에서 이런 음식들을……?"

"봄섬에서 미리 준비해 온 것도 있고, 모두 고생들 했으니 제대로 된 음식을 먹이고 싶었네."

아적삼이 어색한 표정으로 대답했다.

"일단 먹자! 먹을 것 앞에서 너무 떠드는 거 아니다. 음식에 대한 실례지."

하연이 잘 구워진 오리 다리를 뜯어내며 말했다.

그러자 소룡들이 더 이상 입을 열지 않고 음식을 먹기 시작했다.

소룡들이 배 위에서 아적삼이 준비한 음식을 먹을 시간을 갖게 된 것은 묵룡이선이 움직이지 않고 있기 때문이었다.

독안룡 탑살은 궁마천과 긴밀한 이야기를 나누기 위해서인지 묵룡이선을 움직이지 않았다. 덕분에 무한 일행이 타고 있는 배도 바다 위에 멈춰 서 있었다.

그 시간이 오랜만에 훌륭한 요리를 맛볼 수 있는 기회를 소룡들에게 주고 있었다.

음식을 먹는 사람들 중에서 가장 신나게 음식을 먹는 사람들은 장마산과 그 가족들이었다. 그들은 평생 청류산에서만 살아온 사람들이었다. 그런 그들에게 한 달 가까운 항해는 지옥 같은 고통이었다.

항해 초기에는 멀미로 고생했고, 그 이후에도 멀미의 후유증으로 제대로 음식을 입에 대지 못했었다.

그러다 허기에 지쳐 무슨 음식이라도 먹을 수 있을 것 같아졌을 때, 때마침 제대로 된 음식이 다 떨어지고 건량만 남아 있었다.

그렇게 근 한 달 동안 배를 주린 장마산 가족에게 아적삼과 이문술이 가져온 음식은 그야말로 하늘에서 내려온 선물 같았다.

물론 일행 중에 음식보다 다른 것을 더 좋아하는 사람도 있었다.

"커! 좋구나."

두굴이 술 한 모금을 입에 머금고 우물거리다가 한 번에 삼켜버리고는 소리쳤다. 아적삼이 가져온 술도 제법 명주여서 술을 좋아하는 두굴을 만족시키고 있었다.

"술은 적당히 하십시오."

호위무사 바루호가 조용하게 두굴을 제지했다.

"걱정 마세요. 한 병 이상은 안 마실 테니."

"석 잔만 마시지요."

"아니, 그건 좀, 봄섬에 다 왔는데 왜요?"

"그러니까 하는 말입니다. 봄섬의 사람들에게 술 취한 모습을 보이고 싶으십니까?"

"야, 이거 날 너무 무시하시네. 내가 겨우 술 한 병에 취할 것 같습니까?"

"후우… 그래도 무슨 일이 있을지 모르니 적당히 마시라는 겁니다."

"그러니까, 무슨 일이요? 봄섬에 다 왔는데."

"도착하면, 아니, 그 전에라도 독안룡님과 얼마간 대화를 나누시지 않으시겠습니까? 일행 모두 말이지요. 지난 여행에서의 일들을 세세하게 보고드려야 하는데, 그때 입에서 술 냄새를 풍기셔야겠습니까?"

"아, 그거야… 쩝, 그도 그렇네. 에이, 그럼 술은 봄섬에 도착한 이후에나 제대로 마실 수 있겠군."

그렇게 말을 하면서도 두굴이 손에 들고 있던 술잔은 한 번에 비워져 버렸다.

사람들은 그런 두굴의 모습에 웃음을 터뜨리면서도 쉬지 않고 경쟁하듯 먹는 일에 열중했다.

식사를 가장 먼저 끝낸 사람은 아적삼이 가장 많이 먹기를 원한 무한이었다.

무한이 짧게 식사를 마치고 아적삼에게 물었다.

"봄섬에는 별일 없어요?"

"왜, 더 먹지 않고."

"충분해요. 아주 맛있게 먹었어요."

"하여간… 칸 너는 입이 짧은 게 흠이야."

"많이 먹었다니까요. 봄섬 이야기나 해주세요."

"음, 봄섬도 혼란스럽지."

"역시 신마성과 육주 원정대의 싸움 때문인 거죠?"

"그렇지. 그게 가장 중요한 일이지. 하지만 다른 일도 있단다."

아적삼이 심각한 표정으로 말했다.

"다른 일이라뇨?"

무한이 물었다.

"그, 귀선들 있잖느냐? 지난 가을 육주의 바다를 건넌 직후 만났던……."

"그자들이 왜요? 다시 나타났어요?"

무한이 놀란 표정으로 되물었다.

정신없이 음식을 먹던 소룡들 역시 하나같이 시선을 돌려 아적삼을 바라봤다.

"음… 그들이 무량해협 곳곳에 나타나 상선들과 작은 섬마을들을 노략질하고 있단다. 웬만한 상선들은 감히 그들과 대적할 생각도 못 하고… 육주의 상가들이 전선을 꾸려서 토벌대를 보낸다는 소문도 있지만, 이왕사후의 원정대가 신마성에게 대패를 당한 이상, 그것도 쉽지 않을 것 같구나. 육주의 상가연합체인 대상련은 사해상가가 주축인데 이왕사후의 패배로 가장 피해가 큰 곳이 바로 사해상가니까."

"그리고, 지금 상황에서 육주의 성주들이 이 먼 곳까지 토벌대를 보낼 여유도 없을 겁니다. 이왕사후가 몰락한 육주에서는 다시 한번 권력과 생존을 위한 싸움들이 시작될 테니까요."

곁에서 무한과 아적삼의 말을 듣고 있던 사비옥이 침착하게 말했다.

"그럼 결국 우리가 나서야 하는 건가?"

왕도문이 중얼거렸다,

"은갑전사단도 있잖아?"

하연이 말했다.

그러자 이번에도 사비옥이 고개를 저으며 말했다.

"은갑전사단도 쉽게 움직이지 못할 거야. 원정대가 신마성에게 궤멸당한 이상, 그들은 신마성의 다음 움직임을 주시하고 있을 테니까. 신마성이 파나류를 떠나 육주로 향하는 순간 그들은 신마성을 막는 데 모든 전력을 쏟아부어야 하니까."

"그 일을 은갑전사단 홀로 해낼 수 있을까?"

하연이 걱정스러운 표정으로 물었다.

"그야, 쉽지 않겠지. 하지만 어쨌든 이제 신마성을 상대하는 일의 가장 선봉에는 은갑전사단이 설 수밖에 없는 상황이잖아. 원래 은갑전사단의 존재 목적이 파나류의 마세로부터 육주를 지키는 것이니까."

사비옥이 대답했다.

"위험하네."

하연이 걱정스러운 표정으로 말했다.

그러자 사비옥이 다시 입을 열었다.

"그렇다고 은갑전사단이 무턱대고 신마성의 대병력에 홀로 맞서는 일은 없을 거야. 그들은 용맹하지만 무모하지는 않으니까. 내 생각에 신마성의 해상 전력이 강하다면 은갑전사단은 수호자들의 섬에서 육주로 후퇴할 수도 있을 것 같아."

"음, 그곳에서 육주의 성주들과 힘을 합쳐 신마성을 상대한다는 건가? 하긴, 이왕사후가 몰락한 이상 은갑전사단이 육주의 구심점이 될 수도 있겠지."

듣고 있던 소독이 고개를 끄떡였다.

"아무튼 그럼 결국 그 귀선 무리는 우리 묵룡대선이 상대해야 한다는 거네."

왕도문이 다시 화제를 십이귀선으로 돌렸다.

그러자 아적삼이 말했다.

"그 일이 벌써 시작되었다네."

"아, 벌써요?"

"사실 지금은 선장님께서 봄섬에 머무는 시기가 아니네. 다시 육주를 향해 상행을 떠나셨어야 하지."

"어? 정말 그러네요. 정말 왜 아직 상행을 떠나시지 않은 거죠? 신마성 때문에 상행을 미룬 건가요?"

하연이 물었다.

시기적으로 묵룡대선은 지금쯤 다시 육주의 바다 초입에 있어야 한다. 그런데 독안룡 탑살이 소룡들을 마중 나왔으니 상행이 미뤄진 것이라 생각할 수밖에 없었다.

"묵룡대선의 상행은 어떤 경우라도 멈추지 않는다는 걸 알지 않나. 다만 이번에는 새로 건조된 묵룡삼선이 육주로 갔다네. 삼선의 지휘는 창왕께서 맡으셨지."

"삼선(三船)도 바다에 나왔군요."

하연이 고개를 끄떡였다.

"삼선은 이선과 달리 기존의 묵룡대선처럼 상선의 구조로 만들어졌네. 앞으로는 일선과 삼선이 교대로 상행에 나설 것이라고 하더군. 다만 선장님께서 남으신 것은 역시 신마성과 귀선 때문이고."

아적삼이 독안룡 탑살이 봄섬에 남은 이유를 자세하게 설명했다.

"후우… 어쨌든 새로운 싸움이 시작되겠군요."

소독이 무거운 표정으로 말했다.

"나쁘지 않아. 세상의 판도가 재편되는 것은."

사비옥은 평소답지 않게 조금 흥분한 모습을 보였다. 세상의 판도가 새롭게 재편되는 과정에서 묵룡대선의 위치가 크게 변할 거라 생각하는 것 같았다.

"물론 위기가 기회일 수도 있지만, 그래도 크고 작은 싸움이 일어나면 결국 피가 흐르게 되지……."

소독이 걱정스럽게 말했다.

"뭐… 그야 어쩔 수 없는 일이고……."

사비옥이 그게 이 세계의 숙명이라는 듯 어깨를 으쓱하며 대답했다.

소독의 말에 갑자기 갑판 위 분위기가 심각하게 변했다. 소룡들은 봄섬으로 돌아가면 소룡의 위치에서 벗어나 정식으로 묵룡대선의 전사들이 될 것이다.

독안룡 탑살이 말했듯이 이번 여행이 공식적으로 소룡들의 마지막 수련 여행이기 때문이다.

앞으로 정식으로 묵룡대선의 전사가 되면 묵룡대선이 행하는 모든 싸움에서 뒤로 물러나 있을 수 없다.

그동안은 소룡이라는 신분 때문에 그들은 묵룡대선에서 무조건 보호되어야 하는 사람들이었다. 위험한 싸움과 임무에서 뒤로 물러나 있었다는 뜻이다.

그러나 이제 그들은 보호받는 사람이 아니라 상선과 선원들을 지키는 사람이 되어야 한다. 그리고 그 순간에 때마침 세상에 거대한 변화들이 일어나고 있었다.

소룡들로서는 긴장하지 않을 수 없는 상황이었다.

심각해진 분위기는 음식에 대한 욕구마저 사라지게 만들었다. 소룡들 중에 아직도 입에 음식을 넣고 있는 사람은 왕도문밖에 없었다.

그조차도 제대로 먹는 것이 아니라 버릇처럼 무의식적으로 음식을 입에 가져가고 있었다.

그런데 그런 무거운 침묵을 묵룡이선에서 들려온 목소리가 깼다.

"소룡오대는 묵룡대선으로 옮겨 탄다!"

목소리의 주인공은 독사검왕 서군문이었다.

그의 명에 놀란 소룡들이 서로를 바라봤다.

"뭐지? 왜 배를 옮겨 타라는 걸까?"

왕도문이 음식이 입에 든 채로 중얼거렸다.

"가 보면 알겠지. 일단 음식들을 정리하고 건너가 보자."

소독이 말했다.

소룡들이 얼른 자리를 털고 일어나 펼쳐 놓았던 음식들을 정리하고, 각자의 선실로 들어가 자신들의 짐을 들고 나와 묵룡이선으로 건너갔다.

"그동안 고마웠네."

갑작스러운 작별 인사에 소룡들이 당황했다.

작별 인사를 한 사람은 해신성주 궁마천이었다. 그는 소룡들이 묵룡이선으로 건너오자 기다렸다는 듯 소룡들에게 작별 인사를 한 것이다.

"……?"

소룡들이 멀뚱한 표정으로 궁마천을 바라봤다. 이유도 모르고 작별 인사에 대답을 할 수 없었기 때문이었다.

그러자 독안룡 탑살이 입을 열었다.

"인사들 드려라. 해신성주께서는 이곳에서 가름으로 가실 것이다."

"가름으로 가신다면……?"

석와룡이 놀란 표정으로 물었다.

그러자 이번에는 독사검왕 서군문이 입을 열었다.

"해신성주님을 봄섬으로 모시는 것이 예의기는 하나, 지금 세상의 정세가 혼란해 성주께서는 하루라도 빨리 해신성으로 돌아가시기를 원하시네. 그러자면 해신성까지 가는 배를 구해야 하는데 묵룡삼선은 이미 육주의 바다를 항해하고 있을 것이고, 이선은 무산해협을 떠날 수 없네. 현재로서는 그런 상선을 탈 수 있는 곳은 석림도뿐이지."

"그럼 석림도로 바로 가시지 않고 왜……?"

석와룡이 다시 물었다.

석림도는 천하의 상선들이 모여드는 곳이다. 그곳에서는 육주의 바다를 건널 상선들도 적지 않았다.

그러니 육주로 갈 배편을 구하려면 석림도로 바로 가는 것이 더 빠른 길이었다. 굳이 북창의 새로운 터전인 섬 가름에 들러 갈 이유가 없었던 것이다.

"며칠 후 가름에 석림도주께서 보내신 상선이 올 것이네. 그 상선은 가름에 석재를 일부 내려주고 바로 육주로 향할 계획이네."

"그렇군요. 그래서 가름으로……."

석와룡이 고개를 끄떡였다.

"일이 이렇게 되었으니 와룡 자네에게 부탁해야겠네. 일단 성주님을 가름까지 모시고 가 주겠나? 물론 묵룡대선의 전사들도 일부 동행할 것이네."

서군문이 석와룡에게 물었다.

"저야 좋지요. 가름을 오랫동안 떠나 있었으니. 얼마나 변했을지 궁금하기도 합니다."

석와룡이 대답했다.

"후후, 아마 크게 놀랄 걸세."

"빨리 보고 싶군요. 새로운 가름을……."

"그럼 서둘러 갑시다. 길 바쁜 사람끼리!"

궁마천이 석와룡을 재촉했다.

"모시겠습니다. 모두들 다음에 보세. 가름에 갔다가 바로 봄섬으로 다시 오겠네. 가시지요!"

석와룡이 소룡들에게 작별 인사를 하고 궁마천에게 말했다.

"그러세. 독안룡! 고맙소이다. 논의한 일은 반드시 지키겠소. 이번만큼은 믿어주시오."

궁마천이 건너편 배로 건너가려다 말고 탑살에게 말했다.

"과거에도 성주님은 믿고 있었소이다."

"그렇게 말씀해 주시니 고맙소. 그럼!"

궁마천이 가볍게 고개를 끄떡여 보이고는 소룡오대가 파나류에서 타고 온 배로 넘어갔다.

뒤를 이어 가름으로 갈 사람들이 옮겨 타자 배는 빠르게 묵룡이선으로부터 멀어지기 시작했다.

"뭔가 참 허망하네. 사람들이 저렇게 갑자기 꺼지듯이 사라지냐?"

빠르게 멀어지는 배를 보며 왕도문이 중얼거렸다. 그만큼 궁마천과 석와룡과의 이별은 갑작스러웠다.

"아무래도 급하겠지."

사비옥이 말했다.

모두가 알고 있는 사실이다. 지금 궁마천에게 가장 급한 것은 하루라도 빨리 해신성으로 돌아가는 일이었다.

이왕사후 중 그나마 제대로 목숨을 건진 사람은 궁마천 한 명밖에 없었다.

그렇다고 해신성이 마냥 무사할 수 있는 것은 아니었다.

그가 살았어도 신마성에 패한 사실은 변하지 않는다.

그의 귀환이 늦어질 경우 그가 없는 해신성에 어떤 일이 벌어질지 아무도 알 수 없었다.

장기간 주인이 비운 성에서는 반란이 일어날 수도 있고, 외부의 적이 침범할 수도 있었다. 가뜩이나 원정대에 포함되어 출전했던 해신성의 전사들도 전멸에 가까운 피해를 입은 상태였다.

그나마 후군으로 남았던 일차 원정대 소속 전사들이 무사히 파나류를 탈출했다면, 그들만이 믿을 수 있는 유일한 정예 전사들이라고 할 수 있었다.

나약해진 해신성을 공격하려는 자들은 육주 도처에 깔려 있었다.

궁마천이 귀환을 서두르는 것은 당연한 일이었다,

"모두 봄섬으로 돌아간다. 그리고 너희들은 날 좀 보자. 할 이야기가 있을 테니."

갑판에서 해신성주 궁마천이 떠나는 것을 보고 있던 독안룡 탑살이 귀환을 명하고, 소룡오대를 향해 말했다.

그러자 소룡들이 긴장한 표정으로 대답했다.

"예, 선장님!"

독안룡 탑살이 소룡들을 데리고 간 곳은 묵룡이선의 선장실이었다.

묵룡이선은 다른 묵룡대선 두 척과 달리 전선(戰船)의 형태를 띠고 있었기에 선장실 역시 일반 상선들과는 달랐다.

사방으로 시야가 확보되어 있는 반면 창 아래로는 단단한 격벽이 세워져 있었다. 그리고 유사시에는 창을 가릴 수 있는 방패들이 격벽 아래 별도로 설치되어 있었다.

넓이는 선체가 날렵한 이유로 그리 넓지 않았다. 다만 길이는 조금 더 길어서 양 옆으로 전사들이 이 열로 늘어서 밖을 감시하거나 화살을 날릴 수 있게 만들어져 있었다.

소룡들은 선실의 좌우 창을 따라 놓인 의자에 자리를 잡고 앉았다.

그리고 독안룡 탑살의 질문이 시작됐다.

소룡들을 대신해 소독이 독안룡 탑살의 질문에 대한 대부분의 대답을 했다. 가끔 소독의 기억이 잘못됐거나, 혹 기억하지 못하는 사건들은 다른 소룡들이 나서서 소독의 대답을 도왔다.

짧은 여행이 아니었으므로 독안룡과 소룡들의 대화는 길게 이어졌다.

대화를 나누는 사이 바다에 노을이 번지고, 묵룡대선이 드디어 봄섬 외해를 흐르는 격류를 타기 시작했다.

하지만 그때도 그들은 여전히 소룡오대의 여행에 대한 이야기를 이어가고 있었다.

그 이야기들 중에서 독안룡과 검왕이 가장 크게 반응한 것은 무한이 사풍에 휘말려 실종되었던 이야기였다.

"그래서 보름이 넘게 떨어져 있었다고?"

검왕이 놀란 표정으로 무한을 바라봤다.

"예. 그래도 뭐, 다행히 열화산 근처까지 빨리 도착해서 크게 위험한 일은 없었습니다. 사막의 마적도 만나지 않았고요."

무한이 담담하게 대답했다.

"그래도 한열지 같은 곳에서 홀로 길을 잃는 것은 위험한 일이지. 다행이구나. 역시 칸, 너는 운이 좋은 녀석인 것 같다."

"저도 그건 그런 것 같습니다."

무한이 검왕의 말에 순순히 수긍했다.

그러자 불쑥 왕도문이 입을 열었다.

"그런데 저 녀석, 정말 운이 보통 좋은 게 아닌 것 같습니다. 홀로 사막을 헤매면서 오히려 자신의 무공을 크게 발전시켰다고 하니까요."

"무공을?"

독사검왕이 놀란 듯 되물었다.

"예. 신마성의 신마전사들과 싸울 때 보니 정말 놀라울 정도로 발전했더라고요."

왕도문이 마치 자신의 일이라도 되는 것처럼 흥분해서 말했다.

"칸, 어찌 된 일인지 네가 설명할 수 있겠느냐?"

서군문이 왕도문의 설명으로는 부족하다고 느꼈는지 무한에게 물었다.

"그것이… 사막에 홀로 고립된 지 닷새 정도 지났을 때, 작은 계기를 만난 것 같습니다. 물도 떨어지고 허기가 극에 달하던 어느 순간, 갑자기 정신이 더 맑아지고, 온몸의 혈맥과 진기의 흐름을 눈으로 보듯 느낄 수 있었습니다. 그 경험 이후에 천년구공을 수련하는 일과 검을 다루는 일이 이전보다 훨씬 쉬워졌습니다."

"음… 소위 말하는 일종의 깨달음일까요? 무인들이 하나의 벽을 깨기 위해 그렇게 찾아 헤맨다는……."

서군문이 독안룡 탑살을 보며 물었다.

"극한의 상황에서 종종 그런 행운을 만나기도 하지. 칸, 네 몸을 한번 살펴봐야겠다. 저녁에 잠시 들러라."

"예, 선장님!"

순순히 대답하면서도 무한은 한편 걱정이 되기도 했다.

혹시라도 독안룡 탑살이 그가 빛의 술사의 힘을 얻은 것을 눈치챌지도 모른다는 생각이 들었기 때문이다.

물론 그런 무한의 걱정을 다른 사람들이 알 리 없었다.

"아무튼 이렇게 되면 빛의 술사는 영원히 전설이 되는 것이겠군요?"

독사검왕 서군문이 독안룡 탑살에게 물었다.

"아무래도 그런 것 같소. 사자의 섬과 무산열도 북방의 유적지로 보냈던 소룡들도 같은 결과를 가지고 돌아왔으니… 후우!"

탑살이 길게 한숨을 내쉬었다. 아쉬운 듯한 표정이다.

"과거의 사람에게 현재의 일을 의지할 수는 없지요. 기대를 아주 안 한 것은 아니지만……."

독사검왕 서군문이 탑살의 마음을 읽었는지 위로하듯 말했다.

세상이 혼란스러워지고, 곳곳에서 피가 강물처럼 흐르는 난세에는 과거 혼란한 세상에 한 줄기 빛이 되었던 빛의 술사 같은 인물이 절실하게 마련이다.

그런데 그 가능성이 사라진 것이다.

"흑라의 시대에도 나타나지 않았으니 새삼스럽게 그의 등장을 기대했던 것은 아니오. 하지만 역시 그런 인물이 이런 시대에는 꼭 필요하다는 생각이오."

"선장님의 말씀이 맞습니다. 신마성에 의해 일어난 전쟁이기는 해도 이번 전쟁은 흑라의 난 때보다도 조금 더 난해하다는 생각이 드는 것 같기도 하고……."

서군문이 말꼬리를 흐렸다.

신마성주가 검은마종 흑라와 같은 압도적인 두려움을 주는 것은 아니지만, 이상하게 세상의 혼란은 흑라의 시대보다 더 심할 것 같은 느낌이 드는 모양이었다.

"그때는 흑라 하나가 문제였으니까. 그가 너무 강력해서 모든 세력이 그를 상대하기 위해 힘을 모으면 되는 시기였소. 그래서 세상은 두려움에 떨지언정 혼란하지는 않았던 것이오. 반면 지금은 비록 신마성이 육주의 원정대를 궤멸시켰어도, 세상은 그들에게 흑라에게서 느꼈던 그 전율적인 두려움을 느끼지는 않소. 오히려 야심가들은 신마성의 등장과 이왕사후의 패배를 기회로 여길 것이오. 그러니 세상의 혼란은 더 심해질 수밖에……."

"적과 아군을 구분할 수 없는 혼란이 시작되었다는 것이군요."

검왕이 말했다.

"그렇소. 특히 신마성의 행보가 그런 상황을 더욱 부채질하고 있소."

"바로 육주를 공격하지 않은 것 말씀이군요. 오히려 그 주력이 자신들의 본거지가 있는 파나류 중부 지역으로 물러났다는 소문이 돌고 있으니……."

서군문이 말했다.

"그들이 물러났다니요?"

왕도문이 놀란 표정으로 물었다. 처음 듣는 소식이라 놀랄 수밖에 없었다.

이왕사후의 원정대를 상대로 기록적인 승리를 거둔 신마성이다.

보통의 경우라면 그 여세를 몰아 육주까지 원정대를 보내 육주 정복을 노리는 것이 야망가들의 행보다.

그런데 신마성주는 승기를 잡고도 오히려 뒤로 물러났다. 보통 사람의 상식으로 이해하기 어려운 행동이었다.

"그런 소식이 계속 전해지고 있구나. 신마성주와 그를 따르는 신마성의 주요 전사들이 대곤모산 어딘가에 있는 그들의 본거지로 물러났다는……."

"완전히 후퇴를 했다는 겁니까?"

이번에는 소독이 물었다.

"물론 그런 건 아닐 것이다. 원정대를 궤멸시킨 소악산 자락의 신마성에 여전히 그들의 세력이 얼마간 남아 있다. 다만 더 이상의 전쟁을 원하지는 않는 듯한 모습이라고 하는구나. 금하강 유역에 남아 있던 육주의 일차 원정대가 급히 퇴각하는데도 공격하지 않고……."

"이상하군요."

소독이 고개를 갸웃했다.

"이상한 일이지. 이렇게 되면 신마성주가 이 전쟁을 일으킨 이유가 모호해지니까. 그런데 그래서 더욱 세상이 어지럽게 되었구나. 이 전쟁 한 번으로 세상에서 가장 강한 세력들이 한순간에 사라지게 되었으니."

이왕사후의 몰락을 두고 한 말이다. 조용히 말해서 그렇지 이왕사후의 몰락은 정말 엄청난 사건이었다.

그들의 몰락은 육주는 물론 파나류나 무산열도의 여러 이족들에게도 큰 영향을 미칠 만큼의 충격인 사건이었다.

"그럼 신마성은 더 이상 걱정하지 않아도 되는 겁니까?"

사비옥이 물었다.

"그건 아니다. 그 수뇌들이 잠시 휴식을 위해 물러난 것인지, 아예 더 이상의 욕심을 내지 않겠다는 건지는 알 수 없으니까. 적어도 몇 달은 지나 봐야 정확한 그들의 의도를 알 수 있을 것이다. 다만 어떤 경우에도 이건 확실하다."

서군문이 단호하게 말했다.

"그게 무엇입니까?"

사비옥이 다시 물었다.

"육주의 혼란, 그건 정해진 미래다. 주인들이 사라졌으니까. 그리고 신마성이 육주를 공격하지 않으니 더더욱! 야심가들이 일어설 것이다. 이왕사후의 뒤를 잇기 위해. 그래서 해신성주가 그렇게 급하게 육주로 돌아가려 한 것이다."

"그렇군요. 문제는 육주군요."

사비옥이 고개를 끄덕였다.

그러자 독안룡 탑살이 무겁게 입을 열었다.

"오늘은 이쯤 하자. 저녁을 먹을 시간이구나. 칸은 요기를 한 후 다시 내게 오너라."

"예, 선장님!"

무한이 공손하게 대답했다.

제2장

위대한 비밀

이상하게 불편한 식사였다.

아적삼은 무한의 눈치를 살폈다. 무한에게 모든 관심을 기울이는 아적삼이 무한의 뭔가 불안해하는 마음을 눈치채지 못할 리 없었다.

그래서 식사가 끝난 후 무한이 독안룡 탑살에게 갈 시간이 되자 아적삼이 어두운 표정으로 물었다.

"무슨 걱정되는 일이라도 있느냐?"

"그렇게 보여요?"

"음……."

"사실… 아뇨. 다녀와서 말씀드릴게요."

"심각한 일이냐?"

아적삼이 무한의 걱정이 전염된 것 같은 얼굴로 물었다.

"그런 건 아니에요. 나쁜 일도 아니고요. 다만… 조금 불편해질 수는 있어서요. 아무튼 다녀와서 모두 말씀드릴게요."

"그래? 그럼 그래라. 너무 걱정 말고. 선장님은 무뚝뚝하시지만, 사실 정이 많은 분이란다. 우리 같은 인생들 거둬주시는 것만 봐도 알 수 있지. 그 옛날 당신의 세력을 희생하며 흑라를 막아낸 것도 그렇고……."

"알고 있어요. 그리고 선장님께 꾸중 들을 일도 아니에요. 그러니 걱정 마세요."

"녀석, 내심 걱정하는 게 뻔히 보이는데 오히려 나보고 걱정 말라는 거냐?"

"글쎄 걱정이 아니라니까요."

무한이 빙긋 웃었다.

여행 후 무한은 소년에서 청년으로 변해 있었지만, 웃을 때면 소년이었던 시절의 모습이 드러났다.

그 모습이 나타나자 정말 그에게 아무런 걱정이 없는 것처럼 느껴졌다.

그래서일까. 아적삼이 그제야 마음이 놓이는 표정을 지으며 말했다.

"알았다. 그럼 얼른 다녀와."

"예. 주무시지 말고 기다리세요."

"알았다."

아적삼이 순순히 고개를 끄떡였다.

사실 그는 무한이 말을 하지 않아도 그가 돌아올 때까지 잠들 수 없었을 것이다.

무한은 아적삼에게 가볍게 웃음을 지어 보인 후 낮에 들렀던 묵룡이선의 선장실로 향했다,

"후우… 정말 무슨 일일까? 단순히 칸의 무공이 얼마나 변했는지 확인해 보시려는 걸까? 지금껏 소룡들 중 누군가를 따로 부르는 경우는 거의 없으셨는데."

무한의 뒷모습을 보며 아적삼이 어두운 낯빛을 드러내며 중얼거렸다.

독안룡 탑살은 선장실에 앉아 사방에서 보내오는 세상 소식들을 살펴보고 있었다.

그럼에도 선실 문이 열려 있었으므로 작은 기척만으로도 그는 무한이 왔음을 알아차렸다.

"왔느냐? 이리 와 앉거라. 문은 닫고!"

독안룡 탑살의 평소처럼 덤덤한 말투로 말했다.

"예."

무한이 짧게 대답하고 문을 닫은 후, 독안룡 탑살의 맞은편에 자리를 잡고 앉았다.

"잠시만 기다리거라."

독안룡 탑살은 급히 보아야 할 소식이 있는 듯 다시 전서들로 시선을 돌렸다.

무한은 그런 탑살을 멀뚱한 표정으로 바라보고 있었다. 그런데 이상하게 이 상황이 불편하지 않고 편안했다. 탑살을 찾아오며 느꼈던 불안감들이 거짓말처럼 사라진 것이다.

탑살이 자신을 불러놓고도 자신의 급한 일을 먼저 처리하는

것에 무시당한다는 느낌 대신, 탑살이 자신을 편하게 생각하고 있다는 생각이 들었던 것이다.

그건 마치 가족 사이에나 있을 수 있는 무례함 같은 것이었다.

그래서 탑살이 그에 대해 어떤 의문을 가지고 있어도, 설혹 그의 비밀을 모두 알아낸다 해도 어떤 문제도 되지 않을 것이란 생각이 드는 무한이었다.

'내 생각이 맞기를 바라야지.'

무한은 자신이 지금 탑살에게 느끼는 이 편안함이 그가 생각한 대로의 이유이기를 진심으로 바랬다.

그렇다면 그는 정말 그 어떤 이야기라도 탑살에게 할 수 있을 것 같았다. 양부라고 생각하는 아적삼에게조차 아직 하지 못한 말을.

그런데 그때 문득 탑살이 전서에서 눈을 떼지 않으며 지나가는 말처럼 물었다.

"아직도 불안한 거냐?"

"……?"

뜬금없는 질문에 무한이 대답을 하지 못하고 멀뚱하게 탑살을 바라봤다.

"네 과거 이야기를 하는 것 말이다."

"선장님……."

역시 예상했던 일이 벌어졌다.

탑살은 무한이 일부러 과거를 숨기고 있다는 것을 알고 있었던 것이다.

사실 이런 상황은 열화산 여행 내내 생각했던 일이었다. 그의 몸에 깃든 기운들, 혹은 자신을 숨길 때 했던 행동들을 빛의 신전의 문지기를 자처하는 이공 등이 눈치챌 정도면 독안룡 탑살 역시 당연히 눈치채지 못했을 리 없다고 의심하던 무한이었다.

"계속 모른 체하는 것이 좋았을까?"

당황하는 무한에게 탑살이 물었다.

"역시 아시면서 속아주셨군요?"

"그걸 짐작하고 있었느냐?"

"여행 중에 그런 생각이 들었습니다. 선장님이시라면 제가 과거를 기억 못 하는 것이 아니라, 기억하지 않는 것이라는 걸 아실 거라는."

"왜 그런 생각을 하게 되었지?"

"여행 중에 제 속마음을 꿰뚫어 보는 사람을 만났습니다. 그런 사람이 존재한다는 걸 아는 순간, 당연히 선장님도 절 의심하고 계실 거라 생각했습니다."

무한이 순순히 대답했다.

"그가 누구냐? 그런 눈을 가진 사람은 흔치 않을 텐데?"

독안룡 탑살이 드디어 전서에서 눈을 떼고 무한을 바라봤다.

그 순간 무한은 다시 한번 안도의 한숨을 내쉬었다. 독안룡 탑살의 시선에서 어떤 분노나 경계심도 느껴지지 않았기 때문이다.

그는 여전히 무심한 눈빛, 본래 독안룡 탑살의 눈빛 그대로 무한을 바라보고 있었다.

감정의 변화가 없다는 것은 독안룡 탑살이 무한이 자신의 과거를 속인 것에 대해 크게 화가 나지 않았다는 것을 의미한다.

"…선장님께 하지 않은 이야기가 많습니다. 그중에는 제 과거 이야기도 있고, 또 이번 한열지 여행에서 겪은 일도 있습니다. 무슨 이야기를 먼저 해드릴까요?"

무한이 물었다. 무한 역시 담담했다.

독안룡 탑살의 눈에는 그게 조금 특별하게 느껴지는 듯했다.

"그 이야기들을 듣기 전에. 넌 두렵지 않느냐? 내가 네가 과거를 숨기는 것을 알고 있었다는 것에 대해."

"처음에는 그랬지만, 지금은 아닙니다."

"왜 그렇지?"

"선장님께서는 제가 묵룡대선에 구원받았던 바로 그 순간부터 제가 과거를 숨기려 한다는 것을 알고 계셨을 것이기 때문입니다. 화를 내실 거라면, 혹은 제게 벌을 주시고 묵룡대선에서 쫓아내실 거라면 이미 오래전에 그러셨을 테지요."

무한의 대답에 독안룡 탑살이 덤덤하게 고개를 끄떡였다.

"그렇군. 뭐, 그럼 이제 말할 수도 있겠구나. 두렵지 않다면."

"그렇습니다."

"과거 이야기부터 할까?"

독안룡 탑살이 서탁 위에 놓인 전서들을 한쪽으로 밀어놓고, 한쪽 팔꿈치를 탁자에 댄 채 손으로 턱을 고이며 물었다.

그러자 무한이 되물었다.

"혹시… 짐작하고 계신 것이 있으신지요?"

"네, 과거에 대해?"

"그렇습니다."

"음… 솔직히 한 가지 가능성에 대해 고민하고는 있었지. 그러나 그건 좀 비약이 아닐까 생각하고 있었다."

"어떤……?"

무한이 다시 물었다.

"후후, 녀석. 고약한 버릇이 있구나. 그냥 내가 누구요 하고 대답하면 간단할 것을 수수께기 놀이를 하자고 하느냐. 하지만 뭐, 좋다. 나쁘지 않지. 내 감각이 늙어버렸나 확인할 수도 있고."

"언짢으셨다면 죄송합니다."

무한이 얼른 고개를 숙여 사죄했다.

"됐다. 기분이 상할 일은 아니다. 그럼 내 생각을 말해보마. 네가 발견된 곳은 육주 북서쪽 앞바다였지. 육주의 바다를 건너 무산해협으로 들어오자면 그곳에서 계절풍을 타야 하니까 거의 정기적으로 묵룡대선은 그곳을 지난다. 그런데 난 그때마다 바다에서 아스라하게 보이는 해안가 절벽 위 숲을 바라보는 습관이 있었다. 이유는 그곳이 한 위대한 전사의 숲이기 때문이었다. 사자림! 위대한 전사가 머물기에 어울리는 숲이었지. 하지만 숲의 주인은 오래전에 세상을 위해 자신을 희생했고, 그 이후에는 그의 어린 아들만이 외롭게 그 숲을 지키고 있었다."

탑살의 말이 이어지는 순간순간 무한은 무뎌졌다고 믿었던 과거의 감정들이 불쑥불쑥 일어나 가슴을 찔러대는 느낌을 받았다.

예전만큼 아픈 것은 아니지만, 그렇다고 아무렇지도 않은 것도 아니었다.

다만 그는 그런 자신의 감정을 얼굴에 드러내지 않을 뿐이었다.

"그런데 그쯤 그 위대한 전사의 아들이 스스로 목숨을 끊었다는 소문을 들었다. 망망대해에 몸을 던져서… 알아보니 당시 그 숲에 사해상가의 일꾼들이 찾아와 위대한 전사를 기념하기 위해 만든 비석을 기단째 파 갔다고 하더구나. 물론 약탈한 것은 아니다. 위대한 전사의 부인이 비석을 팔았으니, 그들로서는 정당한 권리를 행사한 것이라고 할 수 있다. 하지만… 적어도 숲을 지키던 위대한 전사의 아들에게는 아니었겠지. 세상에서 가장 부당하고 굴욕적인 경험이었을 것이다. 그래서 사람들은 그 아들이 당시의 수모를 이기지 못하고 스스로 목숨을 끊었다고 생각했다. 어떠냐? 정말 그런 것이냐?"

탑살이 긴 이야기 끝에 무한에게 물었다. 그는 이미 무한이 위대한 전사 철사자 무곤의 아들임을 확신하고 있었던 것이다.

그래서 그는 네가 철사자 무곤의 아들이 맞느냐고 묻는 것이 아니라, 절벽 위에서 스스로 바다에 뛰어든 이유가 자신이 말한 이유가 맞냐고 물었던 것이다.

예상은 하고 있었지만, 막상 탑살이 자신에게 일어난 일을 거의 완벽하게 짐작하고 있다는 사실은 무한에게 적지 않은 충격을 줬다.

하지만 그렇다고 당황할 일은 아니었다. 그 역시 예상했던 일이었기 때문에.

"후우!"

무한이 탑살의 질문을 받고 탑살의 앞이라는 사실도 잊은 채 길게 한숨을 내쉬었다. 그리고 담담하게 입을 열었다.

"꼭 그러한 이유 때문에 바다에 뛰어든 것은 아닙니다."

"어떤 면에서."

"죽기 위해 바다에 뛰어든 것이 아니라 살기 위해 뛰어든 거니까요."

"살기 위해……? 당시 목숨의 위협까지 받았던 것이냐?"

그건 미처 예상치 못했다는 듯 탑살이 조금 놀란 표정으로 물었다.

수모를 줄지언정, 무한을 죽이려는 자들이 있을 거라고는 생각지 못했던 탑살이었다.

당시 무한은 병약한 소년에 지나지 않았다. 그 누구에게도 위협이 되는 존재가 아니었던 것이다.

"목숨이 위험하지는 않았습니다. 다만… 새로운 삶이 아니면 제 스스로 목숨을 끊을 수밖에 없는 죽어가는 삶이었다고 해야겠지요."

"음… 새로운 삶, 과거의 너를 지워 버리고 철사자의 아들이 아닌 청년 칸으로 살기 위한 도박이었다는 뜻이구나."

"그렇습니다."

무한이 순순히 대답했다.

"그리고 그 도박의 대상으로 묵룡대선을 선택한 것이고."

"예."

"성공했군. 그 도박."

탑살이 가볍게 미소를 지었다.

"그렇습니다. 솔직히 말하면 제가 생각했던 것보다 몇 배나 더 큰 이득이 남은 도박이었습니다."

무한의 말에 탑살이 고개를 끄떡였다. 그러다 문득 조금 심각해진 표정으로 물었다.

"처음 내가 네게 내 무종을 전하겠다고 했을 때 넌 묵룡대선에 얽매이기 싫다고 했지. 또 너의 과거가 나중에 묵룡대선을 떠나야 할 이유가 될 수도 있다고 했고. 기억하느냐?"

"예, 기억합니다."

"그럼 그 말은 복수를 하겠다는 뜻이냐?"

탑살의 질문에 무한이 쉽게 대답하지 못했다.

복수… 생각지 않았던 일은 아니다.

그러나 누구에게 복수를 한단 말인가. 만약 그에게 수모를 주었던 모든 사람에게 복수를 하겠다고 하면 그건 육주의 거의 모든 세력을 상대해야 한다.

이왕사후, 사해상가, 혹은 그의 계모였던 주란과 비룡성에까지. 그 싸움은 불가능한 싸움이었다.

그리고 사실 그들에게 복수를 할 근거도 부족했다. 그들이 철사자 무곤을 죽인 것은 아니니까.

단지 방치되고 수모를 받았다는 이유만으로 복수를 한다면 세상은 복수를 하려는 자들로 넘쳐나게 될 것이다.

"누구에게 복수를 하겠습니까? 흑라는 이미 죽었는데."

무한이 말했다.

"네게 수모를 준 사람들을 원망하지 않느냐?"

"물론 그들에게 좋은 감정은 없습니다. 또한 기회가 되면 받은 대로 돌려주고 싶은 생각도 있지요. 하지만 그게 그들을 죽이거나 칼부림을 할 일은 아니지 않습니까?"

"음… 그렇게 생각하고 있다니 다행이구나. 그런데 그럼 왜 언젠가 묵룡대선을 떠날 거라 생각한 것이냐?"

"…아버지께서 흑라를 죽이기 위해 떠나시기 전에 남기신 말씀이 있습니다. 그때는 몰랐지만, 이후에 생각해 보니 당신이 돌아오지 못하실 거란 예감을 하신 것 같습니다."

"음… 유언 같은 것이군."

"그렇지요. 때가 되어 제가 스스로 제 자신을 지킬 수 있는 힘을 갖게 된다면 한 사람을 찾아가라고 하셨습니다. 철사자 무곤을 탄생시킨 뿌리, 우리 가문의 힘을 제게 줄 수 있을 거라시면서……."

"음, 그건 충분히 묵룡대선을 떠날 이유가 되지."

탑살이 고개를 끄떡였다.

그러자 무한이 바로 말을 이었다.

"물론 그를 찾아보기는 할 겁니다. 하지만 제가 다시 철사자 무곤의 아들로, 세상에 나설지는 아직 결심이 서지 않았습니다. 설혹 제가 가문의 힘을 모두 얻게 되더라도 말입니다."

"철사자의 아들이란 것은 고귀하고 영광스러운 신분이다."

탑살이 단호하게 말했다.

"그런데 그 고귀함은 세상을 위해 자신과 가족을 희생을 해야 얻어지는 영광이기도 하지요. 그런데 전 그럴 생각이 없습니다."

"음… 무슨 말인지 알겠다. 충분히 그럴 수 있지. 솔직히 나도 그에 대해선 뭐라 충고할 생각이 없구나. 뭐… 그럼 대충 네 과거에 대해서는 들은 것 같고. 솔직히 내가 더 알고 싶은 것은 한 열지 그 사막에서 도대체 네게 무슨 일이 있었냐는 것이다. 대체 무슨 일이 있었느냐?"

탑살이 몸을 앞으로 기울여 무한과의 거리를 좀 더 좁히며 물었다.

새삼스럽게 망설여진다.

철사자 무곤의 아들이라는 과거와 빛의 술사의 전인이라는 현재의 비밀은 그 무게가 다르다.

철사자 무곤이 근 백 년 사이 육주에서 가장 위대한 영웅이라는 사실은 분명하다. 하지만 빛의 술사의 전설에 비하면 비교할 수 없는 무게였다.

빛의 술사는 이 땅의 역사와 무종의 시작을 상징하는 인물이었다.

사람의 역사에서 전설이 되어버린 인물, 빛의 술사에 의해 만들어진 육주의 역사가 수백 년이었다.

그 빛의 역사가 세상에서 사라진 후 삼백 년이 되어간다 해도, 일단 빛의 술사라는 말을 듣는 것만으로도 세상의 모든 무종 종파들이 한 번씩은 엉덩이를 들썩이게 만드는 힘을 가진 전설이었다.

그래서 그 비밀은 상대가 비록 독안룡 탑살이라 해도 쉽사리 밝힐 수 없었다.

그러나 한편으로 생각하면 오직 독안룡 탑살이기에 밝힐 수 있는 비밀일 수도 있었다. 빛의 술사의 비밀을 완벽하게 지켜줄 한 사람을 꼽으라면 당연히 독안룡 탑살이 첫 번째로 꼽힐 인물이기 때문이었다.

그리고 어쩌면 탑살은 향후 무한이 빛의 술사로서의 신분을 감추고 살아가는 데 절대적인 도움을 줄 수도 있는 사람일 수도 있었다.

묵룡대선의 소룡이라는 신분, 아니, 이제는 묵룡대선의 전사라는 신분만큼 완벽하게 그를 감춰줄 신분은 없었다.

그런 면에서 어쩌면 독안룡 탑살은 빛의 술사 무한에게 든든한 후원자가 될 수도 있었다.

그러나 그래도 망설여지는 것은 어쩔 수 없다.

이 세상에 완벽하게 믿을 수 있는 사람이 과연 존재할까 하는 일말의 의구심 때문이었다.

육주를 구한 영웅의 아들임에도 무한이 겪었던 모멸감은 인간에 대한 뿌리 깊은 불신을 무한에게 심어주었고, 여전히 그는 인간 본성에 대한 신뢰감이 강하지 않았다.

그러나 무한은 알고 있었다. 무엇이든 거저 얻어지는 것은 없다는 것을. 모험을 하지 않으면 그 어떤 행운도 찾아오지 않는다는 것을.

그래서 무한은 기꺼이 모험을 선택했다. 독안룡 탑살이라는 한 명의 인간에 대한 모험을.

"사막에서 누굴 만났습니다."

무한이 약간의 침묵 끝에 입을 열었다. 그 침묵이 사실은 굉장한 망설임이었다는 사실을 눈치챈 독안룡 탑살이 무한이 입을 열자 부드럽게 대응했다.

"말하기 곤란하면 하지 않아도 된다."

"아닙니다. 세상에 한 명쯤은 믿고 말할 수 있는 사람이 있어야지요. 그렇지 않으면 너무 우울한 인생이 될 테니까요."

무한이 가볍게 미소를 지으며 말했다.

그 순간 독안룡 탑살은 무한이 더 이상 자신의 제자였던 어린 소년 칸이 아니라는 사실을 새삼스럽게 깨달았다.

무한은 마지막 수련 여행을 통해 소년에서 한 명의 전사로 변해 있었던 것이다.

"흠… 네가 날 믿을 만한 사람으로 정했다는 건 기분 좋은 일이군. 그래서, 누굴 만났느냐?"

탑살이 무한의 부담을 덜어주기 위해 스스럼없이 물었다.

"빛의 술사가 만든 서역 신전을 지키는 사람을 만났습니다."

"음!"

아무리 대범한 독안룡 탑살이라도 마음이 흔들릴 수밖에 없는 대답이다.

빛의 술사라니!

무한이 수련 여행에서 뭔가 큰 변화의 계기를 만났다는 것은 이미 짐작하고 있었다. 당장 무한의 무공 변화가 그걸 말해주고 있었다.

그러나 그 계기가 설마 빛의 술사와의 인연일 거라고는 전혀 예상치 못했던 탑살이었다.

"흠… 조금 당황스럽구나. 갑자기 빛의 술사라니. 그런데 서역 신전이라면 소룡오대의 최종 목적지였던 그 사막 녹야원의 고성을 말하는 것이냐?"

"아닙니다. 그건… 그저 빛이 술사의 유적을 찾으려는 사람들에게 보여주기 위해 존재하는 장소일 뿐입니다. 실제 서역 신전은 다른 곳에 있습니다."

무한이 담담하게 대답했다.

그러자 문득 탑살의 눈빛이 다시 번쩍였다.

빛의 술사에 대해. 그리고 그가 남긴 서역신전에 대해 이야기하는 무한의 표정이 너무 자연스럽기 때문이었다.

그 자연스러움이 독안룡 탑살에게는 무한의 자신감으로 읽혔다.

세상의 그 누가 빛의 전설에 자신감을 가질 수 있을까. 그럴 수 있는 사람들은 오직 한 부류뿐이다.

"너… 그곳에서 특별한 인연을 맺은 것이냐?"

"그렇습니다."

"빛의 술사의 사람이 된 것이냐? 그렇다면 그가 현존한다는 말인데……."

보통 때와 다른 탑살의 반응이다. 그의 물음에서 조급함이 읽힌다. 어떤 경우든 당황하거나 조급해하지 않는 그에게서 좀체 볼 수 없는 모습이었다.

"자세한 이야기를 모두 하려면 시간이 많이 필요합니다. 그래서 최대한 간단하게 정리해서 말씀드리겠습니다. 빛의 술사는 삼백 년 전에 대가 끊겼습니다."

"음… 역시 그렇군."

탑살이 고개를 끄떡였다.

"하지만 그 유산은 남아 있었습니다. 그리고 그 유산을 지키는 사람들도 있었습니다. 그들은 새로운 빛의 술사가 탄생하기를 수백 년 동안 기다렸습니다. 그리고 결국 그들은 새로운 빛의 술사를 만났습니다."

"설마 그게… 너란 말이냐?"

독안룡 탑살과 같은 사람은 앞뒤 말이 모두 잘려 나가도 한마디 말로 모든 상황을 유추해 낼 수 있는 현명함을 지니고 있다.

"그렇습니다."

망설이지 않는 무한의 대답에 오히려 독안룡 탑살의 말문이 막혔다.

그는 무엇인가를 생각하기 위해서가 아니라 아무런 생각도 할 수 없어서 아무 말도 하지 못했다.

그렇게 침묵을 지키면서 탑살은 무한을 오랫동안 바라봤다.

무한은 그런 탑살이 마음을 진정시킬 때까지 차분하게 기다렸다.

탑살은 철사자만큼이나 위대한 전사여서 그의 당황스러운 마음이 오래가지 않을 거란 걸 알기 때문이었다.

"어떻게 그게… 가능하단 말이냐? 혹시 철사자 무곤께서 빛의 술사의 유산과 어떤 인연이라도 있었던 것이냐?"

합리적인 의심이다. 만약 이미 태어나면서부터 빛의 술사와 연관이 있었다면 무한이 빛의 술사의 전인이 된 것을 그나마 수월하게 이해할 있었다.

하지만 무한은 고개를 저었다.

“그건 아닙니다. 아버님은 빛의 술사와는 아무런 관련이 없으십니다”

“그렇다면 어떻게?”

탑살이 다시 물었다.

그러자 무한이 조금 느리게 대답했다.

“…빛의 술사는 천년밀교라는 고대 불가 종파의 무종을 잇는 전수자라고 할 수 있습니다. 간단하게 설명하자면 말이지요. 일인전승으로 전해지며, 아주 특별한 방법을 통해 그 무종과 밀교의 지식들이 후대로 전해집니다. 그 무종의 전수법은 특별한 만큼 효과도 크고, 또 위험도 큽니다. 다시 말하면 특별한 자질을 가진 사람만이 천년밀교 무종의 정수를 전수받을 수 있다는 뜻입니다. 보통 사람이라면… 그 특이한 전수법을 견디지 못하고 와중에 죽거나 심각한 부상을 입게 되지요. 특히 여기에 말입니다.”

무한이 손으로 자신의 머리를 가리켰다.

짧게 설명했지만 사실 무한의 설명은 그가 빛의 술사가 된 나름대로의 이유를 충분히 탑살에게 이해시키고 있었다.

탑살과 같은 무공의 고수는 천하에 산재하는 무종들이 같은 듯하면서도 조금씩 다른 방법으로 무종을 전수한다는 것을 알고 있다.

빛의 술사 역시 무종으로 이어지는 무인의 맥이라면, 그들만의 특별한 무종 전수법과 그에 적합한 체질을 가진 사람이 있을 것이다.

"그럼 삼백 년 전 빛의 술사의 업이 단절된 것은 그런 자질을 가진 제자를 찾지 못했기 때문이겠구나?"

탑살이 물었다.

"그렇습니다. 물론 빛의 역사에서 약간의 문제가 발생한 시기이기도 했지만……."

무한은 굳이 탑살에게 온전한 빛의 술사로서의 마지막 인물 마곡이 밀교의 법을 어기고 자신의 두 혈육에게 빛의 힘을 나누어 준 일과, 그로 인해 천년밀교가 둘로 갈라져 싸운 일을 말하고 싶지는 않았다.

탑살 역시 무한이 빛의 술사의 전인이 되었다면, 빛의 역사에 관한 모든 것을 자신에게 말할 수 없다는 것은 이미 알고 있었다.

그래서 밀교 내에 발생한 문제가 무엇인지는 굳이 묻지 않았다.

대신 그는 관심을 다른 곳에 두었다.

"그런데 내가 보기에 너는 빛의 술사로서 힘을 완벽하게 얻은 것 같지는 않은데……?"

"정확히 보셨어요. 제겐 시간이 필요합니다. 알고 있는 것을 제 능력으로 만들."

"그렇겠지. 어떤 무종도 전수받은 그 순간 완성되는 것은 없으니까. 그렇다면… 그래서 다시 돌아온 것이냐? 네 신분을 감추기 위해?"

묵룡대선의 전사라는 신분은 빛의 술사로서의 무한을 완벽하게 감춰줄 수 있었다.

"그런 이유가 아주 없다고는 말할 수 없습니다. 하지만 그건 돌아온 이유의 일부일 뿐이지요. 빛의 술사이기 이전에 제가 묵룡대선의 사람이라는 것이 가장 중요한 이유입니다. 여긴… 제게 무종을 전해주신 스승님도 계시고, 제게 양부와 같은 분도 계시니까요. 묵룡대선은 제게 집과 같은 곳입니다. 하지만, 제가 이곳에 있는 것이 부담스러우시다면, 혹은 위험하다 생각하시면… 떠나겠습니다."

무한이 담담한 표정으로 말했다.

물론 탑살은 무한이 자신의 신분을 감추고 살아가기 위해 다시 묵룡대선으로 돌아왔다고 해서 화가 난 것 같지는 않았다.

하지만 빛의 술사로서의 무한이 묵룡대선에 머무는 것은 예상치 않은 위험을 만들 수도 있었다.

혹시라도 무한이 빛의 술사의 전인이 되었다는 사실이 세상에 알려지기라도 하면 그땐 세상의 모든 무종들이 묵룡대선을 주목할 것이다. 그건 결코 탑살이 원하는 상황이 아니었다.

무한 역시 그런 탑살의 마음을 알고 있기 때문에 그가 원한다면 순순히 묵룡대선을 떠날 생각이었다.

"흠… 내가 그렇게 품이 작은 사람으로 보였느냐?"

탑살이 가볍게 미소를 지으며 물었다.

"그럼……."

"네가 무엇을 만나서 어떤 사람이 되었든, 결국 넌 나의 제자다. 한번 맺은 무종의 인연은 아무렇게나 사라지는 것이 아니다. 특히 네 말대로 이곳에는 네 양부가 있지 않느냐?"

"감사합니다, 선장님!"

"이럴 때는 스승이라 불러도 나쁘지 않겠구나. 후후, 빛의 술사의 스승이라. 나쁘지 않군. 위대한 전설의 일부가 된 것 같은 기분까지 드는군."

평소의 탑살 같지 않은 모습이다.

그는 좀체 희로애락의 감정을 얼굴에 드러내지 않는 사람이다. 하지만 빛의 술사라는 전설은 그런 그조차도 변하게 만드는 것 같았다.

"최대한 조심하겠습니다."

"그래야지. 나 역시 평소와 다름없이 너를 대할 것이다. 불만 없겠지?"

"오히려 감사합니다."

"좋아. 그건 그렇고, 널 따르는 사람은 얼마나 있느냐? 그들은 지금도 여전히 한열지에 머물고 있느냐?"

이 정도는 물어도 된다고 생각했는지 탑살이 물었다.

"십여 명 정도… 물론 그들이 부리는 사람들, 자신들이 빛의 술사의 일을 하고 있다는 것을 모르는 사람들도 얼마간 있기는 합니다. 그들 대부분은 지금쯤 세상 이곳저곳을 여행하고 있을 겁니다. 삼백 년 동안 한곳에 머문 사람들이라 잠깐의 여행을 허락했습니다."

"그렇구나. 잘한 일이다. 사람은 누구에게나 자유가 필요한 법이지. 그런데… 앞으로 빛의 술사로서는 어떻게 살아갈 생각이냐? 과거의 빛의 술사들이 행했던 일들을 다시 하게 되는 것이냐?"

탑살이 물었다.

그러자 무한이 고개를 저었다.

"그건 아닙니다. 과거와는 다른 빛의 술사가 될 생각입니다."

"어떻게……?"

"제가 인연을 맺은 무종은 모두 위대한 영웅들의 것이지요. 아버지 철사자 무곤, 위대한 바다의 수호자이신 스승님, 그리고 오직 세상의 안정을 위해 자신의 힘을 써온 빛의 술사… 하나같이 자신을 희생해 세상을 구원한 분들입니다. 하지만 전 그렇게는 살 수 없습니다. 전 무조건적인 희생이 어떤 결과를 가져오는지 직접 겪은 사람이니까요."

"음… 그렇긴 하지. 철사자 무곤의 아들임에도 세상에서 버림받았으니까."

탑살이 고개를 끄떡였다.

"제게 가장 중요한 것은 제 주변 사람들입니다. 그들을 희생시켜 세상을 구원한다는 것 같은 영웅의 삶은 제게 어울리지 않지요. 서운하셔도 그건 제 삶으로서 인정해 주셨으면 합니다."

무한이 탑살의 눈을 보며 말했다. 그러자 탑살이 고개를 끄떡였다.

"내가 인정하고 말고의 문제가 아니다. 네 삶은 네가 결정하는 것이니까. 하지만… 살아보니 그렇더구나. 세상이란 게 내가 결심한 대로 살아지는 것이 아니더구나."

독안룡 탑살이 충고하듯, 혹은 위로하듯 무한을 보며 말했다.

아적삼은 한동안 말이 없었다.

배가 심하게 흔들리고 있었다. 어쩌면 그래서 아적삼의 심적인 동요가 드러나지 않는 것일 수도 있었다.

철썩철썩!

밤이 되자 더욱 격해진 파도가 연신 묵룡이선의 선체를 흔들었다. 가끔은 강하게 부딪힌 파도가 갑판 위까지 안개비를 뿌려댔다.

그 와중에도 무한과 아적삼은 갑판에 나와 있었다. 무한이 독안룡 탑살을 만나고 온 이후부터 줄곧 그들은 갑판에 있었다.

무한이 하고자 하는 이야기를 선실에서 하기는 어려웠다. 듣고 있는 귀가 적지 않기 때문이었다.

묵룡이선이 상선보다는 전선에 가까운 모습을 하고 있기는 하지만, 그래도 명색이 상선은 상선(商船)이었다.

상선의 제일 목적은 상인들과 거래할 상품을 실는 것, 당연히 화물칸이 크고 선실은 작았다.

그래서 선실을 홀로 쓰는 사람은 선장과 상거래를 책임지는 총관 정도였다.

묵룡이선이 완성되고 놀랍게도 아적삼이 묵룡이선의 갑판장으로 임명된 이후에도, 아적삼은 서너 명이 함께 쓰는 선실이 거처였다.

또한 다른 선원들이 머무는 선실들 역시 벽 하나를 사이에 두고 붙어 있어서 목소리가 커지면 옆 선실의 대화를 들을 수도 있었다.

그래서 무한과 아적삼은 갑판으로 나올 수밖에 없었다.

무한은 정확하게 그가 독안룡 탑살에게 한 이야기만큼만 아적삼에게 말했다.

두 사람이 무한에게 갖는 의미는 서로 달랐지만, 그 무게는 비슷했다.

적어도 독안룡 탑살에게 할 수 있는 이야기라면 아적삼도 들을 자격이 있었다.

하지만 이야기를 받아들이는 사람 입장에서는 각각 충격의 강도가 다를 수 있었다.

묵룡대선이라는, 세상에서 가장 크고 강력한 배를 움직이는 독안룡 탑살과 그 배의 선원인 아적삼의 그릇이 같을 수 없기 때문이었다.

그래서 아적삼의 침묵은 독안룡 탑살의 침묵보다 훨씬 길었다. 또한 무한의 비밀을 받아들이는 감정 역시 달랐다.

독안룡 탑살이 한 명의 위대한 전사로서 무한의 이야기를 받아들였다면, 아적삼은 아들에게 일어난 엄청난 사건을 듣는 아버지의 마음으로 무한의 이야기를 받아들였다.

그러나 이러나저러나 그 충격이 큰 쪽은 당연히 아적삼이었다.

그런데 침묵 끝에 평정심을 되찾은 아적삼은 무한의 예상과 전혀 다른 반응을 보였다. 그가 침묵 끝에 보인 반응은 흥분이 아닌 무섭도록 침착한 것이었다.

그리고 그 순간 무한은 그의 양부인 아적삼이 묵룡대선에 타기 전 비룡성의 용병으로서 숱하게 죽음의 위기를 넘겨온 사람이란 걸 새삼스레 깨달았다.

"이 모든 것을 선장님께 말씀드렸다고?"

아적삼이 평소보다도 훨씬 낮은 목소리로 물었다. 그의 표정은 약간 그늘져 있었는데, 행운이라면 행운일 수 있는 양아들 무한에게 찾아온 일을 그리 기뻐하는 것 같지도 않았다.

"예."

무한이 아적삼의 반응이 조금 이상한지 걱정스러운 얼굴로 대답했다.

"실수한 것 같구나."

"예?"

무한이 아적삼의 말에 놀라 되물었다.

"친부이신 철사자님의 이야기까지만 하는 것이 좋았을 것 같았다는 말이다."

"그랬을까요?"

무한이 다시 물었다.

"음……."

"선장님을 신뢰하시잖아요?"

"신뢰하지. 세상 그 누구보다. 위대하신 분이고……."

"그런데 왜?"

무한에게 아적삼의 반응은 의외였다. 독안룡 탑살에 대한 믿음이 누구보다 강한 아적삼이기 때문이었다.

그럼에도 불구하고 아적삼은 독안룡 탑살에게 빛의 술사의 전인이 되었다는 말을 한 무한의 행동을 실수라고 말하고 있었다.

"한 인간으로 선장님은 누구보다 신뢰할 수 있는 위대한 전사다. 하지만 묵룡대선의 선장으로서, 그리고 흑라와 맞서 싸운 육주의 대영웅으로서의 선장님은 조금 다르지."

"어떻게요?"

무한이 여전히 이해할 수 없다는 표정으로 물었다.

"육주의 영웅으로서 선장님은 필요할 경우 네 힘을 쓰고자 할 것이다. 육주를 위한 일이라면……."

"하지만……."

"네 생각을 말씀드렸겠지. 세상일에 가급적 관여치 않고 싶다는. 그리고 설혹 관여한다 해도 희생을 감수치는 않을 것이라고. 물론 그 이야기를 선장님도 이해하셨을 것이고."

"맞아요. 선장님도 이해하셨… 아, 아닌가?"

무한의 표정이 갑자기 굳었다.

"왜, 달리 하신 말씀이 있느냐?"

"이런 말씀을 하셨어요. 살다 보면 세상이란 게 자기가 결심한 대로 살아지는 것이 아니더라는. 그냥 지나가는 말로 들었는데."

"바로 그런 것이다. 물론 어떤 경우가 되어도 선장님이 네게 희생을 강요하지는 않을 것이다. 하지만… 네 친부이신 철사자께서 누가 흑라를 죽이러 가라고 강요해서 가신 것이더냐? 그냥 세상의 부탁을 거절하지 못했던 것이지. 그런 의미에서 칸, 네가 선장님의 부탁을 거절할 수 있을 것 같으냐?"

"그… 그건……."

무한이 말꼬리를 흐렸다.

정말 독안룡 탑살이 절실하게 무엇인가를 부탁하면 그걸 거절할 용기가 무한에게는 없었다.

"어쩌면 그분은 위급한 상황이 와도 부탁의 말씀 한마디도 네게 하지 않을 수도 있다. 하지만 그게 더 무섭지. 도움이 필요한 사람이 도움을 청하지 않으면 상대 입장에서는 더 미안해지는 법이니까."

아적삼은 마치 미래를 예측하는 것처럼 말했다.

그런 그의 말을 무한은 반박할 수 없었다. 독안룡 탑살이 원할 때 그가 움직이지 않을 수 있을 거라 스스로도 장담할 수 없기 때문이었다.

"어쩌겠어요. 이미 일어난 일인데."

무한이 어깨를 으쓱했다.

그러자 아적삼도 굳은 얼굴을 풀었다.

"그래 맞다. 이미 일어난 일은 더 이상 걱정할 이유가 없지. 또 아직 일어나지 않은 일을 걱정할 필요도 없고. 그나저나 너 이 자식, 앞으로 행동 조심해라!"

"무슨 말이세요?"

무한이 뜬금없이 욕을 해대는 아적삼을 멀뚱히 바라보며 물었다.

"네 녀석이 철사자님의 아들이든, 빛의 술사의 전인이든. 그건 나와 아무 상관 없다는 거야. 넌 그냥 내… 양아들일 뿐이란 거지. 그러니까. 그런 배경을 빌미로 나한테 까불다가는 수시로 얻어맞을 줄 알아!"

"물론이죠. 그야말로 내가 바라던 건데요. 혹시 그러지 않으실까 봐 오히려 걱정했다고요."

"햐! 이 녀석 날 너무 얕잡아보고 있었네. 내가 출신이나 지위 따위에 주눅 들 사람으로 보였단 말이냐?"

"아뇨, 그게 아니라……."

"내가 비록 일개 선부로 배를 타고 있지만, 과거에 비룡성의 용병으로 수십 번 죽음의 고비를 넘긴 사람이야. 전장에서는 말이다. 죽음의 위기가 닥치면 가장 먼저 도망가는 놈들이 바로 우두머리들이란다. 명분이야 있지. 자신들이 살아야 군대가 유지된다는… 그런데 정말 그뿐일까? 후후, 그것 때문만은 아니라는 것을 누구나 알고 있지. 권력이 많은 자일수록 삶에 대한 애착이 강한 법이니까. 그래서 난 권력자들을 좋아하지 않아. 아주… 인간쓰레기들이 많거든."

"알아요. 아저씨가 강한 분이시라는 걸요."

"그래. 난 아주 강한 사람이다. 그러니까 날 믿고 마음껏 살아 봐!"

"알았어요. 아… 버지!"

"뭐?"

"아버지요. 제 양부시잖아요? 싫어요?"

"아, 아니, 그게 아니라… 갑자기 그렇게 말하니까 징그러워서… 히히."

아적삼이 무한이 철사자 무곤의 아들이자 당대 빛의 술사의 전인이 되었다는 소리를 들었을 때보다 더 당황한 모습을 보였다.

"사람들이 다 아버지와 제가 이제는 부자 관계라는 걸 알고 있는데 계속 아저씨라고 부를 수는 없죠."

"뭐… 그건 뭐… 네 마음대로 해라."

"그런데 호호. 우리 위대하신 아적삼 님께서 묵룡이선의 갑판장이 되실 줄은 정말 몰랐어요? 어떻게 되신 거예요?"

"그 말은 내가 능력이 없다는 뜻이냐?"

아적삼이 눈을 가늘게 뜨고 무한을 노려봤다.

"아, 또 말꼬리 잡으신다. 말싸움은 문술 아저씨랑 하시고요. 말해보세요. 어떻게 된 거예요?"

"그야 뭐… 선장님이 그러시더라고. 묵룡대선의 전사들이 사용하는 무공을 만든 사람이라면 그만한 위치에 있어야 한다고."

"혈랑검이요?"

"응"

"하긴… 들어보니까 요즘 혈랑검을 익히는 묵룡대선의 전사들이 적지 않다고 하더라고요. 앞서 수련한 사람들이 실전에서 굉장히 유용하게 쓰인다는 걸 증명했다던가요?"

"그렇다고들 하더라고. 무공을 아는 적을 상대할 때는 몰라도 해적 놈들 상대하는 데는 제격이니까."

아적삼이 어깨를 으쓱하며 말했다. 그 스스로도 혈랑검을 수련하는 전사들이 많아지는 것에 자부심을 느끼는 듯했다.

"어쨌든 그럼 이제 저도 갑판장님을 아버지로 두었으니, 그 덕을 좀 보는 건가요?"

"어딜! 좀 더 힘들어지겠지. 솔선수범이란 말 알지? 내일 아침 일찍부터 갑판에 나와 일을 도와라. 봄섬에 도착해서도 갑판 청소가 끝날 때까지 하선하지 말고!

"내가 왜요? 난 아직 귀환 중인 소룡인데요?"

무한이 아적삼을 보며 억울하다는 듯 소리쳤다.

"잔말 말고 도울 수 있을 때 도와! 네놈이 정식으로 묵룡대선의 전사가 되면 도울 시간도 없을 테니! 효도라는 건 말이다. 미루는 게 아니다. 시간이 기다려 주지 않으니까. 할 수 있을 때, 기회가 왔을 때 하는 거지. 흐흐흐!"

"그래도 전 이제 막 고된 여행에서 돌아왔다고요!"

무한이 다시 따졌다.

"아직은 여행이 끝난 게 아니지. 봄섬에 도착해야 끝나는 거지. 그러니까 도착할 때까지는 열심히 일하고, 도착해서, 응! 도착해서 푹 쉬자. 알았지! 들어가자! 내일 아침부터 바쁠 테니까."

아적삼이 더 이상 말이 필요 없다는 듯 무한의 팔을 잡고 질질 끌듯 선실로 향했다.

둥둥둥!

거대한 북소리가 잔잔했던 포구의 수면에 파랑을 일으켰다.

뿌우우! 뿌우우!

여러 종류의 나팔과 뿔피리 소리가 사방에서 울려 퍼져 포구로 들어오는 배를 환영했다.

포구에는 수많은 사람들이 몰려나와서 항구로 들어오는 배를 바라보고 있었다. 물론 그들이 기다리는 것은 배가 아니라, 그 안에 탄 사람들이었다.

항구로 들어서는 배가 섬을 떠난 지 겨우 십여 일밖에 되지 않았다.

하지만 그 안에 탄 사람들은 여러 달 세상에서 가장 위험한 곳 중 한 곳이라는 파나류 북서부를 여행하고 돌아온 동료들이었다.

그들은 무사히 돌아왔다는 것, 그 하나만으로도 봄섬의 사람들에게 환영받을 자격이 충분했던 것이다.

제3장

새로운 시대의 태동

독안룡 탑살은 쉽게 움직이지 않았다.

소룡오대와 해신성의 성주 궁마천을 마중하기 위해 묵룡이선을 잠시 출항시켰던 독안룡은 소룡오대를 데리고 봄섬으로 돌아온 이후에는 한동안 묵룡선들을 움직이지 않았다.

육주 원정대의 궤멸과 이왕사후의 패배 이후 세상은 하루 앞을 내다볼 수 없을 만큼 혼란한 상태였다.

그래서 봄섬의 사람들은 독안룡이 묵룡이선을 즉시 출항시켜 무산해협 동쪽으로 진출할 거라고 생각하고 있었다.

수호자들의 섬이 위치한 무산해협 동쪽 입구야말로 신마성이 육주를 공략하기 위해서 전력을 집결시킬 요충지이기 때문이었다.

물론 그곳에 은갑전사단의 수호자들의 섬이 있다는 걸 생각하면 파나류 중동부 금하강 하류의 포구를 출발지로 삼을 수도 있었다.

하지만 그럴 경우 신마성의 전선들은 해신성의 강력한 해상 전력을 상대해야 한다.

해신성 역시 육주 원정대의 일원으로 큰 피해를 입기는 했지만, 다른 이왕사후의 세력들과는 사정이 조금 달랐다.

성주 궁마천이 무사한 것 외에도, 해상 전력이 주력인 그들이기에 신마성 원정에 동원된 전사들의 숫자는 다른 세력들에 비해 적은 편이었다.

원정대에서 해신성 전사들의 주 임무는 금하강과 포구 외곽의 바다를 지키는 것이었다.

그래서 해신성은 다른 성의 전사들이 궤멸적인 타격을 입은 상태에서도 해상 전력만은 그런대로 온전한 세력을 유지하고 있었다.

그런 해신성을 상대로 해전을 감행하는 것은 신마성으로서도 큰 모험이 아닐 수 없었다.

그래서 만약 신마성이 육주를 공략하기 위해 전선을 띄운다면 바닷길은 파나류 북동부, 무산해협 동쪽 출구가 더 가능성이 컸다.

그런 정황을 모를 리 없는 탑살이었다. 그렇다면 하루라도 빨리 묵룡이선을 무산해협 동쪽으로 이동시켜야 했다. 그곳에서 은갑전사단과 협력하면 신마성의 육주 침략을 저지할 수도 있었다.

그런데 독안룡 탑살은 묵룡이선을 움직이지 않았다.

이미 육주 인근을 향해하고 있을 묵룡삼선을 불러오지도 않았고, 수리중인 묵룡대선, 이제는 묵룡일선으로 불리는 본래의 묵룡대선을 움직일 생각도 하지 않았다.

그는 마치 봄섬을 지키는 것이 이 전쟁에 대한 그의 유일한 계획인 것처럼 봄섬에 칩거해 세상의 변화를 살필 뿐이었다.

덕분에 봄섬의 묵룡대선 사람들은 조금은 지루한 생활을 이어가고 있었다.

그리고 그 와중에 무한을 비롯한 소룡들에게는 작은 변화가 있었다.

그들이 드디어 소룡의 신분에서 벗어나 정식으로 묵룡대선의 전사로서 인정되었던 것이다.

소룡들이 전사가 되는 의식은 요란스럽지 않게 이뤄졌다. 봄섬의 사람들은 잔치를 열지도 않았다.

그 의식은 봄섬 안쪽 분지, 해왕의 숲에 있는 오래된 옛 폐허의 수련터에서 소룡들과 묵룡대선의 주요 수뇌들만 모여 소박하게 치러졌다.

모두 스물여섯 명의 소룡들이 반원을 그리며 서 있었다. 그들 앞에는 독안룡 탑살과 묵룡삼선의 선장이 되어 육주로 떠난 창왕 두라문을 제외한 묵룡사왕 중 삼 인, 그리고 봄섬의 살림을 책임지는 제이총관 운사가 서 있었다.

그리고 스물여섯 자루의 검과 스물여섯 개의 방패가 그들 사이에 놓여 있었다.

하나같이 날카롭게 벼려진 검이었고, 어떤 검으로도 뚫을 수 없을 것처럼 단단해 보이는 방패들이다.

투박한 검은색 방패 위에 검신을 드러낸 검들이 놓여 있었는데, 그 검들이 원시림을 뚫고 들어오는 태양빛을 반사해 눈부신 광채를 만들어내고 있었다.

"모든 일에는 시작과 끝이 있다."

소룡들의 앞에 선 독안룡 탑살이 입을 열었다.

소룡들은 긴장한 표정으로 독안룡의 입에서 흘러나오는 말에 집중했다.

"한 시대가 끝나면 새로운 시대가 시작되는 것이 자연의 법칙이다. 그런 의미에서 이제 묵룡대선에도 새로운 시대가 시작되었다고 감히 말할 수 있다. 너희들은… 내가 꿈꾸는 묵룡대선의 새로운 시대를 이끌어갈 주역들이다. 또한 너희들을 묵룡대선의 전사로 키워낸 것은 내가 묵룡대선의 선장으로서 한 일 중 가장 가치 있는 일이라고 자부한다."

독안룡 탑살의 말에 소룡들의 얼굴에 긴장과 더불어 자부심이 깃들었다.

본래 독안룡 탑살은 말이 많은 사람이 아니어서 이런 장황한 연설을 좀체 하지 않는 사람이었다.

그러나 오늘은 그조차 특별한 감정을 느끼는가 싶었다.

소룡들, 그가 키워낸 스물여섯 명의 제자들이 정식 전사가 되는 순간은 이 단단하고 강한 마음을 지닌 대영웅 독안룡 탑살의 심장도 흥분하게 만드는 모양이었다.

"나의 시대의 묵룡대선은 수많은 고난과 도전을 극복해야 했다. 그중에는 흑라의 시대도 있었다. 그 모든 고난을 뚫고 오늘날 우리 묵룡대선은 세상 그 누구도 무시할 수 없는 강한 존재감을 갖게 되었다."

독안룡 탑살의 말에는 그가 살아온 세월에 대한 자부심이 깃들어 있었다.

그의 곁에 서 있는 사왕들 역시 마찬가지였다. 그들의 얼굴에도 묵룡대선의 역사를 만들어온 주역이라는 것에 대한 자부심이 강하게 드러났다.

"그 사실을 잊지 마라. 너희들이 가진 것들은 선대의 희생으로부터 얻어진 것이라는 것을!"

"예, 선장님!"

소룡들이 일제히 대답했다.

그들 역시 독안룡 탑살과 묵룡사왕들이 걸어온 고난의 길을 알고 있기 때문이었다.

"그럼에도 불구하고 반드시 명심해야 할 것이 있다. 선대의 희생에 감사하고, 그들의 성취를 존경할지언정, 그 권위에 굴복하지는 말아라!"

독안룡 탑살의 입에서 흘러나온 뜻밖의 말에 소룡들이 당황스러운 표정을 지었다.

그런 소룡들을 보며 독안룡 탑살이 더욱 강렬한 기운을 뿜어내며 말했다.

"앞선 자들의 충고는 신중히 들을 필요가 있다. 그들의 가르침은 너희들이 성장하는 데 큰 자양분이 될 것이다. 그러나! 어느 순간 결단의 순간이 오면, 그때는 온전히 너희들 스스로의 판단에 의지하라. 그래야 실패를 하더라도 그 결과에 후회가 없는 법이다. 또한 과거의 사람들은 과거의 방법으로 세상일을 판단할 수밖에 없다. 그러나 세상은 끊임없이 변하고 과거의 법은 결국 낡은 것이 되고 만다. 과거의 법만을 따르려 하다가는 세상에서 도태되고 말 것이다. 이를 명심하라."

"예, 선장님!"

독안룡 탑살의 당부가 어떤 의미인지를 깨달은 소룡들이 일제히 대답했다.

"오랫동안 전통을 이어가는 집단들이 있다. 그런데 그런 세력들일수록 전통의 법에 얽매이지 않고 늘 새로운 변화를 추구한다. 끊임없이 새로운 무공을 추구하고, 새로운 터전을 찾고, 새로운 법을 만들어 조직을 변화시킨다. 그리고 이제 묵룡대선에 새로운 바람을 불어넣을 주인들이 바로 너희들이다. 이 사실을 명심하라!"

"예, 선장님!"

소룡들이 다시 한번 일제히 대답했다. 자부심 이상의 책임감으로 그들 표정이 조금 무거워진 듯도 보였다.

그런 소룡들의 변화를 잠시 침묵으로 바라본 독안룡 탑살이 다시 입을 열었다.

"검과 방패를 들어라!"

무한은 눈부신 검신을 황홀한 시선으로 바라봤다.

방패에서 느껴지는 적당한 무게감도 좋았다. 이 검과 이 방패라면 세상에 대적하지 못할 적이 없을 것 같은 느낌이 들 정도였다.

다른 소룡들 역시 마찬가지였다. 각자 자신들이 들어 올린 검과 방패를 바라보느라 앞에 서 있는 독안룡 탑살의 존재를 잠시 잊을 정도였다.

독안룡 탑살은 소룡들이 새로운 검과 방패를 감상할 충분한 시간을 주었다.

그리고 소룡들이 검과 방패에 익숙해질 즈음에 다시 입을 열었다.

"너희들에 대한 기대는 단지 묵룡대선의 식구들만 가지고 있는 것이 아니다. 그 검과 방패는 석림도에서 왔다."

"아!"

"그래서……."

소룡들이 그제가 그들이 받은 검과 방패가 만들어내는 특별한 광채와 단단함이 이해했다.

그런 소룡들에게 독안룡이 다시 말했다.

"한철은 금보다도 귀한 것이다. 그런 한철로 검과 방패를 만들어 너희들에게 선물했다는 것은 석림도주께서도 너희들에 대한 기대가 크다는 의미다. 너희들도 알다시피 우리 묵룡대선과 석림도, 그리고 가름에 새로 터전을 마련한 북창은 긴밀하게 연결되어 있다. 그들이 우리에게 기대하는 것은 이 연대를 지켜낼 힘이다. 이제 너희들이 그 힘의 근간이 되어야 한다. 그들의 기대를 항상 마음에 두거라."

"알겠습니다, 선장님!"

"이 연대의 힘이 제대로 발휘된다면 우리 묵룡대선은 오랫동안 세상의 모든 바다를 자유롭게 여행할 수 있을 것이다. 동료들과 후대 형제들의 그 아름답고 자유로운 삶을 지키는 것이 바로 너희들의 임무다. 알겠느냐?"

"예, 선장님!"

소룡들이 지치지 않고 다시 일제히 대답했다.

"좋아. 그럼 이제 너희들은 지금부터 묵룡대선의 전사다. 소룡의 껍질은 이곳에 벗어둔다. 화려한 잔치 따위는 기대하지 말라. 묵룡대선의 전사가 된다는 것은 특권이자 거대한 의무다. 너희들의 목숨을 내놓아야 하는. 이제 총관께서 너희들에게 전사로서의 첫 임무를 정해주실 것이다. 맡은 일이 무엇이든 그 임무에 충실하라. 또한 묵룡대선의 식구들에게 겸손하라. 알겠느냐?"

"예, 선장님!"

소룡들의 대답을 들은 독안룡 탑살이 봄섬을 관장하는 총관 운사에게 고개를 끄떡이고는 뒤로 물러나는 듯하다가 홀연히 자리를 떠났다.

그러자 묵룡사왕이 서둘러 독안룡 탑살의 뒤를 따라 오래된 수련터를 벗어났다.

"자, 이리들 모여봐라. 전사가 되는 의식이 끝났으니. 이제 일들을 해야지?"

총관 운사가 독안룡 탑살과 묵룡사왕이 떠나자 소룡들을 불러 모았다.

"아니, 뭐, 거대한 잔치는 몰라도 소박하게 술상이나 음식은 차려줘야 하는 것 아닙니까?"

왕도문이 투덜거렸다.

"돌아가면 밥 먹을 텐데 뭐 하러 이 먼 곳에서 밥을 먹냐?"

운사가 퉁명스럽게 되물었다.

"그래도 어디 그게 그런가요. 근 십여 년의 수련이 끝나고 정식으로 묵룡대선의 전사가 되었는데. 그리고 사실 이런 일은 처음 아닙니까? 선장님의 제자로서 소룡을 키워 전사로 만든 경우는."

왕도문이 말했다.

그의 말대로 어린 재능들을 찾아내 해왕의 무종을 전수한 후, 소룡으로서 오랜 수련을 거친 후 묵룡대선의 전사로 만든 경우는 이번이 처음 있는 일이었다.

그동안 해왕의 무맥은 일인전승으로 이어져 왔었다. 그래서 묵룡대선의 전사들은 대부분 해왕 무맥의 무종을 받은 사람들은 아니었다.

소룡들 이전의 묵룡대선 전사들은 이미 무공을 소유하거나 도검을 쓸 줄 아는 사람들을 받아들여, 탑살과 묵룡사왕이 대해벽과 파랑십이검을 수련시킨 사람들이었다.

그들은 해왕 무맥의 가장 중요한 무공인 신공 천년구공과 무종의 씨앗을 전수받지는 못한 사람들이었다.

그래서 그들은 묵룡대선이 전사이기는 하지만, 독안룡 탑살의 제자들은 아니었다.

"그러니까 더 잔치를 하면 안 되지."

운사가 말했다.

"왜요?"

왕도문이 따지듯 물었다.

"너희들이 다른 전사들에 비해 특별한 대접을 받는다는 느낌을 주면 안 되니까. 명심해라. 선장님께서도 당부했지만 너희들은 행동을 특별히 조심해야 해. 선장님의 제자라는 것을 절대 과시하면 안 된다는 거야. 마치 그런 일이 없는 사람들처럼 자연스럽게 기존의 전사들과 섞여들어야 한다. 그렇게 노력을 해도 사람들은 너희들을 특별하게 볼 테지만. 알겠느냐?"

"…알았습니다."

왕도문이 풀이 죽은 목소리로 대답했다. 운사의 말을 듣고 보니 자신의 말이 철없는 철부지의 투정이었다는 것을 깨달은 것이다.

"그리고 명심해라. 선장님께서 너희들 모두에게 무종을 전한 것은 큰 희생의 결과라는 것을. 보통의 경우 어떤 대단한 무인이라도 열 명 이상의 제자를 두지 않는다. 이유는 모두 알고 있겠지?"

"당연히 알고 있습니다."

소룡들의 대형이었던 전위가 대답했다.

"무인에게 있어 자신의 내공을 타인에게 전하는 일만큼 고귀한 희생은 없다. 그런 일을 스물여섯의 제자에게 하신 선장님이시다. 선장님께서는 너희들만의 새로운 묵룡대선을 만들어가라 하셨지만, 난 적어도 선장님의 희생은 기억되었으면 한다."

"물론입니다. 어떻게 선장님의 은혜를 잊겠습니까?"

전위가 다시 말했다.

"좋아. 모두 같은 생각이면 오늘부터 주어지는 임무에 불평을 갖지 말고 최선을 다하도록 해라."

"예, 총관님!"

소룡들이 일제히 대답했다.

소룡들이 묵룡대선의 전사가 되기까지의 독안룡 탑살의 희생을 강조한 총관 운사가 양피지 여러 장을 꺼내 들며 말했다.

"선장님과 사왕께서도 너희들의 첫 임무에 대해 많은 고민을 하셨다. 가장 큰 고민은 '과연 그동안 오대로 나누었던 조직을 그대로 유지할 것인가'였지. 그대로 유지했을 때의 장점과 단점은 너희들도 알고 있을 것이다. 지나친 경쟁, 그것이 나중에 문제가 될 수도 있으니까."

운사의 말에 소독이 물었다.

"그럼 흩어지는 겁니까?"

"아니다. 그런 우려가 있다 해도 너희들이 십 년의 수련 기간 동안 같은 대의 동료로서 만들어온 각 대만의 특유의 전력을 흩어버리는 것은 아깝다는 판단들을 하셨다. 그래서 전사가 된 이후에도 지금의 체계는 유지한다. 다만 각대의 호칭은 없앴다. 그저 같은 임무를 수행하는 동료로서 함께 움직일 뿐이다. 여러 우려에도 불구하고 이런 결정을 내리신 선장님과 사왕님을 걱정시키는 일은 없도록 하거라."

"알겠습니다. 총관님, 그리고 걱정 마십시오. 비록 오대로 나뉘어 수련했지만, 우리 스물여섯 사형제들의 우애는 돈독합니다."

전위가 미소를 지으며 대답했다.

"그래. 그래야지. 자! 한 장씩 받아. 이 안에 적힌 일들이 너희들의 첫 번째 임무다. 충실히 수행하거라."

운사가 소룡들에게 다섯 장의 양피지를 나눠 주었다.

그러자 무한이 입을 열었다.

"저기… 총관님!"

"왜? 할 말이 있느냐?"

"저는 어디에……?"

"야! 당연히 우리와 함께해야지. 넌 소룡오대잖아!"

하연이 화를 내듯 소리쳤다.

"맞아. 이상한 놈일세. 이제 와서 오대가 아니라고 할 셈이냐? 저 녀석이 사막을 혼자 헤매고 오더니 이상해졌어! 아주 개인적으로 놀려고 한단 말이야. 막내로서 우리 시중들기 싫다는 거냐?"

왕도문도 무한에게 소리를 질렀다.

"아니, 그런 게 아니라요……."

"그런 게 아니긴 뭐가 아니야. 잔말 말고 우리와 동행하는 거야. 그렇지 않습니까? 총관님!"

왕도문이 총관 운사에게 물었다.

그러자 운사가 왕도문의 질문을 미뤄두고 무한에게 물었다.

"만약 오대출신의 동료들과 떨어지면 달리 하고 싶은 일이 있느냐?"

"그야… 저야, 뭐 묵룡이선에서 갑판 일을 하고 싶지요."

"야, 용전사가 갑판 일을 왜 해?"

하연이 다시 소리쳤다.

"조용히 하거라. 칸은 그럴 만하지. 양부가 묵룡이선의 갑판장이니까. 아직삼 그 친구와 함께 있고 싶은 거지. 맞느냐?"

운사가 하연의 말을 막고 무한에게 물었다.

"오대의 사형들과 함께할 수 없다면 그랬으면 합니다."

"음… 알겠다. 하지만 그럴 일은 없을 것 같구나. 넌 누가 뭐래도 오대 출신의 전사니까. 저놈들과 함께한다. 알겠느냐?"

운사가 말했다.

"그럼 저도 좋지요."

무한이 고개를 끄떡였다.

그러자 운사가 빙그레 웃으며 말했다.

"하지만 그럼에도 넌 네 양부와 함께할 것이다. 그렇지?"

운사가 소독에게 물었다.

소독에게는 운사에게서 받은 양피지가 있었다.

"총관님 말씀이 맞아. 우린 묵룡이선에 탄다."

"어? 정말?"

왕도문이 되물었다.

"그래. 봐!"

소독이 왕도문에게 양피지를 넘겼다. 그러자 왕도문이 양피지를 받아 읽더니 소독에게 화를 냈다.

"망할 놈 그럼 진작에 말할 것이지. 괜히 칸과 싸웠잖아?"

"그야 칸의 소속에 대한 문제였지, 임무에 대한 문제였냐? 그걸 구분 못 하는 네놈도 참 한심하다."

소독이 고개를 저으며 왕도문을 타박했다.
"뭐… 아무튼 우린 묵룡이선을 탄다는 거군."
왕도문이 다시 양피지를 보며 중얼거렸다.
그러자 운사가 각기 양피지를 받아든 소룡들에게 말했다.
"이제 성으로 돌아간다. 각자의 임무는 확실히 숙지해. 내일부터는 각자 정해진 곳으로 가도록 해라."
"알겠습니다, 총관님!"
"그럼, 나 먼저 가겠다."
운사가 손을 흔들고는 수련터에서 숲으로 난 길로 사라졌다.

운사가 사라지자 갑자기 왕도문이 전위에게 물었다.
"대사형, 정말 술 한잔 안 하는 겁니까?"
"도문, 넌 언제부터 그렇게 술꾼이 됐느냐?"
"아니, 술꾼이 아니라 아쉬워서 그렇죠. 잔치는 아니더라도 우리끼리는 기념할 만한 날 아닙니까?"
왕도문이 투덜거렸다.
그러자 소독이 말했다.
"잠깐 기다려 봐."
"기다리면 뭐? 술이 나와 밥이 나와?"
왕도문이 퉁명스럽게 물었다.
"누가 오기로 했어."
"누가?"
왕도문이 여전히 퉁명스럽게 되물었다.
"아! 마침 오시네."

소독의 말이 끝나자마자 숲을 관통해 포구의 성으로 이어지는 길을 따라 한 필의 말을 끌고 두 사람이 나타났다.

"두굴 형님!"

왕도문이 귀빈이 온 것처럼 뛰어나갔다.

물론 그가 반긴 것은 두굴과 그의 호위무사 바루호가 아니라 그들이 끌고 온 말(馬)이었다. 아니, 정확하게는 말 등에 실려 있던 술과 음식들이었다.

"아니, 뭐 이런 걸 다……."

왕도문이 바루호로부터 말고삐를 빼어 잡으며 말했다. 말과 달리 반가운 기색을 숨길 수 없는 표정이다.

"도문 아우에게 술이 필요할 것 같아서. 묵룡대선의 정식 용전사가 된 날 아닌가."

"뭐, 뜻깊은 날이기는 하죠. 하지만 대놓고 잔치할 날은 아니라서……."

"그럴 줄 알고 내가 온 거네. 이런 날은 당사자들끼리라도 조촐하게 한잔해야지 않겠는가?"

"역시 두굴 형님이십니다. 고맙습니다, 형님!"

왕도문이 말을 끌고 소룡들이 있는 곳으로 가며 말했다.

"어서 오시오."

전위가 두굴을 맞았다.

그러자 두굴이 가볍게 고개를 숙여 보인 후 입을 열었다.

"고단한 수련을 마치고 정식으로 용전사가 되신 것을 축하드리오. 술과 음식을 조금 가져왔는데 혹시 불편하실는지 모르겠소."

"불편하다니요. 오히려 고맙소. 사실 사제들에게 술 한 잔 먹여 보내지 못하는 것이 서운하던 참이오. 덕분에 우리 사제들이 소룡의 마지막 날을 쓸쓸하지 않게 보내게 되었소. 고맙소."

"하하, 그렇다면 다행입니다. 자자, 아우님들 음식들 좀 차려 봐."

두굴이 오대의 소룡들에게 말했다.

그러자 오대의 소룡들이 얼른 말에서 짐을 내려 해왕의 숲 폐허에 만들어진 수련터에 조촐한 잔칫상을 차리기 시작했다.

술자리는 밤늦게까지 이어졌다.

조촐하다고 했지만, 말까지 동원해 싣고 온 음식이 초라할 리 없었다.

가끔 봄섬에도 석림도의 배가 왔다. 물론 과거에는 있을 수 없는 일이었다.

하지만 묵룡대선과 석림도, 그리고 북창이 새로운 연대를 결성한 이후 세 세력의 왕래는 무척 자유로워진 상태였다.

특히 두굴이 묵룡대선을 따라 석림도를 떠난 이후 봄섬을 방문하는 석림도의 배는 보름에 한 번 정기적으로 오가고 있었다.

그 배에는 대부분 봄섬에서 필요로 하는 석림도의 물자들이 실려 있었지만, 그중에는 두굴 개인을 위한 물품들도 적지 않게 실려 있었다. 물론 그 대부분이 술이라는 것이 항상 바루호의 눈살을 찌푸리게 했지만.

어쨌든 그 덕에 오늘 소룡들은 정식으로 묵룡대선의 전사가 된 기념을 제법 거창하게 할 수 있었다.

묵룡대선의 수뇌들이 해주지 못한 잔치를 해왕의 숲 깊은 수련터에서 두굴의 도움으로 즐길 수 있었던 것이다.

소룡들은 자정이 넘어 새벽 별이 뜰 때까지 작은 연회를 이어갔다.

처음에는 대부분 사자의 섬과 무산열도 북방, 그리고 한열지로 떠났던 마지막 수련 여행, 정확하게는 빛의 술사를 찾아 떠난 여행에서 경험한 모험들이 이야기의 주를 이뤘다.

그러나 시간이 흘러 여행에서 겪은 일들이 더 이상 이야깃거리가 되지 않을 즈음에는 미래에 대한 불안과 기대, 그리고 세상의 정세에 대해 진지한 이야기도 이어졌다.

그러는 사이 소룡들 서로에 대한 신뢰도 깊어갔다.

그래서 적어도 그 순간만큼은 그들이 묵룡대선의 수뇌들이 걱정하는, 지나친 경쟁으로 인한 적대감 같은 것은 걱정할 일이 아닌 듯 보였다.

"괜찮을 것 같습니다."

어둠 속에서 독사검왕 서군문이 말했다.

그의 옆에는 독안룡 탑살이 서 있었는데, 그들은 어둠 속에서 새벽까지 이어지는 소룡들의 작은 잔치를 지켜보고 있었다.

"오늘 밤이 영원했으면 좋겠소."

독안룡 탑살이 무심하게 말했다. 그러나 그 무심함 속에는 간절함이 숨어 있었다.

"모두 현명한 아이들입니다. 걱정하는 일은 일어나지 않을 겁니다."

"내가 살아 있는 동안에는 물론 그럴 거요. 만약 그런 기미가 보이면 누구보다 먼저 내가 분란을 일으킨 아이를 벌할 테니. 하지만……."

"나중의 일을 걱정하십니까? 후후, 그건 지나치시군요. 솔직히 말해 우리가 죽고 난 이후의 일까지 걱정하시는 것은……."

"내가 뿌려놓은 씨앗이니까. 그리고 과거 이 숲에서 일어났던 피의 역사가 있으니까."

"해왕님의 제자들간의 싸움 말이군요."

"그렇소. 만약 그렇지 않았다면 이 숲에는 거대한 성이 세워졌을 것이오. 해왕의 무종이 일인일맥으로 전수되어 오지도 않았을 것이고. 그걸 내가 깼소. 전통의 법을 어기고 스물여섯 명의 아이를 거둬들였지. 그게… 세상을 위한 일이라고 자위하지만 어쩌면 내 욕심 때문일 수도 있소. 묵룡대선이 하나의 상선이 아닌 쓰러지지 않은 큰 산 같은 세력이 되길 바라는……."

"그리될 것입니다. 저 아이들… 마지막 수련 여행에서 모두 살아 돌아왔습니다. 사실 기대치 않은 것 아닙니까. 적어도 몇은 돌아오지 못할 거라 생각했었는데……."

"음… 그건 검왕의 말이 맞소. 좋은 징조라고 생각할 수도 있지. 저 아이들이 좋은 운을 타고 태어난 것이니까."

"묵룡대선은 강해질 겁니다. 저 아이들로 인해……."

"그건 나도 동감이오. 그래서 더 걱정이 되는 것이오. 물론 지나친 걱정이라는 생각도 있지만……."

독안룡 탑살이 신중하게 말했다.

조금 무거운 이야기가 이어지자 독사검왕 서군문이 화제를 돌렸다.

"그런데 그 아이는 어떻게 된 것입니까?"

"그 아이라면?"

"칸 말입니다."

"음……."

독안룡 탑살이 갑자기 입을 닫았다. 마치 대답하기 어려운 듯한 모습이다.

"뭔가 있기는 하군요."

"그 아이의 과거를 알게 되었소."

탑살이 이번에는 바로 대답했다.

"그렇습니까? 말을 하던가요?"

"그렇소. 지난번 수련 여행에서 돌아온 후 선실에서 말해주었소."

"어떤 과거를 가지고 있던가요?"

"미안하지만 그건 말해줄 수 없소. 그 아이와의 약속이니."

"위험한 과거를 가지고 있나 보군요."

서군문이 걱정스럽게 말했다.

무한의 과거가 혹시 묵룡대선에 걱정거리가 될 수도 있기 때문이었다. 더군다나 이렇게 독안룡 탑살이 자신에게도 입을 닫을 정도의 과거면.

"걱정 마시오. 나쁜 과거는 아니니까. 다만… 그 아이가 그 과거로부터 벗어나길 원할 뿐이오. 아니, 그 아이가 벗어나는 것이 아니라 세상이 자신의 과거를 기억하지 않기를 바란다는 말이 정확하겠군. 물론 세상이 안다 해도 우리 묵룡대선에 해가 될 일은 아니오. 다만 그 아이가 조금 귀찮아질 거요. 묵룡대선에 머물 수 없을 만큼 관심을 받게 될 테니."

"그렇군요. 해가 될 과거가 아니라면 걱정할 일은 아니지요. 그런데… 녀석이 변한 것은 어떤 이유라고 합니까? 역시 전설적 경지의 무공을 성취한 무인들의 경우처럼 홀로 사막에 남겨진 후 어떤 무(武)의 깨달음을 얻은 겁니까?"

"글쎄… 거의 비슷하다고 할 수 있을 것 같소. 자신의 몸속을 깨끗하게 정화한 것 같은 경험을 가졌다고 했으니까. 아마 칸은 앞으로, 아니, 아주 빠른 시간 내에 우리가 상상할 수 없는 경지에 이를 것이오."

독안룡 탑살이 담담하게 말했다.

그로서는 무한이 빛의 술사라는 사실을 비밀로 하는 것이 그가 철사자 무곤의 아들이라는 것을 말하지 않는 것보다 더 중요한 일이었다.

그러자면 무한의 변화를 무공의 깨달음으로 말해두는 것이 가장 적합했다. 무인이라면 누구라도 그 깨달음의 순간이 실재한다고 믿기 때문이었다.

절대고수로 들어서는 관문으로서…….

"참 운이 좋은 녀석이군요."

독사검왕 서군문이 부러운 표정으로 말했다. 한 명의 무인으로서는 부러운 경험이라는 것을 알기 때문이었다.

"고난의 대가라고 해둡시다. 사막을 보름 이상 혼자 걸은 아이요. 그런 지경이 되면 누구에게라도 무슨 일이 일어나지 않겠소?"

"그렇군요. 후후, 저도 사막에나 가볼까요?"

"미안하지만 그럴 시간은 없을 것 같소."

독안룡 탑살이 가늘게 미소를 머금으며 말했다.

"하긴… 파나류의 일, 좀 당황스럽기는 합니다."

이번에도 독사검왕 서군문이 먼저 화제를 돌렸다.

* * *

파나류에서는 하루가 멀다 하고 급박한 소식들이 전해지고 있었다.

물론 소식의 대부분은 신마성과 관련된 것이었다.

후방에 남아 있던 육주의 일차 원정대가 무사히 바다로 퇴각했다는 소식도 들어왔지만, 그것보다 더 중요한 것은 신마성의 행보였다.

그런데 세상 모든 사람들이 예상한 것과 달리 신마성은 더 이상 진격하지 않았다.

퇴각하는 원정대를 추격하지도 않았고, 전선들을 모아 대양을 건너 육주를 공격할 준비도 하지 않았다.

그렇다고 파나류 곳곳으로 전사를 보내 자신들만의 거대한 왕국을 건설하지도 않았다.

놀랍게도 그들의 선택한 것은 물러남이었다.

처음에는 소문으로 전해졌으나 파나류에서 활동하는 북창과 석림도, 그리고 묵룡대선의 정보원들이 하나같이 신마성 수뇌부의 퇴각 소식을 전해오면서 소문은 사실로 받아들여졌다.

그건 그 누구도 예상치 못한 반전이었다.

육주 원정대를 완벽하게 궤멸시킨 신마성이다. 이런 승리는 과거 흑라조차도 거두지 못했었다. 만약 과거 흑라가 이런 큰 승리를 한 번이라도 거뒀다면, 흑라는 아마도 온 세상을 정복했을 것이다.

물론 상황이 다르긴 했다.

당시 육주의 권력자들은 흑라의 기세에 겁을 먹고 철저하게 육주를 지키는 수세적인 전략을 짰다. 그래서 육지에서의 대규모 전쟁은 벌어지지 않았다.

독안룡 탑살이 활약한 대해전이 유일하게 큰 전쟁이라고 할 수 있었는데, 그 해전에서 독안룡이 흑라의 대선단을 물리침으로서 육주가 그나마 안전했던 것이다.

그런데 이번에는 이왕사후가 육주를 떠나 파나류 원정을 시도했다.

이왕사후는 신마성 원정을 자신들의 명예를 회복할 기회로 보았고, 강력한 전력을 구성해 신마성 원정을 시도했다.

그리고 그것이 과거와 현재의 차이를 만들어냈다.

원정대의 궤멸은 당장 육주에 힘의 공백을 일으킬 것이다.

그래서 바로 지금이 육주를 공격해 정복할 가장 좋은 기회였다.

그런데 신마성주는 육주 공략을 포기하는 것은 물론, 아예 그가 처음 왔던 곳으로 돌아가는 쪽을 선택했다.

아무도 예상하지 못한 선택이었고, 그래서 아무도 예상할 수 없는 이후의 정세였다.

"세상이 어찌 될까요? 파나류는 그리고 육주는 말입니다."

서군문이 물었다.

그러자 독안룡 탑살이 대답했다.

"한 가지는 확실하오, 비록 신마성주가 수뇌들과 함께 그의 본거지로 돌아갔다고 해도 당분간 파나류는 신마성의 그늘 아래 있을 것이오. 어쩌면… 신마성을 뿌리로 그로부터 갈라져 나온 세력들이 파나류 곳곳에 왕국을 세울 수도 있을 것이오. 사실 그렇게 되면 신마성은 파나류에 육주를 능가하는 대제국을 건설할 수도 있을 것이오. 마치 과거 수백 년 육주를 지배한 천록의 왕국처럼 말이오."

"말씀을 듣고 보니 그럴 수도 있겠군요. 아니, 거의 확실한 것 같습니다. 신마성이 꿈꾸는 것은 파나류에 세워지는 수많은 성과 왕국들을 그들이 통제하는 하나의 제국… 그것일 것 같습니다. 육주 공격은 승패를 자신할 수 없는 일이니까 일단 뒤로 미루고 말입니다. 이왕사후를 꺾음으로써 육주 성주들이 파나류의 일에 관여할 수도 없고."

독사검왕 서군문이 고개를 끄떡이며 말했다.

그는 독안룡 탑살의 생각에 완전히 동의하는 것 같았다.

"그래서 걱정이오. 파나류에 거대한 마의 제국의 세워지면 세상은 그 제국이 존속하는 한 영원히 그들의 위협에 시달려야 할 것이오. 더군다나 육주가 지리멸렬, 분열된다면 더더욱 말이오."

"그러다 어느 때가 되면 육주를 공격할 수도 있겠지요. 참…

무서운 인물 같습니다. 신마성주라는 자."

독사검왕 서군문이 두려운 표정으로 말했다.

"그럼에도 그들 역시 약점은 있소."

"무엇입니까?"

서군문이 물었다.

"지난 대원정에서 비록 이왕사후가 패하기는 했지만, 비밀에 싸여 있던 신마성의 실체도 거의 드러났소. 신마성주와 신마후들의 존재 같은 것 말이오. 그들이 동원할 수 있는 전사들의 숫자 역시 그렇고……."

"그렇긴 하지요."

서군문이 고개를 끄떡였다.

"그중 그들의 약점일 수도 있는 아주 중요한 사실이 있소."

"무엇입니까?"

"신마성주의 무공은 절대적이라 할 수 있지만, 다른 신마후들은 절정의 반열에 오른 육주의 대전사들이라면 충분히 상대할 수 있다는 것이오. 그건 곧 신마성주만 죽으면 신마성 역시 과거 혹라의 세력처럼 지리멸렬할 수 있다는 뜻이 되오. 설혹 신마성을 따르는 여러 개의 왕국이 파나류를 장악한다 해도 신마성주가 죽는 순간, 그들도 분열할 것이고 제국은 흩어지게 될 것이오."

독안룡 탑살의 말에 서군문의 표정이 급격하게 어두워졌다.

"그 말씀은… 또 한 명의 철사자 무곤이 나와야 한다는 말이 아닙니까? 그건……."

"그럴 만한 인물이 현재의 육주에 없다는 것이 문제일 거요."

"설혹 그런 능력을 가진 사람이 있다 해도 철사자 무곤의 대영웅행 이후 그 가족에게 일어난 일을 생각하면 누구도 나서지 않을 겁니다."

"맞소. 철사자 무곤이 흑라를 죽여 육주를 구했지만, 그 가문은 완전히 사라졌으니까."

독안룡 탑살이 우울하게 말했다.

무한이 살아 있다는 것을 알고 있지만, 그걸로는 위안이 될 수 는 없는 일이다.

철사자 무곤의 아들 무한은 죽은 것이나 마찬가지였다. 칸이 살아 있다고 세상이 그들에게 행한 일이 없는 일이 되는 것은 아니다.

"결국 파나류는 신마성의 제국이 되고 말겠군요."

서군문이 말했다.

"또 하나의 변수는 있소."

"다른 변수라면……?"

"철사자 무곤에 필적하는 고수들이 여전히 세상에는 존재하고 있다는 사실이오. 다만… 스스로 사람들의 세계가 아닌 자신들만의 세계에서 살고 있다는 것이 문제지만."

"음… 십이신무종을 말씀하시는 것이군요."

"그렇소. 십이신무종에는 반드시 철사자 무곤의 무공에 필적하는 능력을 가진 자들이 있을 것이오. 물론… 아주 극소수겠지만."

"그들이 나설까요?"

"글쎄… 과거 혹라의 시대에도 침묵을 지킨 자들인데. 자신들의 아성이 위협받지 않으면 움직이지 않을 것이오."

독안룡의 말에 경멸의 기운이 깃들어 있다.

독안룡은 누구보다도 십이신무종이 실체에 대해 잘 알고 있었다.

세상의 속된 욕망에서 벗어나 무도를 추구하고, 세상의 평화를 위해 속가 제자들을 받아들여 일부 무종을 전수하고 세상의 정의를 위해 쓰여질 전사로 내보낸다는 말은 허울 좋은 거짓 명분이었다.

그들은 속가 무종 전수자들을 육주 각성의 성주들에게 보내 각 성의 수뇌부로 만들어 은연중에 육주에 강력한 영향력을 발휘하고 있었다.

또한 그러면서도 세상의 혈난은 철저히 외면했다. 덕분에 자신들의 힘을 온전하게 보전하고 있는 십이신무종이었다.

독안룡 탑살이 보기에 그건 고고한 삶이 아니라 이기적인 자들의 삶이었다.

그런 자들이 신마성에 대적하기 위해 각 종파의 절대고수들을 세상에 내보낼 리 없다는 것이 독안룡의 생각이었다.

"그래도 일말의 가능성은 있지 않을까요?"

서군문이 물었다.

"일말의 가능성? 어떤 의미에서 말이오?"

탑살이 되물었다.

"십이신무종은 수백 년 동안 모든 무종의 시원이자 우두머리를 자처하면서 세상의 존경을 한 몸에 받았으면서, 이왕사후와 같은 육주 강자들을 이용해 실질적으로 육주를 지배해 왔지요. 각 성의 주요 전사들이 대부분 그들의 무종에 뿌리를 두고 있으니 말입니다."

"맞소. 그것이 그들의 교묘하게 세상을 지배하는 방식이지."

탑살이 동의했다.

"그런데 이왕사후가 몰락했습니다. 그러니 당장은 육주에 대한 그들의 영향력도 와해되었지요. 이왕사후를 제외한 다른 성주들은 십이신무종 출신의 전사들이 거의 없으니까."

"그렇기는 하오."

"물론 그들은 새로운 야심가들에게 전사들을 공급함으로써 새로운 대리자를 세우려 하겠지만, 만약 어떤 이유에서든 그것이 불가능하거나 힘들어지면 그들도 직접 움직이지 않을 수 없을 겁니다."

서군문의 말에 탑살이 잠시 생각에 잠겼다. 그러다가 혼잣말처럼 중얼거렸다.

"결국… 누군가는 그들을 움직일 수도 있다는 말이군."

"그런 인물이 있을까요?"

"한 명 있지 않소."

"누가… 아, 신마성주 말씀이시군요."

"그것참… 인정하고 싶지 않지만, 정말 중요한 사람인 것 같소. 신마성주… 그가 극악한 마인이 아니길 바랄 정도로……."

"북창을 점령한 일과 이왕사후 중 일부를 죽인 일 빼고야… 전장에서 그들의 행동은 과거 흑라의 무리들과는 다르다고 하더군요."

"기회가 되면 한번 만나보고 싶은 인물이오. 어떤 자인지……."

"그렇다고 설마 과거 철사자의 길을 따르시겠다는 생각은 아예 하지 마십시오. 그건 제가 죽음으로 막을 겁니다."

서군문이 걱정스러운 표정으로 말했다.

"후후, 걱정 마시오. 난 철사자처럼 위대한 영웅심을 가진 사람은 아니니까."

탑살이 씁쓸하게 웃으며 대답했다.

세상의 모든 잔치는 끝이 있다.

그리고 잔치의 끝은 항상 허망함이 감돌게 마련인데, 소룡들의 잔치는 그렇지 않았다.

새벽 별이 뜨기 시작할 때 잔치를 끝낸 소룡들은 용전사로서의 삶에 대한 기대를 가지고 해왕의 숲을 떠나 포구의 성으로 돌아갔다.

물론 그들이 잔치를 끝내고 포구의 성으로 돌아가는 모습을 독안룡 탑살과 독사검왕 서군문은 숲에서 모두 지켜보고 있었다.

그만큼 탑살은 용전사가 된 소룡들을 중요하게 생각하고 있었다. 그들의 활약이 향후 묵룡대선의 미래를 결정할 거라고 생각하기 때문이었다.

무한은 포구의 성으로 돌아온 후 동료들과 헤어져 아적삼의 거처로 향했다.

아직 어둠이 물러간 것은 아니지만, 바다와 하늘이 만들어내는 자연스러운 빛이 그의 길을 밝혔다.

무한은 그 길 위에 서서 오늘 아침이 밝아 오는 것을, 태양이 붉은 빛을 세상에 뿌리는 것을 보고 싶다는 생각도 했으나, 혹시라도 아적삼이 자신을 기다리고 있을지 몰라 아쉬움을 뒤로 하고 성 내 깊은 곳에 위치한 아적삼의 처소로 걸음을 옮겼다.

그의 예상처럼 아적삼은 잠을 자지 않고 있었다. 아니면 일찍 일어났을 수도 있었다. 그는 침실과 붙어 있는 작은 거실에서 무한을 기다리고 있었다.

"이제 왔냐?"

문을 열고 들어서는 무한을 보며 아적삼이 물었다.

"안 주무시고 계셨어요? 언제 올 줄 알고 절 기다리고 계세요. 결국 밤을 새셨잖아요?"

"누가 밤을 샜데? 내가 뭐 그리 한가한 사람인 줄 알아? 일찍 일어난 거다. 묵룡이선 갑판장은 할 일이 많아. 아침부터 서둘러야 한다고. 그나저나 왜 이렇게 늦었어?"

"뭐… 두굴 형님이 음식을 가져와서 작은 잔치를 했어요. 오랜 수련을 끝낸 기념으로."

"그러리라 생각했지만 그 덕에 넌 고생 좀 해야겠다."

"고생이라뇨?"

"너희들 묵룡이선에 타기로 했지? 소룡 오대 전부!"

"알고 계셨어요?"

"그럼 갑판장쯤 되면 미리 알 수 있지. 그래서 말인데 지금 바로 배로 가야겠다."

"지금 바로요? 잠도 못 잤는데요?"

"흐흐, 그러게 누가 밤새도록 술들을 처먹으래? 아무튼 독사검왕께서 오늘 아침 일찍 모두 모이라고 했으니 가자. 설마 첫날부터 늦거나 빠지려는 건 아니겠지?"

아적삼이 자리에서 일어나 무한의 목덜미를 팔로 휘어 감아 문밖으로 끌고 나가며 말했다.

제4장

급작스러운 출항

오대의 소룡들은 아침부터 분주하게 몸을 움직였다.

그들은 묵룡이선의 탑승이 결정된 날 새벽부터 이선의 선장인 독사검왕 서군문의 호출을 받았다.

서군문은 그들에게 배에서 거처할 선실을 청소하는 것부터 시작해, 일반 선원들과 함께 배 곳곳을 살피고 정비할 것을 명했다.

애초에 묵룡대선의 전사들인 용전사들도 뱃일을 하지 않는 것은 아니었지만, 그렇다고 다급한 경우가 아닌 평상시에 배의 운항을 맡은 선원들이 하는 일을 함께 하는 경우는 드물었다.

묵룡대선이 봄섬에 들어오면 전사들은 성 안의 수련실이나, 해왕의 숲에 있는 수련터로 이동해 무공을 수련하는 것이 보통의 일과였던 것이다.

그런데 오대의 소룡들은 전사가 된 첫날부터 수련이 아닌 뱃

일에 진땀을 흘려야 했다.

독사검왕 서군문의 의도는 분명했다.

"결국 전사든 아니든 우린 모두 묵룡대선의 선원이다. 선원이란 자신이 탄 배의 구석구석, 노 한 자루의 쓰임까지 알아야 한다. 너희들이 소룡의 신분으로 배를 타지 않은 것은 아니나, 그래도 뱃일보다는 무공 수련에 주력했었다. 그러나 이제 용전사가 되었으니 너희들이 탈 배의 모든 것을 알아야 한다. 그리고 배를 알기 위해서는 몸으로 직접 겪어보는 것이 제일 좋은 방법이다."

그 이유로 무한 등 오대의 소룡 출신 용전사들은 전사로서의 시작을 배를 청소하고 정비하는 일로 시작하게 된 것이다.

"아이고, 죽겠다. 대체 언제 끝나는 거야!"

자신들이 사용할 선실 정리를 마치고 갑판으로 불려 올라와 갑판에 기름칠을 하고 있던 왕도문이 허리를 펴며 투덜거렸다.

"끝나긴 뭐가 끝나. 뱃사람으로 사는 이상 영원히 해야 할 일이지. 그러니 끝을 생각지 말고 그냥 숨 쉬듯 편안하게 하게."

아적삼과 함께 묵룡이선의 갑판을 책임지게 된 이문술이 충고했다.

"영원히 해야 한다고요?"

왕도문이 되물었다.

"그럼, 배를 타는 사람이라면 그래야지. 작은 고깃배를 모는 사람도 매일 갑판을 손질하는데. 하물며 이 위대한 묵룡이선을 타는 사람이라면 배를 목숨처럼 아껴야지."

"후… 그래도 그렇지. 첫날부터 너무 심한 거 아닙니까?"

왕도문이 다시 투덜댔다.

"뭐, 그건 좀 그런 면이 있어. 내 생각에는 말이야. 선장님이 새 전사님들의 군기를 바짝 잡으려는 목적 같은데……. 뭐, 시험 삼아 반항 한번 해보든지."

"반항이라뇨?"

"나랑 주방에 가서 술 한잔 하시겠나? 내가 주방장과 무척 친하거든. 마침 목도 칼칼한데. 이놈의 갑판은 기름을 먹여도 먹여도 어딘가에선 반드시 먼지가 흘러나온다니까. 카악 퉤!"

이문술이 입에 침을 모아 바다로 뱉어내며 말했다.

"그래도 어떻게……."

"겁나면 말든지. 하지만 오랜 뱃사람으로서의 내 지론은 이래. 물론 자네도 알고 있겠지만. 사람은 말이야 늘 규칙대로만 살면 재미가 없어. 특히 뱃사람은 더욱! 배를 타는 이유가 뭔가? 위험을 사랑하고 모험을 즐기기 때문이지. 다시 말해 위험을 감수하는 것은 뱃사람들의 숙명. 악!"

쿵!

굵은 주먹이 이문술의 머리를 후려쳤다.

이문술이 그 충격을 이기지 못하고 갑판 위를 뒹굴었다.

"어떤 놈이야? 이런 씨… 뭐야? 적삼, 너였어?"

이문술이 얻어맞은 머리를 감싸 쥐고 욕설을 하다가 자신을 내려다보고 있는 아적삼을 발견하고는 눈을 흘기며 소리쳤다.

"갑판장님!"

"뭐?"

"적삼이 아니라 갑판장님이라고 부르라고!"

"지랄한다. 언제부터 지 놈이……."

이문술이 같잖다는 듯 욕설을 하며 일어나 앉았다.

"아니꼬우면 배에서 내리든지. 언제든지 내리게 해줄 테니까."

아적삼이 다부지게 말했다.

"아니, 이게 뭘 잘못 먹었나? 대체 왜 그래? 다른 때는 가만있더니."

"네놈이 오늘 처음 전사가 된 사람들을 데리고 헛짓거리를 하고 있으니까 그렇지. 지금 이 사람들이 너하고 농땡이를 칠 사람들이냐? 이 사람들은 하루라도 빨리 이 배에 적응을 해야 하는 사람들이라고. 우리도 묵룡이선에 익숙해지느라 한 달 동안 봄섬 주변 바다를 연습 삼아 항해했잖아. 그러고 나서야 배에 익숙해졌는데. 첫날부터 농땡이를 치자고 꼬드기는 게 사람이냐?"

"그, 그야 그렇지만. 아, 첫날부터 너무 고생하는 것 같아서 그랬지. 그리고 배야 천천히 익숙해지면 되는 것이고."

"후우… 이놈이 정말 세상 돌아가는 사정을 모르고 있네. 매일 술만 처먹지 말고 세상일에도 관심 좀 가져."

"젠장, 내가 뭘 모른다는 거야?"

이문술이 따지듯 소리쳤다.

"이 배가 당장 내일이라도 출항할 수 있다는 걸 몰라?"

"왜? 무슨 일이 있어?"

이문술이 언제 화를 냈냐는 듯 눈을 동그랗게 뜨고 물었다.

"파나류에서는 하루가 다르게 새로운 소식들이 들어오고 있어. 특히 그 빌어먹을 십이귀선 놈들도 무산해협 곳곳에서 해적질을 하고 있다고. 만약 십이귀선 놈들의 항로를 예측할 수만 있다면 우린 벌써 출항했을걸?"

"그, 그런가?"

"그러니까? 쓸데없는 짓거리 하지 말고 시간 날 때 이 사람들에게 배에 대해 조금이라도 더 알려줘."

아적삼이 무한 등 용전사들을 가리키며 말했다.

"아, 알았어. 알았어. 그런데 말이야, 갑판장!"

"왜?"

"어차피 점심 먹을 시간이 된 것 같은데?"

이문술이 손을 들어 하늘을 가리켰다. 정말 태양이 바로 머리 위에 와 있었다.

"하여간… 게으른 놈이 밥 때는 잘 맞혀요."

"흐흐, 맞지? 자, 전사님들! 점심이나 먹고 합시다. 반주로 한 잔 쭈욱? 크크."

이문술이 손뼉을 치며 전사들에게 소리쳤다.

그러자 아적삼의 등장에 잔뜩 움츠려 있던 왕도문이 큰 목소리로 대답했다.

"정말 술도 줍니까?"

"그야… 당연하지! 뱃사람이 술을 마시지 않으면 죽으라는 소리지. 갑시다."

이문술이 호기롭게 소리치며 먼저 주방으로 향하기 시작했다.

그러자 갑판 청소에 진을 빼던 오대 출신 전사들이 서둘러 이문술을 따르기 시작했다.

"하여간 저 미친놈은 하는 짓이… 쯔쯔… 괜히 태웠어."

사람들을 주방으로 몰고 가는 이문술을 보며 아적삼이 혀를 찼다.

"그래도 든든하시죠?"

무한이 아적삼 곁으로 다가서며 물었다.

"든든? 누가? 문술. 저놈이?"

"예."

"든든하기는커녕 불안해 죽겠다. 도대체 무슨 일을 벌일지 모르겠어. 이 배에 태워주지 않으면 죽을 것 같이 지랄을 떨어서 태우기는 했다만… 태우고 나니까. 외려 더 불안하구나. 쯔쯔."

아적삼이 혀를 찼다.

하지만 그의 말 속에서는 이물술에 대한 신뢰가 느껴졌다.

이문술은 그런 사람이었다. 술을 좋아하고 게을러 보이지만, 일단 일이 터지면 누구보다 노련하게 아적삼을 보필할 사람, 그리고 적어도 아적삼과 이문술은 서로의 목숨을 챙겨줄 거라는 신뢰감이 있었다.

그런 이문술이기에 그가 평소에 아무리 망나니짓을 해도 결국 눈감아줄 수밖에 없는 아적삼이었다.

물론 그런 이문술이 아적삼 곁에 있다는 것을 무한도 든든하게 생각하고 있었다.

"가요. 우리도 요기는 해야죠."

"그러자꾸나. 사실 새벽부터 움직여서 배가 고프기는 하구나."

아적삼이 대답했다.

한 전사가 성에서 달려 나와 묵룡이선으로 질풍처럼 달렸다. 그러고는 나는 듯이 배에 올라 선장실로 향했다.

선장실에 머물던 묵룡이선의 선장 독사검왕 서군문이 전사의 방문을 받은 직후 배를 떠났다.

그리고 그는 그날 오후 내내 배로 돌아오지 않았다.

대신 그는 사람을 보내 묵룡이선이 건조된 이후 묵룡대선의 식구들 중 최고의 수뇌부 중 하나인 총관으로 임명되어 묵룡이선의 대소사를 관장하게 된 노련한 상인 옹백에게 배의 출항을 준비하라 명했다.

"내일 새벽이다! 밤을 새서라도 완벽하게 출항 준비를 하라. 반 시진 시간을 주겠다. 성내 숙소로 돌아가 각자 짐을 챙긴 후 다시 승선하라! 두 달 분량의 식량, 만 대의 화살을 준비한다. 전사들은 병장기를 빠짐없이 무기고에 채워 넣어라! 서둘러 움직여라. 게으름을 피우는 자는 배를 탈 수 없을 것이다!"

삼엄한 총관 옹백의 명이다.

평소 옹백은 전사로서보다는 항해와 장사에 능숙한 뱃사람으로 인정받는 사람이었다.

물론 당연히 도검을 다룰 줄 알기는 하지만, 그래도 그에 대한 묵룡대선 사람들의 느낌은 능숙하고 온화한 뱃사람의 느낌을 가지고 있었다.

그런데 급하게 출항 준비를 시키는 그의 표정과 말투는 무척 냉철해 보였다. 그에 따라 그의 명을 받은 묵룡이선의 선원들 역시 심각한 상황임을 직감하고 민첩하게 움직이기 시작했다.

무한과 아적삼도 성 내 그들의 거처로 돌아와 바쁘게 짐을 챙기기 시작했다.

특히 무한은 석림도주에게 선물받은 한철로 만든 검과 방패를 소중하게 챙겼다.

"바다로 나가면 조심해야 한다."

간단하게 짐을 챙겨 거처를 떠나려다 말고 아적삼이 무한에게 말했다.

"알았어요. 너무 걱정 마세요."

무한이 부드럽게 말했다. 말을 하는 그의 눈에서 빛이 나는 것처럼 느껴졌다.

그런 무한을 보며 아적삼이 고개를 저었다.

"하긴 내가 네 녀석 걱정을 할 일은 아니지. 네 녀석은……."

철사자 무곤의 아들, 독안룡 탑살의 제자, 그리고 위대한 빛의 전설의 계승자……. 더 이상 무한을 걱정할 이유가 없는 아적삼이다.

그러나 그럼에도 아적삼은 세상의 모든 부모가 그렇듯 무한을 걱정했다.

그런 아적삼의 마음을 아는 무한이 아적삼의 어깨를 부여안으며 말했다.

"이제부터는 제가 지켜 드릴게요."

"빌어먹을 놈, 아무리 그래도 넌 아직 어려!"

"그래도 걱정 마세요. 아버지를 위협하는 자는 절대 살려두지 않을 만큼 강하니까요."

"그… 그야 뭐. 하긴 뭐, 세상에서 널 어쩔 사람이 있겠냐? 가자."

갑작스레 흘러나온 아버지라는 말에 당황한 아적삼이 무한의 손에서 벗어나 서둘러 걸음을 옮기기 시작했다.

그러자 그런 아적삼의 등 뒤에 대고 무한이 소리쳤다.

"아직도 그렇게 어색해하면 어떡해요? 그렇게 숫기가 없으니까 아직 장가를 못 가셨지."

"네놈이 이가 놈 옆에 붙어 있더니 그놈 말투를 배웠구나. 오늘부터는 문술 그놈과는 말을 섞지 말거라!"

아적삼이 걸음을 멈추지 않고 소리쳤다.

"하하, 알았어요, 아버지!"

"징그러운 놈!"

아적삼이 콧방귀를 뀌며 욕설을 해댔지만 기분은 나쁘지 않은지, 얼굴에 희미한 미소가 드리워져 있었다.

묵룡이선은 밤새 불을 밝히고 있었다. 수시로 성에서 짐을 실은 마차가 나왔고, 배는 마치 거대한 괴물처럼 마차에 실려 나온 짐들을 안으로 들였다.

그렇게 하룻밤 동안 선원들은 잠도 자지 못하고 긴 출항 준비를 했다.

묵룡이선은 건조된 이후, 긴 항해를 한 적이 없었다. 가장 긴 항해라야 지난번 소룡오대의 귀환을 마중했던 나흘간의 항해였다.

그래서 한 달 이상의 항해를 예상하는 이번이 실질적으로 묵룡이선의 첫 번째 출항이라고 할 수 있었다.

그만큼 선원들도 흥분하고 있었다.

총관 옹백은 그런 선원들이 실수를 하지 않도록 세심하게 준비 사항을 점검했다.

그리고 자정이 넘은 깊은 밤 독사검광 서군문과 독안룡 탑살이 모두 묵룡이선에 올랐다. 그리고 두 사람이 함께 출항 준비를 점검했다.

총관 옹백이 그들을 따라다니며 준비 사항을 보고했는데, 사실 옹백이라는 사람의 능력과 성격을 안다면 두 사람이 새삼스럽게 준비 사항을 점검할 이유는 없었다.

그래서 두 사람이 배를 둘러본 시간은 이각 정도에 불과했다.

그렇게 배를 둘러본 두 사람은 묵룡이선을 실질적으로 움직이게 될 수뇌부들이 선장실에 모였다.

그중에는 아적삼도 포함되어 있었다. 하지만 생각해 보면 당연한 일이었다. 갑판장이라면 묵룡이선에서 서열 십 위 안에 드는 직책이었다. 만약의 경우에는 배의 운항을 책임져야 할 수도 있었다.

당연히 출항을 앞두고 열리는 수뇌부 회의에 참여해야 할 아적삼이었다.

하지만 아적삼에게나 혹은 그의 주위 사람들에게는 그런 아적삼의 출세가 아직은 어색했다.

그래서 선장실로 불려가는 아적삼 본인이나 그걸 보는 이문술등은 도살장에 끌려가는 송아지를 보는 것 같은 불안한 마음을 가질 수밖에 없었다.

그렇게 불안한 마음으로 선장실에 불려갔던 아적삼이 돌아온 것은 한 시진 정도가 지난 후였다.

"선장실로 가보거라."

출발 준비를 마치고, 선실에서 잠시 눈을 붙이고 있던 무한에게 아적삼이 말했다.

"절 찾으세요?"

무한이 놀란 눈으로 아적삼을 바라봤다.

"응?"

"왜요?"

"그야 나도 모르지. 아마도 선장님께서 네게 특별히 당부하실 게 있는 모양이더라. 아무래도……."

아적삼이 말꼬리를 흐렸다.

아적삼이 말하는 선장이란 묵룡이선의 선장 독사검왕 서군문이 아니라, 독안룡 탑살이었다.

출항을 앞둔 밤, 그가 무한을 부르는 이유는 충분히 짐작할 수 있었다.

철사자 무곤의 아들로서가 아니라 빛의 술사의 전인인 무한에게 당부하고자 하는 말이 있는 것이다.

하지만 무한에는 이런 부름이 부담스러웠다. 솔직히 말하면 마음에 들지 않았다.

그는 적어도 묵룡대선에서는 빛의 술사로서의 그의 존재가 의미를 갖지 않기를 바랐었다.

물론 그 바람을 탑살에게 말했고, 탑살 역시 그의 바람을 인정했었다.

"왜, 불편해?"

무한의 표정이 좋지 않은 것을 본 아적삼이 조심스레 물었다. 그로서도 적어도 빛의 술사로서의 무한은 조심스러운 존재였다.

"예상 밖이네요. 이런 부름은……."

"왜?"

"어떤 선장이 출항 전이라고 일개 전사를 따로 부르겠어요? 그럴 일은 없죠. 그럼 결국 저의 다른 신분 때문에 부른다는 건데. 그건 제가 원하지 않는 일이에요."

"알고 있다. 네가 이곳에서는 온전히 묵룡대선의 한 명의 전사로서 살기를 원한다는 것을. 하지만 이번은 처음이니 가봐라. 네게 특별히 부담을 주실 분은 아니지 않느냐?"

"그렇긴 하지만요. 사람들 눈도 있고. 일단… 알았어요. 다녀올게요."

"그래. 갔다 와."

아적삼이 일부러 덤덤하게 말했다.

"쉬세요."

무한이 혹시 아적삼이 걱정할까 빙긋 미소를 짓고는 선실을 나갔다.

그러자 아적삼이 중얼거렸다.

"거참, 잘난 아들을 둬도 피곤한 일이 많구나!"

독안룡 탑살은 선실이 아니라 어둠이 내린 뱃전에서 무한을 기다리고 있었다.

이건 사실 무한에게 더 곤란한 일이었다. 아무리 밤이라도 출항 준비로 잠을 자지 않고 있는 선원들은 두 사람의 만남을 볼 수도 있었다.

"부르셨습니까?"

"이리 와라."

탑살이 무한에게 손짓했다.

"무슨 일로……?"

무한이 이 부름에 대한 불편한 감정을 드러내지 않기 위해 일부러 덤덤하게 물었다.

"좀 성가시지?"

"예?"

"이렇게 불러대는 것 말이다."

"그게… 다른 사람들이 이상하게 볼까 봐 걱정이기는 합니다."

"음, 그렇겠지. 하지만 걱정 마라. 너만 부른 것은 아니니까?"

"예?"

"다른 아이들도 만날 것이다. 비록 소룡의 수련은 끝났어도 각자의 무공에 대해 당부할 것들이 있다. 전사가 되었어도 무공에 대한 수련은 계속해야 할 것이니까. 내 제자인 것은 여전한 것이고."

"그렇다면 뭐……."

무한이 안도의 표정을 지었다.

"그렇다고 해도 널 부른 것은 조금 다른 이유에서다."

"역시 그럼……?"

빛의 술사로서 부탁할 일이 있어 자신을 불렀다는 말이라고 생각한 무한의 표정이 다시 굳었다.

"아니, 아니, 제자로서 부른 것은 맞아. 무공에 대해 이야기를 할 것이고."

탑살이 서둘러 무한의 걱정을 씻어주었다.

"아! 네……."

무한이 어색한 표정으로 고개를 숙여 보였다.

"우선 이걸 받거라."

타살이 무한에게 손바닥에 들어가는 작고 검은 목함을 건넸다.

"이게 무엇인지요?"

무한이 물었다.

"그 안에 한 알의 약이 들어 있다. 사실… 조금 무서운 독이랄 수도 있는 약이다."

"독… 이요?"

"음. 정식 명칭은 파정단이다."

"파정단……."

"일단 복용하면 순식간에 온몸의 기운들, 그것이 공력이든 선천적인 기운이든, 혹은 마기든, 독기든, 모든 기운을 없애 버린다. 그래서 죽은 사람처럼 변하게 되지. 오직 숨만 붙어 있다고 할까. 손발을 움직이는 것도 힘들 것이다."

듣고 보니 무서운 독이다.

의문도 커진다. 도대체 이렇게 무서운 약을 왜 자신에게 주는지 알 수 없는 무한이다.

"이걸 왜……?"

"사람의 몸이란 건 사실 아무리 대단해도 한계란 것이 있는 법이다."

"……."

"너 역시 마찬가지다. 네가 어떤 특별한 체질을 가지고 있어서, 혹은 네 친부께서 어린 너에게 어떤 잠재력을 심어놓았을 수도 있다고는 생각한다. 그래서 넌 네 친부와 나, 그리고 그… 전설의 기운을 몸에 받아놓고도 아무런 이상 반응이 없었을 것이다. 그러나 그렇다고 해도 마냥 마음 놓고 있을 수는 없다. 각각의 기운들이 빠르게 증진될 것이고, 그러다 보면 혹시라도 각 기운이 섞이지 못하고 네 몸 안에서 충돌하는 경우도 생길 수도 있다. 그렇게 되면 네 몸은 그 기운들의 폭주를 견디지 못할 것이다."

"…사실 그걸 저도 걱정하고 있었습니다. 신기하게도 지금까지는 아무런 일도 일어나지 않았지만요."

"그렇게 계속 아무 일이 없기를 바라지만, 그래도 만약의 준비는 해야지. 만약 네가 너 자신을 통제할 수 없는 순간이 오면 그 환약을 먹어라."

"그럼……."

"네 몸에 있는 모든 기운이 사라질 것이다. 물론 영원히 사라지는 것은 아니다. 기운이란 것은 작은 불씨만 있어도 다시 살아나니까. 하지만 적어도 얼마간은 마치 무공을 모르는 사람, 아니, 어쩌면 죽어가는 시체와 같은 상태로 살게 될 것이다. 그래도 목숨을 구할 수 있으니 약은 약이라고 할 수 있지."

"…알겠습니다."

"내 걱정이 지나치다고 생각하느냐?"

"아닙니다! 저 역시 언제나 불안한 생각을 하고 있었습니다."

무한이 얼른 고개를 저으며 말했다.

"그렇게 생각하고 있었다니 다행이구나. 솔직히 나로서는 네게 찾아온 행운들이 너무 많아 네 조심성이 사라졌을까 걱정했었다."

"행운… 이라고 생각하시는군요."

"음… 아니라는 거냐?"

"사실 좀 귀찮은 일들이죠. 굳이 꼭 필요하지 않은 것들이거든요. 운명이라 생각해 받아들이기는 했지만."

"그건 조금 서운한데."

"아, 아닙니다. 묵룡대선과 선장님을 만난 것은 행운이지요. 그건 정말 고마워하고 있습니다. 단지……."

"철사자 무곤의 아들, 빛의 술사의 전인은 귀찮은 신분이다?"

탑살이 혹시라도 누가 들을 것을 걱정했는지 무한 가까이 다가와 낮은 목소리로 말했다.

"예, 사실 그건 좀 귀찮은 일이죠."

무한이 망설이지 않고 대답했다.

"허… 거참! 내가 정말 이상한 녀석을 제자로 들였구나. 남들은 그중 하나만 얻어도 큰 행운이라고 생각할 텐데."

"……."

탑살의 말에 무한이 침묵을 지켰다.

사람이 사는 모양이 다 다르다고 말하고 싶었지만, 탑살은 자신이 감히 인생에 대해 논쟁할 수 있는 존재가 아니었다.

"아무튼 좋다. 어쨌거나 넌 묵룡대선의 전사니까. 그러니까 이번 출항에서 묵룡대선의 선원으로서 네 책임과 의무를 다하거라."

"예, 선장님!"

"좋아. 돌아가도 좋다. 가면서 소독을 오라 해라. 아, 그리고 그 파정단 말이다. 꼭 그런 경우가 아니라도 독에 중독되었거나 적에게 공격당해 위급한 지경이 되었을 때도 쓰일 수 있을 것이다. 상황에 따라서는……."

"예, 선장님! 감사합니다!"

무한이 고개를 숙이며 큰 목소리로 감사의 인사를 한 후 탑살의 앞에서 물러났다.

"선장님이 오시래요!"

"나?"

잠결에 불쑥 나타난 무한에게 놀란 소독이 손가락으로 자신을 가리키며 다시 물었다.

"예."

"왜?"

"그냥 뭐… 내일 출항하면 또다시 한동안 못 뵙게 되니까 그 전에 우리 소룡들 각자의 무공에 대해 충고하고 싶으신 말이 있으시대요."

"넌 이미 무공을 점검받았어?"

소독이 물었다.

"예."

"음, 뭐라고 하시든?"

소독이 탑살이 무한에게 내린 가르침이 뭔지 궁금한 표정으로 물었다.

그러자 무한이 품속에서 탑살에게 받은 작은 목함을 꺼내 들어 보이며 말했다.

"공력이 빠르게 축적된다고 너무 욕심부리지 말라고 하셨어요. 그러면서 이걸 주셨죠."

"그게 뭔데?"

"독약이래요."

"독약?"

"예, 혹시 내공 수련 중에 문제가 생기면 이걸 먹으라고 하시더라고요. 내공이 싹 사라진데요."

"그럼 산공독인데……."

곁에서 듣고 있던 사비옥이 중얼거렸다.

"설마 그냥 산공독이겠냐? 산공독이라면 굳이 주실 필요도 없지."

소독이 말했다.

"하긴 그렇긴 한데… 야, 일단 어서 가봐. 선장님이 기다리시겠다."

사비옥이 소독에게 말했다.

"아, 그렇지. 수다 떨고 있을 시간이 아니지."

소독이 얼른 잠자리를 박차고 일어나 선실을 밖으로 달려 나갔다.

"그럼 주무세요."

무한이 사비옥에게 소리치고는 문을 닫고 나가려는데 사비옥이 얼른 무한을 불렀다.

"야, 야, 잠깐!"

"왜요? 무슨 일 있으세요?"

무한이 멀뚱한 표정으로 물었다.

"아니, 그게 아니고. 이야기나 하자고."

"이야기요?"

"그래."

"밤늦게 무슨 이야기를 해요. 곧 새벽인데 한 시진이라도 눈을 붙여야죠."

무한이 퉁명스럽게 대답했다. 정말 얼른 가서 잠시라도 눈을 더 붙이고 싶었다.

그런데 그런 무한을 보며 사비옥이 그답지 않게 음흉한 표정을 지었다.

"선장님이 소독 다음은 날 부르시겠지? 선실을 같이 쓰는 걸 아시니까."

"그러실 테죠."

무한이 대답했다.

"그러니까. 지금 내가 애매한 상황이잖아? 곧 부르실 테니 다시 잘 수도 없고, 그러니까 소독이 올 때까지 이야기나 나누자는 거지."

"전 사부님하고 면담이 끝났는데요?"

"아니, 사형을 위해 그 정도도 못 하냐? 서운하게!"

"아아! 됐어요. 사형 다음은 도문 사형일 테니 가서 미리 깨우시든지요. 전 갑니다!"

"야! 칸!"

문을 닫고 달아나는 무한을 보며 사비옥이 소리쳤다.

그러나 무한은 어느새 멀리 달아나고 없었다.

"참 그 녀석… 많이 변한 것 같아서 진지하게 이야기를 좀 나눠보려고 했는데……."

달아나는 무한을 보며 사비옥이 서운한 표정으로 침상에 다시 몸을 뉘며 중얼거렸다.

그러다가 갑자기 벌떡 몸을 일으켰다.

"에이, 정말 잠도 안 오는데. 칸 말대로 도문과 산이 녀석이나 깨워야겠다. 어차피 녀석들도 선장님의 호출을 기다려야 하니까. 아니, 하연을 먼저 깨울까?"

사비옥이 주섬주섬 옷을 차려입고 선실을 벗어났다.

새벽 출정은 조용하게 이뤄졌다.

물론 출정 소식을 들은 봄섬의 식솔들이 포구 언저리로 나와 묵룡이선의 출항을 전송했다. 그러나 이 거대한 배의 첫 원거리 출항치고는 어울리지 않는 조용한 전송이었다.

어떤 성이나 상가가 이런 거대한 배를 만들어 첫 출항을 시킨다면 아마도 사방에서 손님을 초대해 잔치를 벌이고, 축포를 쏘고, 음악을 연주하고, 꽃을 뿌리면서 출항의 성공을 기원할 것이다.

그러나 묵룡이선의 출항은 조용했다.

아마도 그건 묵룡이선의 출항이 상행을 위해서가 아니라 전선으로서의 출항이기 때문일 것이다.

그리고 사실 너무 갑작스러운 출항이라 미처 떠들썩한 환송을 준비할 시간도 없었다.

묵룡이선은 포구를 나가기 위해서 노를 저어 추진력을 얻고, 작은 돛 두 개를 펼쳐 작은 바람을 탔다.

그렇게 힘을 얻은 묵룡이선이 파도를 가르며 조용한 전송을 뒤로하고 봄섬을 빠져나갔다.

포구 밖으로 나오자 봄섬 외곽을 흐르는 강렬한 해류가 묵룡이선을 맞이했다.

철썩철썩!

쿠우오오!

뱃전에 부딪히는 강력한 파도 소리. 그 파도를 뚫고 나가는 배 측면에서 일어나는 거친 해류의 흐름이 굉음을 만들어냈다.

그 소리들이 드디어 배가 봄섬을 벗어났음을 확인시켜 주었다.

"돛을 모두 펼쳐라!"

배의 중앙에 높이 세워진 망루 앞에 우뚝 선 독사검왕 서군문이 명을 내렸다.

촤르르륵!

서군문의 명에 따라 돛을 감아 매달아놓았던 거대한 줄이 풀리면서 다시 세 개의 돛이 펼쳐졌다.

쿠웅!

바람을 받은 돛들이 마치 거대한 암초에 부딪힌 듯한 소리를 만들어냈다.

그리고 그 순간부터 강력한 바람의 힘이 묵룡이선을 밀어내 봄섬 외해의 거친 해류를 뚫고 나가기 시작했다.

"어디로 가는 거예요?"

무한이 아적삼에게 물었다.

배가 본격적으로 바람을 타고 움직이기 시작하자 배에 탄 선원들은 오히려 한숨 돌릴 여유가 생겼다.

이제 배는 키를 잡은 조타장과 바람에 의지해 스스로 바다를 여행할 것이기 때문에 오히려 선원들은 출발 전보다 한가해진 것이다.

"음… 무산열도 남동쪽 사령군도로 갈 것이다."

사령군도는 파나류와 거대한 섬의 천국 무산열도의 중간을 가르는 무산해협 동남쪽에 있는 섬들의 군락지다.

그중에서도 네 개의 섬이 유명했는데, 동죽도, 중환도, 서흑도, 남천도란 이름으로 불리는 네 개의 섬 때문에 사령군도로 불리고 있었다.

사람이 살기 어려운 불모의 땅으로 알려져 있었고, 일부 섬에 소수의 원주민들이 살거나, 혹은 파나류와 무산열도 그리고 육주를 왕래하는 상선들이 잠시 머물 수 있는 몇몇 개의 작은 포구 마을 정도가 형성되어 있었다.

그런데 그래서인지 해적들의 활동이 왕성했다.

번성한 성이나 섬이 있다면 해적들을 상대할 만한 전사들이 양성되게 마련이다.

또한 그런 곳이라면 오가는 상인들 역시 대상들이어서 상단 내에 강력한 호위 전사들이 있게 마련이었다. 그런 곳에서는 해적들이 활동하기 어렵다.

물길이 험하고, 큰 세력이 없는 곳, 그러면서도 상행이나 여행을 위해서는 반드시 통과해야 하는 길목, 그런 곳이 도적들이 활동하기 좋은 장소다.

사령군도는 바로 그런 곳이었다.

척박한 환경임에도 불구하고, 무산해협을 통해 파나류로 들어가는 상인들이 반드시 통과해야 하는 길목인 사령군도는 당연히 크고 작은 해적들이 득실댈 수밖에 없었다.

"사령군도라면… 역시 파나류의 신마성 때문인가요?"

무한이 물었다.

사령군도는 파나류 동북부와 인접해 있어서 바다 위에서 파나류를 감시하기에 적당한 곳이다.

"아니, 도적놈들 잡으려고."

"도적놈이요?"

"응."

"거기 누가 있어요?"

"귀선의 본거지가 있지 않을까 그렇게 생각하시더구나. 선장께서는."

아적삼이 대답했다.

"귀선이라면……?"

"네가 묵룡대선을 타고 육주의 바다를 건넜을 때 묵룡대선을 공격했던 자들 기억하지?"

"그야 물론이죠. 어떻게 잊겠어요. 생전 처음 싸움이란 걸 해 봤는데. 그자들이 거기 있대요?"

"아마도 그런 것 같구나. 그동안 선장님과 사왕님들께서는 꾸준히 그자들의 흔적을 찾고 계셨다고 하더구나."

"어떤 자들이에요? 계속 그들을 쫓고 계셨다면 보통 해적들은 아닐 것 같은데……. 단순히 복수를 하려고 그러실 분은 아니잖아요?"

무한이 물었다.

독안룡 탑살은 그 명성만큼이나 행보도 무거운 사람이었다.

"음, 과거 흑라의 시대에 십이귀선이라 불리는 자들이 있었다. 아니 정확하게는 그 이전부터 그리 불렸었지. 열두 척의 괴선을 거느리고 무산해협은 물론 파나류 동남해안을 오르내리면서 해적질을 해댔다. 가끔은 육주 쪽으로 진출하기도 했는데, 육주에는 해신성이 버티고 있어서 감히 그곳에 본거지를 구축할 생각은 하지 못했다."

"그자들인가요?"

무한이 물었다.

"음, 처음에는 의심은 해도 그들이라고 확신하지는 못하셨던 것 같은데, 은밀히 그들의 행적을 조사해 본 결과 십이귀선의 후예들임이 분명하다고 판단하신 것 같더구나. 사실 그래야 말이 되거든."

"말이 되다뇨?"

"묵룡대선을 공격한 이유 말이다. 천하의 그 어떤 해적도 감히 바다에서 묵룡대선을 공격하지 못한다. 적어도 해적들에게 묵룡대선은 건드리면 안 되는 죽음의 사신 같은 존재니까. 흑라의 시대 이후에는 더더욱!"

아적삼이 자부심을 드러내며 말했다.

"그런데 그들은 다르다는 말이죠?"

"그래. 전력의 강약을 떠나서 그들은 묵룡대선을 공격할 이유가 있는 자들이니까."

"어떤 이유요?"

무한이 호기심을 드러내며 물었다.

"애초에 검은 마종 흑라는 파나류를 넘어 무산열도와 육주까지 인간이 사는 모든 곳을 어둠으로 물들이려 했다. 그러자면 자신의 검은 전사들을 다른 대륙으로 실어 나를 강력한 해상 전력이 필요했지. 그때 그가 가장 먼저 자신의 수하로 끌어들인 자들이 십이귀선의 해적들이었다."

"해적을 먼저 선택하다니 참……."

"그럴 수밖에 없었을 거다. 파나류에는 육주의 해신성이나 사해상가의 대상단처럼 거대한 선단을 가진 세력이 없었으니까. 그리고 십이귀선은… 사실 해신성이나 사해상가 정도를 제외하면 대적할 상대가 없는 해적들이기도 했다. 그래서 그 당시에 그들은 해적이라기보다는 하나의 해양 세력으로 인정받는 분위기였다."

아적삼의 설명에 무한이 고개를 끄덕였다.

그러자 아적삼이 다시 설명을 이어갔다.

"흑라는 그들을 이용해 거대한 선단을 꾸렸다. 그리고 북창포구에 모든 선단을 모은 후 육주의 바다를 건너기 시작했지. 그 이후의 일은 짐작하겠지?"

아적삼이 물었다.

"선장님의 묵룡선들에 의해 제지되었죠."

무한이 대답했다.

"바로 그렇다. 십이귀선의 수장 무면귀를 앞세운 흑라의 대선단이 선장님이 이끄는 선단에 의해 제지되는 놀라운 일이 일어난 거지. 상식적으로는 불가능한 일을 선장님께서는 해내셨다. 물론 그로 인해 당시 선장님이 가지고 계시던 묵룡선들 대부분이 소실되었지만… 아무튼 그때 선장님께 패배한 십이귀선의 수장 무면귀는 흑라의 진영으로 복귀하지 않았다."

"예?"

무한이 놀란 표정으로 되물었다.

"그는 선장님에게 패한 후 한 척의 귀선을 타고 도주했는데 파나류로 돌아가지 않고, 세상에서 사라졌다. 누군가는 흑라에게로 돌아갔다가 패전의 책임을 물어 죽임을 당했다고도 하지만 사실 그는 파나류로 돌아가지 않았다."

"패배의 죄를 받을까 봐 두려웠나 보군요?"

"그렇다고 봐야지. 아무튼 그 이후 흑라의 시대나 그의 시대가 끝난 이후에도 십이귀선 수뇌들의 종적은 드러나지 않았다. 지난번 묵룡대선을 공격했던 바로 그때까지는 말이다."

아적삼의 말에 무한의 표정이 심각해졌다.

"그 말은 그들이 숨어서 복수를 준비하고 있었다는 뜻이군요. 묵룡대선을 공격한 것은 자신들의 힘에 어느 정도 자신이 생겼다는 말이고요."

"그래. 그때 그나마 수월하게 그들을 물리친 것은 은갑전사단이 때마침 나타났기 때문이었지. 그렇지 않았다면 꽤 곤란했었을 거야."

"그야… 그렇죠. 다른 배들이 숨어 있었으니까요."

무한이 당시 귀선들과의 해전을 떠올리며 대답했다.

"아무튼 그래서 지금 현재 우리에게 직접적인 위협이 되는 세력은 바로 그들이다. 사실 신마성이 파나류에서 큰 전쟁을 일으켰다고는 해도 당장 우리 묵룡대선에는 직접적인 피해가 없으니까. 더군다나 그들은 파나류 밖으로 나오는 대신 본거지로 돌아갔다고 하니까 더더욱 당장의 위협은 아니지. 반면 십이귀선은 다르다. 그들은 틈만 보이면 반드시 묵룡대선을 공격할 거야. 어쩌면 봄섬의 공격을 노릴지도 모르고."

아적삼이 굳은 표정으로 말했다.

"역시 복수라는 건가요?"

"그렇다고 봐야지. 아마 지난번 공격이 없었다면 선장님도 그들에 대해 이렇게까지 심각하게 생각하지는 않으셨을 거야. 그러나 일단 그들의 공격이 있었으니 우리도 가만있을 수는 없는 일이지."

"그런데 이 배 하나로 가능할까요?"

무한이 걱정스러운 표정으로 물었다.

그럴 만도 했다. 지난번 공격에서 이미 한 척의 묵룡대선으로는 귀선들을 상대하기 쉽지 않다는 것이 드러났기 때문이었다.

"이 배가 남다르다는 걸 알고 있지 않느냐?"

아적삼이 물었다.

"물론 기존의 묵룡대선과 다르다는 건 알고 있어요. 상선이라기보다 전선에 가깝다는 거도요. 하지만… 해전은 배의 숫자도 중요하지 않나요?"

무한이 물었다.

위대한 세 뿌리의 무종을 얻은 무한이어서 무공에 관해서는 이미 아적삼을 능가하고 있었다.

하지만 해전은 다르다. 또 실제로 전쟁터에서의 경험 역시 아적삼에 비하면 일천한 무한이었다.

무한의 질문에 아적삼이 고개를 끄떡였다.

"보통의 경우는 그렇지. 아무리 대단한 전선이라도 적선의 수가 세 배를 넘으면 상대가 쉽지 않다. 하지만 이 배는 그래도 조금 다르다."

"어떻게요?"

"아주 빨리 도주할 수 있지."

"예? 도주요?"

십이귀선의 해적들을 소탕하러 출발한 묵룡이선이었다.

그런데 싸움을 시작하기도 전에 도주에 대한 이야기를 먼저 꺼낸 아적삼의 의도를 무한은 짐작할 수 없었다.

"그래, 도주."

"애초에 싸울 생각이 없다는 건가요?"

"그건 아니고, 상대가 여러 척의 전선으로 맞선다고 해도 불리하면 언제든 그 싸움터를 벗어날 수 있다는 뜻이다. 배의 두께도 다른 배에 비해 두 배는 두껍고 그 안쪽에는 철판을 얇게 펴

대어놓기까지 했단다. 어떤 경우에도 적에게 파괴될 일이 없다는 뜻이다."

"하지만 그렇다고 이길 수 있는 것은 아니잖아요?"

무한이 되물었다.

"이길 수 있지."

"어떻게요?"

"추격하는 자들은, 그것도 빠르게 도주하는 배를 추격하는 자들은 반드시 전열이 흐트러지게 되어 있단다. 배들 간의 간격이 적지 않게 멀어지게 되지. 빠른 배가 앞으로 나오게 되고 무겁고 느린 배들은 뒤로 처지고… 뭐, 그렇게 되면. 알겠지?"

"흩어진 적을 각개격파를 한다는 거군요."

"바로 그게 이 묵룡이선이 가진 최고의 전술이다. 그런 전술을 위해 만들어진 전선이고. 그래서 사실 난 무척 흥분이 돼. 정말 그런 식으로 수많은 적선들을 상대할 수 있을지……."

"안 되면요?"

"안 되면? 그럼 뭐, 그냥 도주하면 되지. 이 배가 제대로 속도를 내면 어떤 배도 따라올 수 없을 테니까. 봐라. 저 돛들… 다섯 개의 돛을 단 배는 세상에 거의 없을 거다."

아적삼이 바람의 힘으로 묵룡이선을 밀고 있는 다섯 개의 돛을 가리켰다.

제5장

서흑도

묵룡이선은 대해에 나와서 그 배가 가진 모든 기능들을 시험했다.

그중 하나가 최대한의 속도를 내보는 것이었다.

애초에 전선의 특징이 강한 묵룡이선이어서 속도와 그 속도에 적응해 배를 능숙하게 움직이는 훈련은 많이 할수록 좋았다.

그 훈련을 독사검왕 서군문은 삼 일에 한 번씩 실시했다. 그래서 묵룡이선이 무산해협을 횡단해 사령군도 인근에 접근했을 때, 묵룡이선의 선원들은 이 배가 가진 모든 장점들을 온전히 사용할 수 있는 준비가 되어 있었다.

철썩 철썩!

해류의 흐름이 변하고 있었다.

파도는 낮아졌지만 해류의 속도는 빨라졌다. 섬의 군락으로 들어서고 있다는 의미였다.

해류가 변하기 시작한 지 하루 만에 멀리 바다 위에 떠 있는 작은 섬들의 모습이 보이기 시작했다.

그쯤에서 묵룡이선은 다섯 개의 돛 중 세 개를 접고 두 개의 돛으로 속도를 늦춰 이동하기 시작했다.

"저게 서흑도인가?"

왕도문이 뱃전에 나와 아스라이 보이는 섬의 그림자를 보며 중얼거렸다.

"그럴걸? 이 정도 거리에서 볼 수 있는 섬이라면 당연히 서흑도지."

사비옥이 대답했다.

사령군도는 수많은 크고 작은 섬들로 구성되어 있지만 그 중에서 사람이 살 수 있을 만큼 큰 섬은 네 개에 불과하다.

동쪽의 동죽도, 중앙에 위치한 중환도, 남쪽에 치우친 남천도와 지금 묵룡이선 앞에 나타난 서흑도가 그 네 개의 섬이었다.

"위험한 섬이라던데… 상륙한다고?"

왕도문이 다시 물었다.

"그곳에 사는 원주족들에게서 놈들의 행방을 들을 수 있을 테니까. 놈들이 정말 사령군도 어딘가에 숨어 있다면."

사비옥이 말했다.

"말해줄까? 원주족들은 그들에 대해 두려움을 가지고 있을 텐데."

"쉽지는 않겠지만 설득해 봐야겠지. 그리고… 저 양반의 능력이 도움이 될 때지."

사비옥 역시 뱃전에 나와 서흑도를 바라보고 있는 장마산을 가리켰다.

장마산이 묵룡이선에 탄 것은 모두에게 놀라운 일이었다. 소룡오대와 함께 봄섬으로 온 장마산은 독안룡 탑살을 만난 후 그 가족의 봄섬 정착을 허락받았다.

그리고 가족들이 제대로 정착하는 것을 보지도 못하고 묵룡이선에 올랐다.

그가 자원을 한 것인지, 혹은 독안룡의 명에 의한 것인지는 확실치 않았다.

그러나 적어도 누군가를 추적하거나 찾는 데 있어서 장마산의 존재가 큰 도움이 될 것이라는 건 누구나 알고 있는 사실이었다.

장마산 역시 자신과 가족이 묵룡대선의 일원이 된 이상 최선을 다해 그의 능력을 발휘할 것이 분명했다.

"좀 미안한데… 가족들과 함께 봄섬에 제대로 정착할 시간을 드렸어야 하는 것 아닐지."

왕도문이 장마산을 보며 말했다.

"그렇긴 해도 일이 급하니까. 그리고 일단 묵룡대선의 식구가 된 이상 아저씨 가족들은 봄섬 식구들에게 충분히 도움을 받을 거야."

"그야 그렇지만. 하, 말을 하다 보니 고 귀여운 녀석이 생각나네."

"누구?"

"온이 말이야."

왕도문이 장마산의 막내딸 장온을 입에 올렸다.

"온은 왜?"

"육지에서의 추격전이라면 모를까, 이렇게 배를 타고 섬과 섬 사이에서 그들의 행적을 예측해야 하는 일이라면 장씨 아저씨보다 온이 더 낫지 않을까?"

지난번 마지막 수련 여행을 하는 동안 이들은 장마산의 막내딸 장온이 천부적인 재질을 가진 아이라는 것을 눈으로 확인했었다. 그 능력은 갈륵족의 선천적인 감각 이상의 무엇이었다.

감각의 영역이 아닌 두뇌의 영역, 소위 말해 천재라는 사람들이 가지고 있는 비상한 예측 능력을 장온은 가지고 있었다.

그래서 적의 흔적을 찾아 추격하는 것이 아니라, 바다 위에서 적의 행적을 모아 상대의 다음 행보를 예측하는 일이라면 장마산보다 장온이 훨씬 뛰어날 거란 왕도문의 생각은 일리가 있었다.

"그럴지도 모르지만 그 어린애를 이런 위험한 일에 데려올 수는 없지."

사바옥이 말했다.

"하지만 온은 무척 오고 싶었을 거야."

"온이? 설마? 그 아이가 모험을 좋아하는 것은 알지만 이 출정은 결국 귀선의 해적들과의 싸움으로 이어질 텐데. 그 아이가 그런 전투를 좋아할 리 없어."

사비옥이 왕도문의 말에 고개를 저었다.

"누가 피 흘리는 싸움을 좋아한대? 사실 그런 건 나도 싫어.

할 수 없어서 하는 거지."

"그럼 온이 왜 오고 싶어 했을 거라는 거야?"

"정말 모르겠어?"

왕도문이 의아한 표정으로 되물었다.

"뭐? 내가 모르는 뭐가 있는 거냐?"

왕도문의 반응에 사비옥이 눈을 크게 뜨며 되물었다.

"온이 저 녀석을 좋아하잖아."

왕도문이 턱으로 갑판에 몸을 기댄 채 수평선 위에 떠 있는 서흑도를 바라보고 있는 무한을 가리켰다.

"칸?"

"그래."

"그야 나도 알지. 하지만 그건 그냥 오라버니 같은 느낌인 거지. 나이도 어린데……."

"아니, 아닌데."

왕도문이 고개를 저었다.

"그럼 정말 그 꼬맹이 녀석이 칸을 사내로서 마음에 두고 있다는 거야?"

"그렇다니까."

"어떻게 아는데?"

"흐흐, 출발하기 전에 내게 와서 묻더라고."

"뭘?"

"연이와 무한이 혹시 서로 그렇고 그런 사이냐고 묻더라. 그래서 내가 '아마 아닐걸? 서로 위해주는 건 맞지만'이라고 대답했더니 아주 얼굴이 밝아지더구만. 그러면서 '오라버니 좀 잘 돌봐주세요' 이러더란 말이야. 그 맹랑한 꼬마 숙녀가. 하하하!"

왕도문이 큰 목소리로 웃음을 터뜨렸다.

그 소리에 놀라 주변의 사람들이 그를 돌아봤다.

"뭐냐?"

하연이 질책하듯 왕도문을 보며 물었다.

모든 사람이 서흑도가 나타난 이후 긴장한 상태인데, 물색없이 갑자기 큰 웃음을 터뜨린 왕도문이 한심해 보이는 듯했다.

"아니, 뭐, 그럴 일이 있어서."

왕도문도 자신이 분위기에 맞지 않은 행동을 했다는 것을 깨닫고는 머리를 긁적이며 변명했다.

"제발 좀 분위기 파악 좀 하고 살아라!"

하연이 왕도문에게 다시 한번 핀잔을 주고 다시 시선을 서흑도로 돌렸다.

"젠장 시어머니가 따로 없다니까."

왕도문이 최대한 목소리를 낮춰 투덜거렸다. 자신의 말이 하연에게 들렸다가는 곱게 넘어가지 않을 거란 걸 알기 때문이었다.

"실없이 갑자기 웃어젖히니까 그렇지. 하여간… 쯔쯔."

사비옥이 혀를 찼다.

"뭐, 어쨌든 그래. 온이 칸을 마음에 둔 것은 분명해."

"흠… 뭐, 그렇게 생각해 보면 잘 어울리기는 한다. 하지만……."

"하지만? 왜 둘이 안 될 것 같아?"

"한쪽만 좋아한다고 일이 되나. 칸 녀석의 마음이 문제지. 저 녀석은 온을 동생 이상으로 생각하는 것 같지 않아. 그리고 어쨌거나 사막에 다녀온 후 녀석이 좀… 이상해져 가지고……."

사비옥이 정색을 하며 말했다.

"확실히 변하긴 했지."

왕도문도 고개를 끄떡였다.

"그게 좋은 변화인지, 나쁜 변화인지 모르겠어."

"아니, 무공이 강해지고 진중해진 것이 나쁠 게 뭐가 있어?"

왕도문이 이해할 수 없다는 듯 되물었다.

"한 가지 경우에는 나쁜 일이지."

"어떤 경우?"

"이상하게 무한 저 녀석이 조만간에 자신만의 여행을 떠날 것 같은 느낌이 든단 말이야. 묵룡대선의 전사 생활을 청산하고."

"에이, 설마!"

왕도문이 강하게 부정했다. 무한이 떠난다는 생각은 아예 하기 싫은 왕도문이다.

"인생은 알 수 없으니까."

"그런 이야기를 직접 들었어? 칸에게?"

왕도문이 심각한 표정으로 물었다.

"그런 건 아니지만… 그런데 예전에 처음 묵룡대선에 타서 선장님의 제자가 될 때 그런 말을 했었잖아. 기억이 돌아와 떠나게 되면 떠나도 된다는 선장님의 허락을 받았다고."

"음, 그런 이야기는 있었지. 하지만… 그럼 기억을 되찾았다는 거냐?"

"……."

사비옥이 왕도문의 말에 대답을 미뤘다.

"왜? 정말 그런 거야?"

왕도문이 재차 사비옥에게 물었다.

"아니, 그런 말을 듣진 못했어. 다만 느낌이……."

"느낌? 젠장 그런 건 개나 줘버려. 떠날 녀석이 묵룡대선의 전사가 되었겠니? 떠날 생각이면 소룡에서 전사로 신분이 바뀔 때 거절했겠지."

"그런가?"

사비옥이 되물었다.

"이거, 이놈 완전 멍청이 아냐? 우리 중 제일 똑똑한 줄 알았는데."

왕도문이 사비옥을 흘겨보며 말했다.

그러자 사비옥이 고개를 저었다.

"아무리 그래도 너만큼 멍청하겠냐. 아무튼 기분이 그래. 저놈에게 무슨 큰일이 있을 것 같은. 그래서 사실 한편으로는 기대가 되기도 해."

"기대는 또 무슨 기대?"

왕도문이 또 무슨 헛소리를 하는 거냐는 듯 사비옥을 노려보며 물었다.

"이번 싸움 말이야. 저놈이 큰 활약을 할 것 같단 말이야."

"그야. 야! 지난번에 해신성주 구할 때 보지 못했냐? 눈 깜짝할 사이에 적들을 해치우는 거. 그게 별거 아닌 것 같아 보여도 그게 참……."

왕도문이 말꼬리를 흐렸다.
"그렇지? 좀 다르지?"
"그건 인정하마. 확실히 우리와는 좀 다른 뭔가가 있었지. 같은 검법이라도."
"이번에 제대로 살펴봐야지."
사비옥이 무한에게 시선을 돌리며 말했다.
"좋아. 나도 이번에는 저 녀석 옆에 붙어서 자세히 보련다. 칸! 뭐 하냐?"
왕도문이 갑자기 무한을 부르며 그의 곁으로 다가갔다.
갑작스러운 왕도문의 행동에 사비옥이 멍한 시선으로 무한 옆으로 다가서는 왕도문을 보다 피식 실소를 흘렸다.
"하여간 저 급한 성질하고는……. 하지만 그게 네 장점이지. 무슨 일이든 시원하게 해대는 거. 그래도 어색하지 않다는 거."
"왜요? 설마 비옥 사형이랑 또 싸웠어요?"
자신의 곁으로 다가서는 왕도문을 보며 무한이 물었다.
"싸우긴 누가 싸워? 그냥 약간의 의견 충돌 정도?"
"무슨 일로요?"
"그럴 일이 있어. 그나저나 상륙을 한다지?"
"선장님과 일부 사람들만 간다는데요?"
"갑판장님이 그러셔?"
"예."
무한이 대답했다.
아적삼은 출발부터 꾸준히 묵룡이선의 수뇌 회의에 참석하고 있었다. 덕분에 무한은 묵룡이선의 향후 일정에 대해 가장 먼저 알 수 있는 사람 중 하나였다.

"우리도 데려가신대?"

왕도문이 기대하는 표정으로 물었다.

"그건 모르겠어요. 거기까지는!"

무한이 고개를 저었다.

"같이 가고 싶은데……."

"위험할걸요?"

"물론 그렇기는 하겠지만 그래도 그런 일을 하려고 그 어려운 수련을 거쳐 묵룡대선의 전사가 된 것 아니겠어? 모험은 즐거운 거지."

왕도문이 어깨를 으쓱거렸다.

그런데 그때 멀리서 선장 독사검왕 서군문의 목소리가 들렸다.

"모든 전사들은 모여라!"

선원들이 아닌 전사들의 소집이다. 그건 곧 서군문 자신과 함께 섬에 상륙할 사람을 결정한다는 의미였다.

"가자!"

왕도문이 기다렸다는 듯 무한의 어깨를 툭 치며 말했다. 잔뜩 기대하는 모습이다.

"그러다 실망해요."

무한이 걸음을 옮기며 말했다,

"재수 없게 그런 소리 마. 고집을 부려서라도 따라갈 테니까."

왕도문이 무한에게 따라붙으며 중얼거렸다.

*　　　*　　　*

"전중삼, 송각, 그리고 햇병아리들 모두! 여덟이 함께 상륙한다. 햇병아리들! 실력 좀 보자! 그리고… 자네도 함께 가지."

독사검왕 서군문의 시선이 장마산에게서 멈췄다.

장마산이 그런 서군문에게 정중하게 고개를 숙여 대답을 대신했다.

묵룡이선에는 백여 명의 사람이 타고 있었다. 그 중 무공을 가진 전사의 숫자는 대략 삼십여 명 정도였다.

묵룡이선이 전선에 가깝다는 것을 생각하면 무공을 가진 전사의 숫자가 적다고 볼 수 있으나, 묵룡이선에 탄 선원들도 하나같이 도검을 다룰 줄 아는 사람들이어서 사실은 선원 전원이 싸울 수 있는 전사들과 다를 바 없었다. 그 대표적인 사람이 갑판장 아적삼이었다.

독사검왕 서군문은 그 중 여덟 사람을 데리고 서흑도에 상륙하기로 결정했다. 전사가 아닌 사람으로는 장마산이 유일한 동행자로 결정됐다.

그런데 뽑힌 전사 중 대부분이 이번에 소룡에서 전사로 신분이 바꾼 사람들이었다.

아마도 그는 새로 전사가 된 무한 등에게 최대한 실전의 기회를 부여하고 싶은 듯 보였다. 물론 그의 결정에 다른 전사들의 반발은 없었다.

기존의 전사들 중 동행을 명받은 전중삼과 송각은 묵룡이선에 탄 전사들 중에서는 묵룡대전사의 지위에 있는 석다산을 제외하고는 가장 노련하고 강한 사람들이었다.

그래서 그들이 동행한다면 비록 초보 전사들을 데리고 가더라도 서흑도에서 일행이 큰 어려움을 겪을 일은 없을 것이란 생각을 하는 듯했다.

"내가 없는 동안 배는 총관께서 지휘한다. 총관께서 수고 좀 해주시오."

서군문이 묵룡이선의 총관 옹백을 보며 말했다.

"이곳 걱정은 말고 다녀오십시오. 서흑도는 위험한 곳이니 검왕께서도 조심하기 바랍니다."

옹백이 진심으로 당부했다. 사실 사령군도의 섬들은 무산해협 내에 있으면서도 그 실체가 제대로 알려지지 않은 섬들이었다.

"걱정 마시오. 나로서는 모처럼 즐거운 외출이 될 것 같으니."

"그들을 너무 믿지 마십시오."

총관 옹백이 누군가에 대한 경계심을 드러냈다.

"물론 나도 그들을 온전히 믿지 않소. 하지만 일단은 믿어봅시다. 물자가 부족한 자들이니 충분히 거래할 상대는 될 것이오."

"알겠습니다. 그럼 일단 가지고 가실 물건들을 준비해 놓겠습니다."

총관 옹백이 말했다.

"부탁하겠소."

서군문이 옹백에게 가볍게 고개를 끄떡이며 말했다.

철썩!

두 척의 작은 배가 묵룡이선에서 바다로 내려졌다. 그중 한 척에는 적지 않은 물품들이 실려 있었다.

"소선으로 옮겨 탄다!"

두 척의 배가 바다에 내려지자 갑판 위에 있던 서군문이 명령을 내리고 자신이 먼저 훌쩍 몸을 날려 빈 배로 뛰어내렸다.

뒤를 이어 그와 함께 서흑도로 가기로 결정된 전사들이 날렵하게 작은 배로 내려갔다.

짐이 실린 배에는 전사들이 아니라 선원들 다섯이 사다리를 타고 내려와 옮겨 탔다. 그들은 서흑도 해안까지 배를 몰고 간 후 짐을 내려놓고 다시 묵룡이선으로 돌아올 예정이었다.

"그럼 다녀오겠소."

소선에 내려선 서군문이 총관 옹백을 올려보며 말했다.

"배는 걱정 마시고 무사히 다녀오십시오."

옹백이 서군문을 향해 고개를 숙여보였다.

"가자!"

옹백의 전송을 받은 서군문이 함께 탄 전사들에게 명을 내렸다.

서군문의 명에 전사 송각이 능숙하게 돛대에 매달린 작은 돛을 펼쳤다. 그러자 바람에 부풀어 오른 돛이 소선을 검은 빛이 넘실거리는 서흑도 쪽으로 밀어가기 시작했다.

그 뒤를 따라 짐을 실은 소선 역시 돛을 펼쳐 무한 등이 탄 배의 뒤를 따르기 시작했다.

쏴아아!

파도에 모래 쓸리는 소리가 평화롭게 일어났다. 그러나 섬에 내려선 무한 등은 결코 편안한 마음을 가질 수 없었다.

거대한 밀림이 우거진 섬, 바다에서 섬이 검게 보인 것은 무성한 숲과 중간중간 솟아 있는 제법 높이 솟은 절벽들 때문이었다.

절벽은 그 위쪽에 다시 우거진 숲을 가지고 있었다. 그렇게 숲을 머리처럼 이고 있는 절벽들이 섬 곳곳에 펼쳐져 있어서 마치 누군가 일부러 만들어놓은 성벽 같은 느낌이 들기도 했다.

짐을 부려놓은 선원들은 어느새 해안가를 떠나 묵룡이선 쪽으로 다시 이동하고 있었다.

그럼에도 불구하고 서군문과 전사들은 쉽게 해안가를 벗어나지 못했다.

"일단 짐들을 한쪽으로 옮긴다. 비가 맞지 않을 곳으로. 저쪽이 적당하겠군."

서군문이 해안의 모래사장과 경계를 이루며 숲이 시작되는 지점의 한 곳을 가리켰다.

작은 바위들이 모여 있는 곳으로 바위들 사이로 마른 공간이 보였다.

"힘 좀 쓰자!"

전사 전중삼이 무한 등을 보며 말했다.

"예!"

젊은 전사들이 일제히 대답하고는 해안가에 부려놓은 짐들을 하나씩 짊어지고 서군문이 지목한 장소로 옮기기 시작했다.

짐을 옮기는 일은 오래지 않아 끝이 났다. 적지 않은 양이었지만, 무공을 가진 무인들에게는 수월한 일이었다.

바위 사이로 짐을 옮긴 묵룡대선의 전사들이 비와 이슬에 짐들이 젖지 않게 질긴 천으로 단단히 덮은 후 다시 서군문 주변으로 모여들었다.

"이곳으로 갈 생각인데. 숲을 뚫고 가는 길을 안내할 수 있겠나?"

서군문이 전사들이 모여들자 장마산에게 한 장의 양피지를 꺼내 보여주었다. 양피지에는 엉성하게 그려진 지도가 있었다.

"누가 그린 겁니까?"

장마산이 양피지에 그려진 지도를 보며 물었다.

"누번족을 소개한 자가 그린 걸세."

서군문이 대답했다.

"음… 뭐 하는 잡니까?"

"…솔직히 말해야겠지? 묘풍이라고. 그냥 이리저리 떠돌아다니며 거간꾼 노릇을 하는 자네. 사기도 좀 치고. 하지만 그 자가 감히 대묵룡대선을 상대로 사기를 쳤을 거라고 생각하지는 않네만. 쓸 수 없는 지도인가?"

서군문이 물었다.

그러자 장마산이 고개를 저었다.

"그렇지는 않습니다. 다만 지도라는 걸 제대로 그려본 경험이 없는 자가 그린 지도입니다. 지도라는 것이 어느 한 지점을 기준으로 그려야 하는 건데… 이건 그 기준점이 없습니다. 적어도 지도의 중심이 이 해안가는 아닌 것이 분명하고 말입니다."

"그럼 어떻게 해야 하겠나?"

"아무래도 높은 지대로 올라가야 할 것 같습니다. 한 시야에 그 끝을 담을 수 없는 큰 섬이니 한 번에 찾을 수 있을지는 모르겠지만, 이 지도가 이 섬의 어느 지역을 가리키는 건지는 알아야 제대로 쓸 수 있을 겁니다."

"그렇군. 그럼 일단 성의 남동쪽으로 이동하면서 살펴보세. 그의 말로는 누번족이 섬의 남동쪽 숲 깊은 곳에 있다고 했으니까."

"알겠습니다. 제가 길을 열겠습니다."

능숙한 길잡이답게 장마산이 대답을 하고는 앞서서 숲으로 들어갔다.

숲은 해안가보다 훨씬 습도가 높았다. 공기 중에 떠다니는 습기로 인해 몸이 금세 땀에 젖었다.

무한 일행은 그래서 가끔 공력을 일으켜 몸에 밴 습기를 날려버려야 했다.

하지만 공력이 없는 장마산은 흐르는 땀을 닦아내는 것 말고는 다른 방법이 없었다. 그럼에도 불구하고 장마산은 선두에서 물러나지 않았다.

지긋한 끈기, 길을 찾는 탁월한 능력, 그리고 무엇보다 새로운 삶에 대한 열정이 그에게서 느껴졌다.

묵룡이선을 타고 무산해협을 건너는 동안 무한은 종종 장마산과 이야기를 나눴었다.

그때 그는 무한에게 말했었다. 그는 묵룡대선의 사람이 되는 것을 허락받았을 때 평생 처음 안도감이라는 것을 느꼈다고 했다.

자신을 지켜줄 누군가가 생겼다는 것, 그 누군가에게 온전히 자신과 가족의 생사를 의지할 수 있을 것이란 믿음, 그런 것이 그에게 평온함을 주었고, 그런 만큼 독안룡과 묵룡대선을 위해 목숨까지 걸어야겠다는 생각이 들었다는 것이다.

갈륵족으로 살아오는 동안 그는 누군가에게 쫓기고 죽임을 당하는 그들 부족들의 고단한 인생을 수없이 보아왔었다.

그래서 가정을 이루고 아이들을 낳아 기르면서도 그는 늘 불안감에 떨었다.

무심하고 단단해 보이지만 사실은 이 중년 사내의 마음속에는 세상에 대한 두려움이 숨어 있었던 것이다.

그나마 소요산장주 이공을 만난 이후에는 어느 정도 생활이 안정되었지만, 그조차도 완벽한 평온은 아니었다.

청류산을 오가는 여행객들 중에 혹시라도 그가 갈륵족이라는 사실을 알면, 그를 잡아 노예로 쓰려는 자도 있을 수 있었다.

그런 의미에서 묵룡대선의 식구가 된다는 것은 그와 가족들에게 지금까지 경험할 수 없는 안전한 삶이 주어졌다는 의미였다.

그래서 그는 마치 그가 태어나면서부터 묵룡대선의 사람이었던 것 같은 충성심이 자신도 모르게 생겼다고 한다.

지금 그가 땀이 비 오듯 흘러도 힘든 줄 모르고 길을 열고 있는 이유였다.

"좀 쉬어 가겠나?"

비록 선천적으로 강한 체질을 타고났다고 해도 땀을 비 오듯 흘리는 장마산의 체력은 걱정될 수밖에 없었다. 이미 밀림 숲으로 들어온 지 반나절이 지나고 있었다.

하지만 장마산은 겉으로 보이는 것과 달리, 여전히 체력이 남아 있는 듯 보였다.

"아직은 괜찮습니다."

장마산이 대답했다.

"무리하지 말게. 제법 긴 여행이 될 테니까."

서군문이 말했다.

"일단… 저곳까지 가서 쉬시지요. 지도의 위치를 찾을 수 있을지도 모릅니다."

장마산이 손을 들어 가파른 절벽 위 숲을 가리켰다.

"올라갈 수 있겠나?"

"길을 찾을 수 있을 것 같습니다."

장마산이 대답했다.

"알겠네, 그렇게 하세."

서군문이 순순히 장마산의 의견에 동의했다. 반나절 만으로도 길잡이로서의 능력을 충분히 보여준 장마산이었다.

덕분에 일행은 밀림에 들어와서도 그리 어렵지 않게 속도를 높여 전진해 왔다.

장마산은 사람들이 감탄할 수밖에 없는 능력을 가지고 있었다. 수직으로 거대한 성벽처럼 서 있는 절벽에서도 그는 별다른 어려움 없이 정상으로 올라갈 수 있는 길을 찾아냈다.

절벽 위에 오르자 또 다른 밀림이 펼쳐졌다. 그러나 절벽 아래 밀림과는 확연히 다른 면이 있었다.

일단 습기가 적었다. 섬의 상층부에 부는 해풍으로 인해 습기가 바람 속으로 흩어지고 있었다.

그리고 시야가 트인 곳을 찾을 수 있었다.

서흑도는 평평한 대지에 거대한 밀림이 존재하는 섬이다. 섬의 크기가 넓어 직선으로 걸어도 횡단을 하려면 족히 사오일이 걸리는 섬이었다.

기형적인 해안선으로 인해 해안가를 따라 걸으면 섬을 일주하는 데 보름 이상, 섬에서 태어난 사람이라면 이 섬이 세상의 전부라고도 생각할 수도 있는 넓은 섬이었다.

그래서 가끔씩 섬 중간중간에 솟구친 이런 절벽 위 숲에 올라야만 아주 멀리까지 섬의 지형을 살필 수 있었다.

"찾았습니다."

장마산이 다른 일행이 휴식을 취하는 동안 절벽 끝머리에 서서 사방을 주시하다가 입을 열었다.

그러자 일행이 모두 일어나 장마산 근처로 모여들었다.

"어딘가?"

서군문이 물었다.

"제가 보기에는 거기가 거기 같은데요?"

왕도문이 고개를 갸웃하며 중얼거렸다.

그러자 장마산이 손을 들어 남동쪽 한 지점을 가리키며 입을 열었다.

"자세히 보게. 다른 나무들보다 큰 나무 십여 그루가 서 있는 것이 보일 걸세. 음… 내공을 끌어올려 안력을 높여야 보일지도 모르겠군."

장마산이 말했다.

그러자 일행이 그의 말대로 내공으로 안력을 높여 다시 한번 장마산이 가리킨 지점을 바라봤다.

"그렇군. 그런 나무들이 있군. 그게 지도의 기준점인가?"

서군문이 장마산이 말한 곳을 발견하고는 물었다.

"이곳인 듯합니다."

장마산이 지도의 한 지점을 짚었다. 지도의 왼쪽 위에 십여 그루의 나무가 그려진 것이 보였다.

그런데 서군문이 보기에는 그것만으로는 장마산이 발견한 나무들이 지도의 그것이라고 확신할 수는 없을 것 같았다.

"이런 나무들이 섬의 다른 곳에도 많지 않겠나?"

서군문이 의구심을 품고 물었다.

그러자 장마산이 고개를 저었다.

"단지 나무의 존재 때문만은 아닙니다. 지도에 나타난 전체적인 지형의 흐름이 저곳과 비슷합니다."

"음… 그게 읽히나?"

"그렇습니다."

장마산이 담담하게 대답했다.

"난 통 모르겠군. 역시 자네의 능력이 대단하군."

서군문이 갈륵족의 능력에 새삼스레 감탄했다. 그러자 장마산이 씁쓸하게 대답했다.

"작은 재주일 뿐이지요. 형제들조차 지킬 수 없었던……."

일행은 그날은 그대로 절벽 위에서 쉬어가기로 했다. 물론 아직 해가 지려면 멀었고, 계속 간다면 상당한 거리를 갈 수 있었다.

하지만 그 거리는 그들이 찾은 십여 그루의 큰 나무들이 있는 곳 정도였다. 그곳의 환경이 어떨지 모르는 상태에서는 그나마 휴식하기 좋은 환경인 절벽 위에서 하룻밤을 보내는 것이 좋았다.

이후에 아침 일찍 출발해 다음 날 정오쯤 나무들 근처에 도착한 후, 지도를 따라 다시 저녁까지 여행하는 것이 좋을 것이라는 것이 서군문의 판단이었다.

더군다나 서군문은 무척 신중한 사람이었다. 그는 어떤 경우에도 그가 데려간 전사들의 안위를 우선으로 생각했다. 그런 그에게 반나절의 시간을 포기하는 것은 그리 어려운 선택이 아니었다.

절벽 끝에서 이십여 장 안쪽으로 들어가 자리를 잡은 일행은 먼저 작은 모닥불을 피웠다. 불꽃을 최대한 감춰 모닥불을 피운 것은 혹시라도 이 초대가 함정일 수도 있기 때문이었다.

서흑도의 원주민 중 하나인 누번족을 소개한 자는 묘풍이라는 떠돌이 거간꾼이었다.

묘풍은 묵룡대선 사람들이 십이귀선의 행방을 찾고 있다는 소문을 어디서 들었는지, 누번족의 족장을 통해 십이귀선의 동태를 알 수 있을 거라면서 자신이 누번족의 족장과 잘 아는 사이니 다리를 놓아주겠다고 제안했다.

그러더니 정말 누번족 족장으로부터 거래를 하고 싶다는 전갈을 가지고 왔던 것이다.

그 사람 됨됨이를 보면 그의 말을 온전히 신뢰할 수 없었다. 하지만 그렇다고 무시할 수도 없는 제안이었다.

독안룡 탑살은 결국 묘풍이 아니라 그들 자신을 믿기로 했다. 아무리 사기꾼이라도 감히 묵룡대선과 독안룡 탑살 자신을 상대로 사기를 치지는 못할 것이라는 믿음으로 이 초대에 응하기로 했던 것이다.

그래서 묵룡이선과 전사들을 이끌고 서군문이 누번족을 찾아가고 있는 것이었다.

하지만 애초에 묘풍에 대한 신뢰가 없었기에 조심하지 않을 수 없었다.

혹시라도 이 초대가 십이귀선, 혹은 다른 적이 묵룡대선을 공격하기 위해 판 함정일 수도 있기 때문이었다.

그래서 가급적 섬에 상륙한 이후 자신들의 이동 경로를 드러내지 않으려고 조심하고 있는 서군문이었다.

일행 역시 그런 서군문의 생각을 알고 있었기에 떠들썩한 밤을 보낼 생각이 없었다.

그들은 일찍 잠자리에 들었고, 잠이 오지 않는 사람들도 누운 채 조용히 밀림 위에 떠오른 밤하늘을 보며 각자의 생각에 잠겨 있었다.

그런데 그 조용한 휴식은 그들이 아닌 다른 사람들에 의해 방해를 받았다.

스스스! 구구구구! 카악!

깊은 밤, 적막이 찾아든 밀림 숲에서는 낮보다 더 분주한 움직임과 섬뜩한 짐승들의 울음소리가 들려왔다.

그 소리들은 특히 일행이 올라 있는 절벽 위 숲이 아니라, 그 아래쪽 거대한 평원처럼 펼쳐진 밀림에서 소란스럽게 일어났다.

그래서 일찍 눈을 감고 잠이 들었던 사람들조차 밤이 깊어지자 오히려 눈을 뜨고 말았다.

"젠장, 뭔 놈의 숲이 이렇게 시끄러워. 이건 낮보다 더 소란스럽네."

왕도문이 투덜거렸다.

그러자 하연이 누운 채로 말했다.

"자장가라고 생각하고 자."

"말이 되는 소리를 해라. 에이!"

왕도문이 자리를 박차고 일어났다.

"그래. 그럼 일어난 김에 밤새 번을 서라. 그것도 나쁘지 않지."

하연이 말했다.

"번을 서라고? 좋아. 뭐, 그러지. 어차피 잠을 자긴 틀린 것 같은데."

"덩치는 산만 한 놈이 예민하기는 하여간… 에휴."

하연이 왕도문을 핀잔하며 눈을 감았다.

그런데 그 순간 장마산이 갑자기 조용히 일어나 절벽 끝으로 다가갔다.

그러자 잠든 줄 알았던 무한과 서군문 역시 조심스러운 움직임으로 장마산 옆으로 다가갔다.

왕도문이 세 사람의 행동에 놀라 입을 열려는 순간, 서군문이 고개를 돌려 황급히 움직이지 말라는 손짓을 했다. 그리고 손가락을 입에 대고 침묵할 것을 명령했다.

왕도문과 전사들이 서군문의 지시에 따라 그 자리에 굳은 듯 정지했다.

"역시 누가 있군."

서군문이 한참 동안 절벽에 서서 그 아래쪽 숲을 지켜보다가 입을 열었다.

작은 목소리여서 뒤에 있는 전사들에게는 들리지 않았다.

"무공을 가진 자들은 아닌 것 같습니다."

장마산이 말했다.

그러자 서군문이 고개를 끄떡였다.

"그렇겠지. 무공을 가진 자들이라면 이런 기척조차 없었을 테니. 그래도 대단하군. 이 정도로 자신들의 존재를 숨길 수 있다니. 더군다나 사람이 나타나면 짐승들이 먼저 알아채고 도망가거나 숨는 법인데… 이자들은 짐승들과 동화된 듯 숲에 큰 변화가 없군."

서군문이 적지 않게 놀란 표정으로 말했다.

"그 누번족이라는 자들일까요?"

무한이 나직하게 물었다.

"글쎄… 그럴 수도 있지만, 아닐 가능성도 있다. 그들은 섬 남동쪽에 치우쳐 산다고 했으니까."

"그럼 섬 중심부 밀림에 흩어져 사는 부족들이겠군요."

"그러길 바라야지. 아니라면 심각한 문제니까."

그러자 장마산이 잠시 생각에 잠겼다가 입을 열었다.

"제 생각에는 누번족일 가능성이 큰 듯합니다만."

"왜 그렇게 생각하는가?"

"그 거간꾼을 통해 우리에게 거래를 제안했으니 그들은 아마도 우리가 오는 것을 알고 있을 겁니다. 묵룡이선 정도의 크기면 서쪽 해안가에서 충분히 발견했을 것입니다."

"그들이 섬 서쪽까지 사람을 보냈을 거란 말인가?"

"초대를 했으니 그랬을 것 같습니다만……."

"그럼 그곳에서 우릴 마중했겠지."

서군문이 말했다.

"다른 생각을 갖고 있다면 그렇지 않았을 수도 있습니다."

장마산이 말했다.

"다른 생각?"

"그렇습니다. 이 거래는 처음부터 의심받고 있지 않았습니까? 최악의 경우 그들은 이미 십이귀선의 해적들과 거래를 했을 수도 있습니다."

"우리를 끌어들이는 것으로 말인가?"

"……."

서군문의 질문에 장마산이 침묵을 대답했다.

그러자 서군문이 잠시 생각에 잠겼다가 입을 열었다.

"한 놈이라도 잡아 와야겠군. 아닌 밤중에 사냥이라 조금 그렇기는 해도…….”

서군문의 말에 장마산과 무한의 얼굴이 굳었다.

“지금 말입니까?”

장마산이 물었다.

“놈들이 방심했을 때가 가장 좋은 때지.”

“그렇지만…….”

장마산이 어둠에 쌓인 밀림을 내려다보며 망설였다.

그러자 서군문이 말했다.

“이 일은 자네가 나서지 않아도 되네. 내가 직접 가지.”

서군문이 단호하게 말했다.

만약 장마산의 추측이 사실이라면 절대 누번족을 용서치 않을 것 같은 기세였다.

그때 무한이 입을 열었다.

“저도 가겠습니다.”

“칸, 네가? 아니다. 너까지 나설 필요는 없어. 다른 아이들을 데려가마.”

서군문이 고개를 저었다. 그로서는 전사들 중 가장 어린 무한을 데리고 가기가 꺼려지는 모습이었다.

“가고 싶습니다. 다른 사람들만큼의 몫은 할 수 있습니다.”

무한이 다시 말했다.

그러자 문득 서군문은 떠나기 전 탑살이 당부한 말이 생각났다. 무한에게 최대한의 기회를 주라는 말과 무한이 다른 전사들에 비해 큰 도움이 될 것이라는 믿기 힘든 충고였다.

탑살의 당부에 생각이 미치자 서군문이 잠시 망설이다가 무한에게 말했다.

"좋아. 함께 가자. 하지만 위험한 행동을 하면 안 돼!"

"걱정 마세요."

무한이 부드럽게 미소를 지으며 대답했다. 그 미소를 보자 서군문은 왠지 안심이 되는 듯한 느낌을 받았다.

한순간 느낀 감정이지만, 서군문은 그 순간 왜 탑살이 떠나기 전 무한을 특별히 언급했는지 이해가 갈 것도 같았다. 단지 표정과 말만으로 이런 안정감을 주는 사람은 드물다는 것을 알고 있는 서군문이었다.

하지만 무한에 대한 생각을 깊이 할 수 있는 시간은 아니었다. 일단 결정한 이상 그들을 감시하는 자들을 잡아 오는 것이 가장 중요하기 때문이었다.

서군문이 뒤로 물러나 묵룡대선의 전사들이 모여 있는 곳으로 다가와 명을 내렸다.

"나와 칸이 절벽을 내려가 우릴 감시하는 자들을 잡아 온다. 중삼! 자네도 함께 가세. 나머지는 이곳에서 만약의 경우에 대비한다."

"아니, 왜 칸입니까?"

왕도문이 따지듯 물었다. 사비옥과 이산, 그리고 하연의 얼굴에도 불만이 역력했다.

"분명히 말해두마. 전사란 전장에 나오면 지휘자의 말에 무조건 따라야 한다. 그렇지 않으면 체계가 무너져 오합지졸이 되지. 특히 이런 급박한 상황에서는 말이다. 불만과 이유는 나중에 들겠다. 지금은 명에 따르거라."

서군문이 단호한 표정으로 말했다.

그러자 왕도문이 서군문의 기세에 겁을 먹었는지 목소리를 누그러뜨리며 대답했다.

"알았습니다."

"좋아. 그럼 가자."

서군문이 손짓을 하고는 절벽에서 조금 더 깊은 숲으로 들어가기 시작했다.

서군문은 노련한 전사였다.

적이 절벽 아래에서 그들을 지켜보고 있을 거라고 예상한 그는 오히려 절벽으로부터 더 깊숙한 숲으로 들어간 후 남쪽으로 크게 우회해 백 장 정도 떨어진 곳에서 절벽을 내려갔다.

무한은 그런 서군문을 조용히 뒤따랐다. 그의 뒤에는 노련한 전사 전중삼이 후방을 살피며 따라왔다.

은밀하게 절벽 아래로 내려온 서군문이 본격적으로 적을 추격하기에 앞서 걸음을 멈추고 무한을 바라봤다.

"제가… 무슨 실수라도?"

무한이 갑작스러운 서군문의 행동에 놀라 되물었다.

"아니다. 조금 놀라서 그런다."

"놀라시다니요?"

"칸, 너 정말 몰라보게 무공이 진보했구나."

서군문이 정말 놀란 표정으로 말했다.

"갑자기 왜 그런 말씀을……?"

서군문의 행동을 이해하지 못한 무한이 칭찬에도 오히려 불안한 표정으로 물었다.

그러자 서군문이 가장 뒤에 따라오던 전중삼에게 물었다.

"안 그런가?"

"맞습니다. 칸, 이 녀석 정말 대단한 전사가 된 것 같습니다. 절벽을 내려오는데도 전혀 소리를 내지 않더군요. 검왕님조차 약간의 소리를 만드셨는데……."

전중삼이 정색을 하며 대답했다.

"가끔 이런 천재들이 출현하기는 하지. 그런데 보통 그런 천재는 십이신무종 같은 대단한 무종 종파에 나타나는 법인데… 아무튼 좋구나. 칸 너와 같은 좋은 인재가 묵룡대선에 나타났다는 것은 행운이지. 그런 의미에서 오늘 밤 제대로 한번 실력을 발휘해 보거라."

"모두 과찬이십니다. 그냥 뭐 조금 실력이 늘었을 뿐인데요. 아무튼 최선을 다하겠습니다."

"좋아. 그럼 사냥을 시작하자!"

서군문이 고개를 끄떡이고는 다시 절벽 아래 밀림 속으로 움직이기 시작했다.

제6장

밀림 속에서

무한은 이미 적의 기운을 느끼고 있었다. 놀랍게도 적들의 위치까지 정확하게 인식되었다.

처음에는 '뭐지?'라는 스스로에 대한 의문이 떠올랐다. 혹시 적이 자신에게 일부러 자신들의 위치를 노출하는 것이 아닌가 하는 의심도 들었다.

하지만 이내 그런 의심들은 사라졌다. 함께 달리고 있는 서군문과 전중삼 때문이었다.

아무리 대단한 고수들이라도 함께 달리고 있는 세 사람 중에서 한 사람만 특정해 자신의 위치를 기운으로 알리는 것은 불가능했다.

그리고 서흑도에 산다는 누번족은 무공을 모르는 자들이었다.

거칠고 강하며 포악한 부족으로 알려져 있기는 하지만, 무공을 소유한 전사들을 배출하는 부족은 아니었다.

그나마도 척박한 서흑도에 자리를 잡고 있다는 것은 그 세력조차 그리 크지 않다는 의미였다.

서흑도에 산재한 여러 부족들이 이 척박한 땅에 터를 잡은 것은 부족의 세력이 약해 비옥한 섬이나 파나류에 터전을 잡을 수 없기 때문이었다.

그런 그들에게 특정인에게만 자신의 위치를 알릴 수 있을 만큼 강한 무인이 있을 리 없었다.

설혹 그들 중에 십이귀선의 고수가 섞여 있다고 해도 마찬가지였다. 겨우 해적 따위가 그런 전설적인 무공을 가지고 있을 리 없었다.

서군문과 전중삼의 움직임도 뛰어났다. 그들이 묵룡대선의 중추적인 전사들임을 증명이라도 하듯 어둠속 밀림을 질주하면서도 큰 소리를 만들지 않았다.

그래서 일행은 우거진 밀림 속에서 어떤 변화도 일으키지 않고 적들이 숨어 있는 지점까지 순식간에 도달했다.

그러자 좀 더 강하게 적의 존재가 느껴진다.

'모두 아홉?'

확신이 들지만 그건 적어도 그의 감각이 미치는 영역 안에서의 숫자다. 그의 감각 밖에 존재하는 자들도 있을 수 있었다.

서군문이 속도를 줄였다. 그리고 어둠 속에서 가볍게 손으로 좌우를 가리켰다.

동쪽은 전중삼에게, 서쪽은 무한에게 맡기겠다는 의미다. 그 자신은 남쪽에서부터 적들이 숨어 있는 곳을 정면으로 공격하겠다는 의도였다.

그렇게 되면 도주하는 자들은 무한과 전중삼의 차지다. 적어도 그중 일부는 사로잡아야 하는 것이 두 사람의 임무였다.

물론 위험한 쪽은 전중삼이었다. 사람은 위기가 닥치면 본능적으로 자신의 터전이 있는 곳을 향한다.

그런 의미에서 숨어 있던 자들은 전중삼이 막아설 동쪽으로 도주할 가능성이 컸다. 그곳에 그들의 터전 누번족의 마을이 있기 때문이었다.

서군문의 지시를 받은 무한과 전중삼이 서로의 위치가 확인될 만큼의 거리를 두고 서쪽과 동쪽으로 이동했다.

그러자 서군문이 지체하지 않고 그들을 감시하는 자들이 숨어 있는 숲을 향해 뛰어들었다.

쿵!

"악!"

서군문이 숲의 한 지점으로 날아드는 순간, 한 사내가 비명을 지르며 숲의 공터로 날아가 뒹굴었다.

서군문이 검을 검집에 넣은 채 사내의 등을 가격했던 것이다.

"도검을 버리고 꿇어라. 항복하는 자는 죽이지 않는다!"

서군문이 뒤늦게 검을 뽑아 들어 쓰러진 자를 겨누며 소리쳤다.

순간 어둠 속에서 찰나의 정적이 흘렀다. 그리고 뒤를 이어 괴상한 고함 소리와 함께 여러 개의 검이 서군문을 향해 날아들었다.

"카악!"

"오옷!"

상대에게 위협을 주기 위해 쏟아내는 고함 소리가 지나치게 과장되어 있다. 그건 곧 숲에 숨어 있던 자들이 겁을 먹었다는 의미다.

서군문은 자신을 향해 날아드는 대여섯 개의 검을 차분하게 지켜봤다. 그리고 적들의 검이 그의 일 장 안에 들어왔을 때 서군문이 움직였다.

쩽!

서군문이 미끄러지듯 움직이며 휘두른 검과 충돌한 적의 검 하나가 부러졌다. 순간 서군문의 발이 부러진 검의 주인을 걷어찼다.

"칵!"

서군문의 발에 복부를 맞은 자가 짐승 같은 비명을 토하며 뒤로 날아갔다.

"죽어랏!"

동료가 쓰러졌음에도 불구하고 다른 자들은 여전히 서군문을 향해 달려들었다.

그러자 서군문이 그를 공격하는 자들을 향해 먼저 뛰어들었다.

파파팟!

다섯 개의 검이 서군문의 몸을 조각낼 것처럼 밀려들었다.

그 순간 서군문의 움직임이 빨라졌다. 그는 마치 물속을 헤엄치는 고기처럼 적의 검들을 피해 움직였다. 검을 들지 않은 다른 손에는 어느새 작은 방패 하나가 들려 있었다.

캉캉!

적의 검이 쇠로 만든 서군문의 방패에 막혀 어지러운 충돌음을 내는 순간 서군문의 검이 빛과 같은 속도로 움직였다.

삭!

"윽!"

서걱!

"악!"

동시에 두 사람의 비명 소리가 터져 나왔다. 그리고 비명의 주인들이 피를 뿌리며 쓰러졌다. 한 사내는 옆구리에서 피가 흘러나오고 있었고, 다른 한 사내는 목을 베여 즉사한 듯 보였다.

한순간에 두 사람이 죽자 서군문을 향한 공격이 멈췄다. 그리고 그를 공격하던 자들이 빠르게 어두운 밀림 숲으로 물러나기 시작했다.

"가능하다면 한 명도 돌려보내지 말아야 한다."

서군문이 담담한 목소리로 말했다.

동쪽과 서쪽을 지키고 있는 무한과 전중삼에게 한 말이었다.

무한은 서군문의 무공 이상의 능력, 세월이 형성한 그의 노련한 싸움 기술을 감탄 어린 시선으로 지켜보다가 서군문의 목소리에 정신을 차렸다.

그리고 그 순간 자신이 있는 방향으로 달려오는 두 사람의 적을 발견하고 서슴없이 앞으로 나섰다.

"캬옷!"

앞을 막아서는 무한을 발견한 적들이 야수 같은 고함 소리를 지르며 무한을 향해 달려들었다. 무한을 단번에 밀어버리고 도주하려는 듯한 모습이다.

무한은 적의 공격에 무방비 상태로 서 있는 것처럼 보였다. 실제로 그는 적의 검이 눈앞까지 다가올 때까지 전혀 움직이지 않았다.

하지만 그것이 적에 대한 방심이나 혹은 조롱은 아니었다. 그건 무한에게 있어 자연스러운 반응이었다.

"느려……."

무한이 중얼거렸다.

옆에서 보기에는 폭풍처럼 밀려드는 적의 공격이지만, 무한이 느끼기에는 한없이 느린 공격이었다.

그래서 적의 검이 코앞에 다가올 때까지 그의 몸은 아무런 반응도 하지 않았던 것이다.

아마도 그 모습을 아적삼이 보았다면 크게 호통을 쳤을 것이다.

무한이 움직인 것은 적의 검이 거의 그의 목젖에 닿았을 때쯤이었다.

"헛!"

"엇?"

한순간 그를 공격하던 자들의 입에서 헛바람이 새어 나왔다.

그들의 검이 분명 앞을 막아선 무한의 목과 가슴을 찔렀다고 생각한 그 순간 상대가 거짓말처럼 사라졌던 것이다.

대신 그들의 검은 애꿎은 허공을 베어내고 있었다.

그런데 더 놀라운 것은 사라진 상대가 바로 다음 순간, 그들의 등 뒤에 나타났다는 것이었다.

쿵!

무한은 검을 뽑지도 않았다. 그는 검의 손잡이로 한 명의 적의 등을 가격해 쓰러뜨린 후, 재빨리 몸을 회전해 당황하는 다른 적의 가슴을 검집 끝으로 찔렀다.

퍽!

"욱!"

명치를 검집 끝에 맞은 자가 숨이 멎는 듯한 신음 소리를 내며 허리를 굽혔다. 그런 그의 목덜미에 무한의 손이 닿았다.

탁!

무한이 수도(手刀)로 적의 목뒤를 치자 상대가 그대로 그 자리에 고꾸라졌다.

그런데 그 순간 무한의 눈이 갑자기 번뜩였다.

무한의 몸이 마치 공간을 이동한 것처럼 허공으로 솟구쳐 올랐다.

팟!

그리고 그 순간 날카로운 검기가 무한이 서 있던 공간을 갈랐다. 워낙 빠른 공격이라 마치 무한이 서 있던 어둠이 반으로 갈리는 것 같은 착시가 일어났다.

무한은 허공에 멈춘 듯한 상태로 자신을 기습한 자가 유령 같은 움직임으로 어둠과 동화되어 허공에 떠오른 자신을 향해 다시 공격해 오는 것을 지켜봤다.

'풍신보가 아니었다면 위험했을 수도…….'

무한이 유령처럼 다가오는 적을 보며 생각했다.

적의 기습을 느끼고 본능적으로 풍신보를 펼쳐 넉넉하게 적의 공격을 피했지만, 만약 빛의 신전에서 얻은 풍신보가 아니었다면 과연 적의 공격을 피할 수 있었을까 하는 의구심이 들 만큼 빠르고 강한 적이었다.

하지만 그러자 갑자기 오기가 생겼다.

'지금은 빛의 술사가 아니라 묵룡대선의 전사다. 풍신보를 사용하는 것은 묵룡대선의 전사로선 부끄러운 일이지.'

무한이 검을 빼 들었다.

창!

그의 검이 날카롭게 검집을 벗어났다. 동시에 무한이 허리춤에 매달려 있던 방패를 다른 손으로 꺼내 들었다. 그러고는 지체 없이 방패를 다가오는 적을 향해 던졌다.

쿠오오!

진기를 머금은 방패가 마치 는 생물인 듯 꿈틀거리며 유령처럼 다가오는 적을 향해 날아갔다.

그 강력한 힘과 교묘한 움직임에 당황한 적이 무한에 대한 공격을 멈추고 급히 검을 휘둘러 방패를 쳐냈다.

쾅!

방패와 검이 충돌하면서 숲을 뒤흔드는 굉음이 일어났다. 뒤를 이어 사내의 몸이 자연스럽게 뒤로 밀려났다.

그 순간 한 자루 검이 어느새 번개처럼 사내를 덮쳤다.

콰아아!

무한은 십이파랑검을 사용했다. 소룡이 아닌 묵룡대선의 전사로서의 첫 활동이다. 그래서 그는 십이파랑검이 지금 상황에 가장 어울리는 무공이라고 생각했다.

카카캉!

파도처럼 일렁이는 검의 그림자를 유령 같은 사내가 어지럽게 쳐냈다. 십이파랑검을 막아내는 사내의 무공 역시 놀라운 경지였다.

"어디서 나온 자냐?"

무한이 십이파랑검을 이용해 쉴 틈을 주지 않고 적을 공격하며 물었다.

이렇게 대단한 무공을 사용한다는 것은 이자가 서흑도의 누번족 전사는 아니라는 의미였다.

누번족에 이런 고강한 무공을 가진 전사가 있을 리 없었다. 만약 그런 전사를 길러낼 실력이 있다면 척박한 서흑도에서 힘겨운 삶을 이어갈 이유가 없었다.

그러나 유령 같은 움직임을 보이는 자는 무한의 질문에 대답하지 않았다. 대신 그는 어렵게 무한의 공격을 막아내면서 도주할 기회를 엿보는 것 같았다.

그런 사내를 향해 무한이 다시 말했다.

"당신은 도주할 수 없어. 포기하고 순순히 항복하는 것이 좋을 거야."

"애송이 놈!"

그제야 유령 같은 자의 입이 열렸다. 단지 무한이 듣고 싶은 말이 아니라는 것이 문제였지만.

"벙어리는 아니었군. 다행이야. 당신을 사로잡아야 할 이유가 생겼으니까. 당신에게도 좋은 거지. 살 수 있는 기회가 생겼으니."

파파팟!

무한이 십이파랑검의 경지를 더 끌어올려 사내를 사방에서 제압해 들어갔다.

"너 같은 애송이에게 죽을 내가 아니다!"

유령 같은 사내가 무한의 공격을 막는 듯하다가 갑자기 검을 들지 않은 손으로 품속에서 벼락처럼 비도를 꺼내 날렸다.

팟!

사내의 손을 떠난 비도가 무서운 속도로 무한의 심장을 파고들었다.

슥!

무한이 재빨리 몸을 틀어 비도를 비껴냈다.

팟!

비도가 아슬아슬하게 무한의 가슴 앞을 스치고 지나갔다. 그런데 그 찰나의 순간을 이용해 사내가 어두운 밀림 속으로 숨어들고 있었다.

비도를 던진 것은 도주할 기회를 만들기 위함이었던 것이다.

그런 사내를 보며 무한이 고개를 저었다.

"당신은 절대 도주할 수 없어. 그러려면 빛의 빠름을 이겨내야 하니까."

무한의 말이 미처 끝나기도 전에 무한의 모습의 그 자리에서 사라졌다.

"헉!"

유령 같은 움직임으로 무한을 공격하다 무한의 반격에 밀려

도주를 택한 사내의 입에서 헛바람이 흘러나왔다.

그는 도저히 믿을 수 없다는 시선으로 무한을 바라봤다. 검을 잡은 손은 긴장으로 인해 일어난 핏줄이 지렁이처럼 꿈틀거렸다.

"어떻게……?"

사내가 중얼거렸다.

자신의 앞을 막은 무한의 빠름은 그의 상식을 뛰어넘는 것이었다.

무공을 수련한 자라면 누구나 보통 사람보다 빠르게 움직일 수 있는 능력이 있다. 그러나 그 빠름이란 것도 결국 인간의 움직임, 한계가 분명히 존재하는 빠름이었다.

그런 의미에서 사내 역시 빠름에 있어서는 어떤 무인에게도 뒤지지 않는다고 생각하고 있었다.

그런데 그런 자신의 속도를 형편없는 것으로 만들어 버리는 적이 나타난 것이다.

"세상에는 가끔 이해할 수 없는 일도 벌어지는 법이니까. 그래서 재미있는 것이고. 아무튼 이제 선택을 해야 할 것 같군. 순순히 항복을 하든지, 아니면 팔다리 하나쯤 내어주고 붙잡히든지."

죽는 것이나 도주는 선택할 수 없다는 단호함이 무한의 얼굴에 드러났다.

그러자 사내가 잠시 멈칫하다가 이내 독한 표정을 지으며 무한을 향해 뛰어들었다.

"죽여봐라!"

사내의 반발에 무한도 잠시 놀란 표정을 지었다. 그는 사내가 자신의 풍신보를 경험한 이상 당연히 항복할 거라 생각하고 있었다.

묵룡대선의 전사로서 빛의 술사의 무공을 사용치 않으려던 결심을 어긴 것도 사내를 죽이지 않고 온전하게 사로잡기 위함이었다.

그런데 사내는 반격을 택했다. 그건 아마도 사내가 살아온 삶이 녹록지 않기 때문일 것이다.

무한이 한 걸음 뒤로 물러났다. 그러자 그의 몸이 마치 빛의 조각들이 부서지듯 사내 앞에서 흩어졌다.

팟!

사내의 검이 무한이 물러난 빈 공간을 갈랐다. 그 검에 무한이 남긴 그림자들이 베어져 나갔다.

"음!"

예상은 했지만 눈에 잡히지 않는 무한의 빠름에 사내가 침음성을 흘렸다.

그런데 그 순간 사내를 향해 파도 같은 무한의 검파가 밀려들었다.

콰아아!

"흡!"

사내가 다급하게 숨을 들이마셨다.

상대가 가진 것이 극쾌의 빠름만이 아니라는 것을 새삼스럽게 깨달은 사내가 당황한 표정을 지었다.

그리고 놀란 가슴을 진정시키기도 전에 무한의 검파가 사내를 휩쓸었다.

"악!"

사내의 입에서 비명 소리가 터져 나왔다.

무한의 만든 검기의 파장을 따라 붉은 선혈이 허공으로 퍼져 나갔다.

"크윽!"

검파가 지나간 자리, 사내가 신음 소리를 내며 주저앉아 있었다. 그의 오른팔은 거의 잘릴 듯 깊은 검상을 입고 꾸역꾸역 피를 토해내고 있었다.

당연히 그가 들고 있던 검은 땅에 떨어져 있었다.

무한은 그런 사내에게로 다가서며 말했다.

"그래도 팔을 완전히 자르지는 않았소. 검을 드는 것은 모르겠지만, 농사를 짓고 살아가기에는 불편함이 없을 것이오. 물론, 그렇게라도 살아가려면 이제 그만 항복하고 저분의 질문에 숨김없이 대답해야 할 것이지만."

무한이 검을 들어 숲의 한쪽을 가리켰다. 그러자 사내의 시선이 무의식적으로 무한의 검을 따라갔다.

그곳에 숲에서 자신들 감시하던 자들을 모두 제압한 독사검왕 서군문이 서 있었다.

"좀 다른 자구나."

서군문이 무한 곁으로 다가와 주저앉아 있는 사내를 보며 말했다.

"무공을 할 줄 아는 자입니다."

무한이 대답했다.

"다른 자들은 거칠기는 해도 무공은 모르는 것 같았는데… 그럼 결국 이자가 이들을 움직였다는 뜻이겠군."

서군문이 무심하게 말했다.

그의 무심함이 주저앉아 있는 사내를 두렵게 만드는 모양이었다. 사내는 감히 서군문을 제대로 바라보지 못했다.

그런 사내를 잠시 바라본 서군문이 한 걸음 옮겨 그가 떨어뜨린 검을 집어 들었다. 그리고 흐린 달빛 속에서 검신을 살피다가 고개를 끄떡였다.

"역시 십이귀선의 해적이군."

"검으로 그걸 알 수 있습니까?"

무한이 물었다.

그러자 서군문이 무한에게 검을 내밀며 말했다.

"검신에 새겨진 해골 문양, 십이귀선의 해적들이 사용하는 표식이다."

서군문의 말을 들으며 무한이 검을 받아 들었다. 그리고 검신을 살펴보니 정말 손잡이 바로 위쪽에 검게 음각된 해골 문양이 있었다.

"정말 그렇군요. 그런데 그럼 좀 심각하군요."

무한이 말했다.

"그렇겠지?"

서군문이 되물었다.

그도 지금 상황이 조금 불편한 모양이었다. 자신들을 감시하던 자들 중에 십이귀선의 해적이 있다면 이 초대는 결국 함정이라는 의미였다.

"배로 돌아가야 할까요?"

무한이 물었다.

그러자 서군문이 고개를 저었다.

"아직은 아니다."

"하지만……."

"누번족의 함정 따위는 두렵지 않다. 다만… 누번족과 섞여 있을 십이귀선의 해적들이 얼마나 되느냐가 문제지. 함정이란 걸 안 이상, 함정은 함정이 아니라 기회다."

무공을 모르는 누번족의 함정이 드러난 이상, 서군문에게 전혀 위험이 아닌 모양이었다.

"그건 이자를 통해 들어야겠군요."

무한이 말했다.

"그래야지. 잘 잡아두었다. 죽이지 않았으니 우리에게 한 번의 기회가 생길 것이다."

서군문이 무한을 칭찬했다.

그때, 동쪽 숲에서 도주하던 누번족을 추격했던 전사 전중삼이 돌아왔다.

"모두 벴습니다."

전중삼이 말했다.

"살아서 도주한 자는?"

"제 눈에 띈 자는 없습니다. 하지만 확신할 수는 없을 것 같습니다."

전중삼이 말했다.

그들의 시선에 닿지 않는 곳에도 누번족 전사들이 있을 수 있기 때문이었다.

"그야 어쩔 수 없는 일이고, 설혹 그런 자들이 있다 해도 상관없네. 이곳의 소식이 전해졌을 때 그들의 반응을 보는 것도 나쁘지 않으니까. 숙이고 들어올 것인지, 아니면 계속 우릴 적대할지."

"그렇기도 하군요."

전중삼이 고개를 끄떡였다.

"일단 숙영지로 돌아간다. 위에 있나?"

서군문이 절벽 위를 보며 소리쳤다.

그러자 절벽 위에서 전사 송각의 목소리가 들렸다.

"예, 검왕님!"

"몇 명 내려오게. 데려갈 사람이 있으니까."

"알겠습니다."

송각의 대답 뒤에 절벽 위 묵룡대선 전사들이 분주하게 움직이기 시작했다.

"이름?"

깊게 베인 오른쪽 팔을 천으로 둘둘 감아 지혈한 십이귀선의 해적 사내가 커다란 나무에 기대앉은 채 전사 전중삼의 질문을 받았다.

"……."

하지만 사내는 입을 굳게 닫은 채 대답을 하지 않았다.

그러자 전중삼이 차분한 목소리로 말했다.

"어차피 먹고살자고 해적질을 하는 것 아닌가? 그 일에 어떤 사명감 같은 것을 갖고 있지는 않을 텐데? 십이귀선의 우두머리들도 너 하나 죽는 것은 신경 쓰지 않을 테고. 아니면 그곳에 지켜야 할 가족이라도 있나?"

전중삼의 질문에 사내의 얼굴이 한차례 꿈틀거렸다. 마음이 동요한 것이 분명했다. 그러자 전중삼이 재차 말했다.

"분명히 약속하지. 아는 것을 말하면 살려준다. 그 이후 네가 십이귀선으로 돌아가든, 아니면 십이귀선을 떠나 다른 곳으로 가든 상관하지 않겠다. 나쁘지 않은 제안 아닌가?"

전중삼의 물음에 사내가 잠시 망설이는 듯하다 결국 입을 열었다.

"난 대진… 대진이라 하오."

"대진, 좋아. 이 일은 역시 누번족과 십이귀선의 거래에 의한 것인가?"

전중삼이 다시 물었다.

"그렇소."

"함정의 위치는 누번족의 마을?"

"그렇소."

한번 입이 열린 해적 대진이 순순히 묻는 말에 대답했다.

"어떤 함정을 파고 있지? 누번족 마을에 십이귀선의 무인들을 숨겨두고 기습할 생각이었나? 아니면 다른 방법을 쓰려 했나?"

"일단 초대에 응하면 성대한 잔치를 열 생각이었소. 그리고… 술에 독을 넣어 잠들게 만든 후 당신들을 사로잡을 생각이었소."

"그렇군. 그런데 이상하군. 그럴 계획이었다면 굳이 위험을 감수하면서까지 우릴 감시할 필요가 있었나?"

어차피 묵룡대선의 전사들이 누번족의 마을로 올 것이 확실한 이상, 누번족 전사들을 보내 감시하는 것은 긁어 부스럼을 만드는 일이었다. 당장 오늘처럼.

"감시가 아니라 보호하려는 것이었소."

"보호?"

"당신들은 살아 있을 때 가치가 있으니까. 이 서흑도에는 이름 모를 야만족들이 제법 있소. 간혹 식인을 하는 자들도 있는데,

당신들의 숫자가 적어 그들에게 당할 수도 있어서……."

"흐흐, 이거 정말 어이가 없군. 야만족에게서 우릴 보호하려 했다니. 우리가 그렇게 약해 보였나?"

전중삼이 고개를 갸웃했다.

"그럴 바에야 차라리 밀림 초입에서 우릴 공격해 사로잡으면 되지 않았나?"

뒤에서 송각이 물었다.

그러자 해적 대진이 고개를 저었다.

"말했지만 우린 온전히 살아 있는 당신들이 필요했소. 독안룡과의 싸움에서 살아 있는 당신들을 잡고 있다는 것만으로도 유리한 기회를 만들 수 있으니까. 그런데 기습을 하면 어쨌든 피를 보지 않을 수 없지 않소. 당신들이 순순히 잡힐 것도 아니고. 또 배를 타고 도주할 가능성이 더 크다고 본 것이오."

해적 대진이 말했다.

그의 말에 묵룡대선의 전사들이 모두 고개를 끄떡였다. 나름대로 일리가 있는 말이기 때문이었다.

"그래서 누번족에는 몇 명의 해적들이 나와 있지?"

다시 전중삼이 물었다.

"열 명이 나와 있소."

"겨우?"

"당신들과 칼부림을 할 일은 없을 테니 많은 숫자가 필요하지는 않다고 생각했소. 그리고……."

해적이 말꼬리를 흐렸다.

"그리고?"

전중삼이 해적의 말을 재촉했다.

"그리고… 우릴 이끌고 온 분이 십이귀장 중 한 명인 와사불 님이오. 그래서……"

"와사불! 그 와사불?"

전중삼이 되물었다.

"그렇소."

"그자가 정말 살아 있었구나!"

전중삼이 놀란 듯 소리쳤다.

"그분이라면, 혹여 당신들이 수면독에 당하지 않아도 충분히 제압할 수 있을 거라 생각하고 있었소. 누번족의 전사들 도움까지 받는다면……"

"그렇군. 그런 생각을 할 만도 하지. 하지만 그래도 그건 우릴 너무 무시하는 생각인걸? 감히 해적 따위가……"

전중삼이 불쾌한 표정으로 말했다.

그러자 해적 대진이 말했다.

"십이귀장님들을 우리 같은 보통의 해적으로 생각하지 마시오. 그분들은……"

"강하다?"

"그렇소. 비록 과거 독안룡에게 큰 패배를 당해 세상에서 숨기는 했지만, 그분들은 이왕사후의 성에 있는 대전사들 못지않은 무공을 가지고 계시오."

"그래서 결국 수면독에 안 당해도 그와 해적 열 명이면 충분히 우리를 제압할 수 있을 거다?"

전중삼이 되물었다.

"지금까지는 그렇게 생각하고 있었소. 묵룡대선의 힘이 대단하기는 해도 어쨌든 상선의 사람들이니까. 그런데……."

대진이 갑자기 말꼬리를 흐렸다.

"실제로 상대해 보니 어렵겠지? 특히 검왕님의 무공을 보니 더 절망적이겠고."

전중삼이 가벼운 미소를 지으며 말했다.

그런데 그의 말에 대진이 고개를 저었다.

"내 생각이 변한 이유는 바로 저 청년 때문이오."

대진이 힘겹게 손을 들어 무한을 가리켰다.

"칸? 칸 때문이라고? 널 잡은 사람이라서?"

전중삼이 검왕 서군문보다 무한을 더 두려워하는 듯한 대진의 말이 의외였는지 되물었다.

"단순히 날 잡아서가 아니라. 그 빠름이란… 대체 저 사람은 누구요? 어떻게 저 나이에 그런 무공을……."

대진이 다시 생각해도 믿을 수 없다는 표정으로 물었다.

* * *

그날 아침이 밝을 때까지 묵룡대선의 전사들은 절벽 위 숙영지를 떠나지 않았다.

의견은 둘로 나뉘어졌다.

한쪽은 물러나 묵룡대선으로 돌아가자고 했고, 다른 한쪽은 이대로 전진해 누번족 마을에 와 있는 십이귀선의 해적들을 제압하고 누번족을 장악하자고 주장했다.

물러나자는 쪽은 지금의 인원으로 누번족과 그곳에 있는 십이귀선의 해적들을 모두 상대하는 것은 위험하다고 주장했다.

아무리 무공 차이가 있다고 해도 사람의 숫자는 거짓말을 하지 않는 법이었다.

사로잡힌 누번족 전사들을 통해 알게 된 누번족의 숫자는 대략 삼백여 명, 그중 부녀자들과 아이들, 그리고 늙은 부족민을 빼면 검을 들어 싸울 수 있는 전사의 숫자는 대략 칠팔십 정도였다.

그 정도 숫자만 해도 열 명의 무한 일행에게는 위험한 숫자였다.

물론 무공을 수련한 묵룡대선 전사들이 누번족 전사들에게 패할 일은 없었다. 하지만 그 와중에 부상자나 혹시라도 죽는 사람이 나올 수도 있었다.

더군다나 상대해야 할 자들이 누번족 전사만이 아니라 십이귀선의 해적까지 포함되면 더더욱 위험한 시도라고 할 수 있었다.

반면 공격을 주장하는 사람들은 최대한 빠르게 누번족 마을로 이동해 급습하면 큰 위험 없이 십이귀선의 해적들을 제압하고, 누번족을 장악할 수 있을 거라고 주장했다.

만약 그들이 이곳에서 묵룡대선으로 돌아가면 십이귀선의 십이귀장 중 한 명인 와사불을 잡을 기회를 놓치게 되는 것이라고 주장했다.

와사불이라면 어느 정도의 위험을 감수해도 노려볼 만한 인물이었다.

그렇게 의견이 갈린 이상 결정은 결국 독사검왕 서군문이 할 수밖에 없었다. 그런데 서군문 역시 고민이 되는지 결정을 미루고 있었다.

서군문에게 결정을 맡긴 묵룡대선의 전사들에게는 무료한 시간이 이어졌다.

그런데 결정이 미뤄지는 무료한 시간이 찾아오자, 묵룡대선의 전사들 중 일부가 새삼스럽게 무한의 무공에 관심을 보였다.

"칸, 너 이리 좀 와봐!"

새벽 빛이 차츰차츰 서흑도의 밀림으로 밀려들 때쯤 갑자기 하연이 무한을 불렀다.

"왜요?"

무한이 조금 떨어진 곳에서 되물었다.

"이 자식이 오라면 오지, 왜 말이 많아? 잔소리 말고 이리 와봐."

하연이 손가락을 까딱여 다시 무한을 불렀다.

무한이 귀찮은 표정을 지으면서도 하연 옆으로 다가갔다. 하연의 말을 거부했다가는 동행하는 내내 욕을 들어먹을 게 분명하기 때문이었다.

"왜요?"

하연 옆으로 다가간 무한이 물었다.

"앉아!"

탁!

하연이 자신의 옆자리를 손으로 두드리며 말했다.

그러자 무한이 하연 옆에 자리를 잡고 앉으며 다시 물었다.

"도대체 무슨 잔소리를 하시려고요?"

"이 자식이! 내가 언제 잔소리를 했다고… 됐고! 야, 너 우리한

테 속이는 거 있냐?"

"속이긴 뭘 속여요?"

무한이 어이없는 표정으로 하연을 보며 되물었다.

"저자가 네 무공을 그렇게까지 두려워한다는 게 이상해서 그래. 최근 들어 네 무공이 무서운 속도로 진보하고 있다지만 그래도 저자의 반응이 너무 지나쳐 보여서?"

그러자 무한이 하연을 빤히 바라보다고 입을 열었다.

"맞아요. 저 사람의 말이."

"뭐?"

"내가 사실 엄청난 무공을 가지고 있었어요. 그동안 말은 안 했지만, 아마 육주와 파나류를 통틀어 제 속도를 감당할 수 있는 전사는 별로 없을걸요? 제 생각에는 신마성주쯤 되어야 절 상대할 수 있을 거예요. 하물며 해적 따위는 언급할 것도 없고. 누번족 마을에 들어와 있다는 십이귀장 와사불도 제 상대는 아니죠. 모두 사실이에요. 사매는 사실 눈앞에서 천하에서 가장 강할지도 모르는 대전사를 보고 계시는 겁니다."

무한이 침착하게 정색을 하며 말했다.

그러자 하연의 얼굴이 일그러졌다. 그리고 다음 순간 무한을 향해 분노를 폭발시켰다.

하연의 주먹이 그대로 무한의 머리를 가격했다.

무한이 급히 머리를 틀어 피하려 했으나, 하연의 공격이 워낙 빨라서 그의 목덜미에 하연의 주먹이 떨어지는 것은 어쩔 수 없었다.

쿵!

"윽!"

무한이 신음 소리를 내며 밀려나듯 자리에서 일어났다. 그러고는 뒤도 돌아보지 않고 본래 자기가 있던 자리로 돌아왔다.

"야, 너 이리 안 와!"

하연이 무한을 노려보며 소리쳤다.

"원하는 대로 대답해 드렸잖아요!"

무한이 절벽 끝에 걸터앉으며 대꾸했다.

"그러다가 한 대 더 얻어맞는다!"

하연이 소리쳤다.

"그럴 리가요. 난 세상에서 가장 강한 전사인데."

무한이 천연덕스럽게 대답했다.

그러자 그 모습을 보고 있던 다른 사람들이 키득거리며 웃기 시작했다.

그리고 어느새 그 웃음소리에 섞여 무한의 무공에 대해 잠시 일어났던 의문들이 소리 없이 사라졌다.

하지만 적어도 한 사람, 커다란 나무에 묶여 있는 십이귀선의 해적만큼은 무한을 여전히 두려운 눈으로 바라보고 있었다.

"누번족 마을로 간다. 마산! 자네는 배로 돌아가 총관에게 묵룡이선을 서흑도 누번족 마을에서 남해로 흘러가는 강 하구로 이동시키라고 전하게. 지도를 정확하게 이해한 사람은 자네밖에 없으니 지도에서 가리키는 강이 바다와 만나는 지점을 짐작할 수 있을 걸세."

심사숙고 끝에 결정을 내린 독사검왕 서군문은 거침없이 명을 내렸다.

그래서 일단 그의 결정이 내려지자 누구도 그 결정에 반발하는 사람이 없었다. 적어도 지금 이곳에서 서군문은 독안룡 탑살 이상의 권위를 가지고 있었다.

"알겠습니다. 그런데… 제가 없어도 누번족 마을까지 안전하게 가실 수 있겠습니까? 검왕께서 말씀하셨듯 이 지도를 정확하게 읽을 수 있는 사람은 저뿐인 듯한데. 특히 밀림 속에서는 말입니다."

장마산이 자신의 능력을 자랑하려고 한 말이 아니라는 것을 모두가 알고 있었다.

비단 지도를 이용해 길을 찾는 것 말고도, 갈륵족 특유의 감각을 이용해 숲에 숨어 있는 적을 찾아내는 데도 장마산은 꼭 필요한 사람이었다.

"저들이 있지 않나."

장마산의 걱정을 서군문이 한마디 말로 잠재웠다. 그가 눈으로 취조받던 십이귀선의 해적 대진과 몇 명의 누번족 전사들을 가리켰다.

그들이 협조한다면 장마산이 지도를 읽는 것보다 더 정확하게 밀림 깊은 곳에 감춰져 있다는 누번족 마을에 도착할 수 있을 것이다.

"그렇군요. 제가 미처 그 생각을 못 했습니다. 그래도 조심하십시오. 사람의 마음이란 것이……."

혹시라도 사로잡힌 자들이 속임수를 쓸 것을 걱정한 장마산이 말했다.

그러자 서군문이 가벼운 미소를 지었다.

"걱정 말게. 그걸 방지할 방법이 있으니까. 저들을 각자 서로

볼 수 없는 곳으로 데려가라. 그리고 이곳에서부터 누번족 마을로 가는 길과 누번족 전사들이 경비를 서는 위치를 지목하라고 해. 서로 비교해서 지도가 다른 자가 나오면 그자는 죽는다!"

서군문의 명에 묵룡대선의 전사들이 십이귀선의 해적을 포함해 네 명의 포로들을 서로가 볼 수 없는 곳으로 데리고 갔다.

"떠나기 전에 그들이 그린 지도를 자네가 한번 봐주게. 기존에 가져온 지도와 다른 점이 있는지. 지금 생각하면 그 교활한 장사치 묘풍이 준 이 지도에도 함정이 섞여 있을 수도 있을 것 같군."

서군문이 서흑도로 오게 된 계기가 된 거간꾼 묘풍의 지도에 새삼스럽게 불신을 드러냈다.

"알겠습니다. 지도들을 비교해 보면 알 수 있을 것입니다."

장마산이 대답했다.

사로잡은 자들이 그린 지도는 금세 서군문 손에 모였다.

지도를 그려준 누번족 전사들은 두려운 얼굴로 서로 시선을 교환했다. 그들이 그린 지도 중 다른 지도를 그린 자가 있다면 죽음을 당할 것임을 그들도 알고 있었다.

그래서 그들은 최선을 다해 지도를 그렸지만, 그것이 자신들의 부족을 배신하는 일이라는 것을 알고 있기 때문에 서로가 서로의 눈치를 볼 수밖에 없었다.

서군문은 사로잡은 자들에게서 받은 지도들을 땅에 죽 늘어놨다. 그중에는 거간꾼 묘풍에게서 받은 지도도 포함되어 있었다.

모두 다섯 장의 지도, 그린 사람이 다르니 그 모양도 제각각 이었다.

그러나 섬의 한 지점을 찾아가는 길을 그린 것이라 모양은 달라도 밀림을 통과하는 길의 모습은 얼추 모두 비슷해 보였다.

"…크게 다른 것은 없는 것 같습니다."

전사 전중삼이 지도를 살펴보다가 서군문에게 말했다.

그러자 서군문이 장마산에게 물었다.

"자네가 보기에는 어떤가?"

"모두 제대로 그린 것 같습니다. 다만 조금 더 자세히 그린 자와 그렇지 않은 자가 있군요."

"부족을 배신한다는 부담감의 차이겠지."

서군문이 말했다.

그러자 장마산이 지도 중 하나를 집어 들었다.

"이 지도를 쓰시는 것이 좋을 것 같습니다."

장마산이 집어 든 지도는 밀림을 관통하는 길 말고도 그 주변에 위치한 절벽과 위험한 지형, 그리고 강둥이 잘 표시되어 있었다.

그리고 누번족 마을로부터 남해로 흘러가는 강도 정확하게 표시되어 있었다.

"알겠네. 이 지도를 기준으로 하지. 기억할 수 있겠나?"

서군문이 장마산에게 물었다.

장마산은 묵룡이선으로 돌아가 지도에 나타난 강 하구로 배를 옮기라는 명을 전해야 했다. 서군문이 선택한 지도를 정확하게 기억할 필요가 있었다.

"이 지도를 조금 고치면 똑같아질 겁니다."

장마산이 다른 지도 한 장을 집어 들며 말했다.

"그렇군. 자, 그럼 모두 떠날 준비를 한다. 자네는 어서 지도를 수정하게."

서군문이 묵룡대선의 전사들과 장마산을 보며 말했다.

떠날 준비는 금세 끝이 났다. 똑같은 지도 두 장을 만드는 일도 오래 걸릴 일은 아니었다. 하룻밤을 보낸 노숙지 역시 금세 정리가 끝이 났다.

그리고 장마산이 먼저 길을 떠났다. 전사 한 명쯤은 그를 따라가는 것이 맞지만, 누번족 마을을 장악하기 위해서는 한 사람의 전사라도 아쉬운 상황이라 결국 장마산은 혼자 묵룡이선이 있는 서흑도 북서 해안을 향해 출발했다.

그렇게 장마산을 보낸 묵룡대선의 전사들이 사로잡은 자들을 앞세워 함정이 기다리고 있는 누번족 마을을 향해 움직이기 시작했다.

제7장

누번족의 내분

숲은 갈수록 깊어졌다. 만약 제대로 된 지도가 없었다면 일행은 누번족의 마을을 찾는 데 여러 날이 걸릴 수도 있었다.

어쩌면 누번족 마을을 찾지 못하는 것 정도가 아니라 이 깊은 밀림에서 길을 잃고 여러 날을 헤맸을 수도 있었다. 그렇게 되었다면 일행은 아마도 장마산을 돌려보낸 것을 무척 후회했을 것이다.

그런데 밀림이 깊어진 것 말고 일행을 긴장시키는 다른 이유도 있었다.

처음 이 밀림을 여행하기 시작했을 때와 지금의 목적이 변했다는 것이었다. 약속된 거래를 하기 위해서가 아니라 누번족을 힘으로 굴복시켜야 하는 상황은 일행에게 주는 압박감이 전혀 달랐다.

쉬익쉬익!

밀림 속에서는 정체를 알 수 없는 소리들이 계속해서 들려왔다. 그래서 가끔 일행은 걸음을 멈추고 소리의 정체를 확인한 후 다시 이동을 시작했다.

그 대부분은 밀림에 사는 짐승들이 내는 소리였다. 개중엔 커다란 뱀이 내는 소리도 있었는데, 그럴 때마다 일행은 소름끼치는 뱀의 움직임을 숨어 있는 적의 기척으로 착각하기도 했다.

그렇게 하루를 이동하자 일행은 드디어 멀리서나마 누번족 마을을 볼 수 있는 곳에 다다랐다.

남동쪽으로 흐르는 강이 뱀처럼 마을을 휘어 감고 있는 밀림의 평지에 누번족 마을이 있었다.

마을 주변으로 하늘을 떠받치는 것 같은 거대한 나무숲이 자연적으로 마을을 외부로부터 감추고 있었고, 마을로 접근하려면 폭이 넓지는 않지만, 깊고 강한 물살을 가진 수로가 사람을 막아서는 그런 요지에 누번족 마을이 있었다.

"이곳부터는……."

누번족 마을을 눈으로 확인할 수 있는 위치에 이르자 길을 열던 누번족 포로들이 더 이상 동행하는 것을 주저했다.

아마도 동족들에게 자신들의 배신을 알리고 싶지 않은 모양이었다.

"이 정도면 충분하다."

서군문이 순순히 누번족 전사들의 뜻을 받아들였다.

"그럼 이자들을 어떻게 할까요?"

전중삼이 물었다.

길잡이의 효용이 끝나자 누번족 포로들을 어떻게 처리할지 고민이 되는 상황이었다.

"어느 한곳에 가두어둬야겠지. 일이 끝날 때까지."

서군문이 무심하게 말했다.

그런데 서군문의 말에 먼저 반응한 것은 묵룡대선의 전사들이 아니라, 누번족의 포로들이었다.

그들은 길잡이로서의 쓰임새가 끝나면 결국 묵룡대선의 전사들이 자신들을 죽일 거라는 생각을 가지고 있었던 모양이었다.

거친 삶을 살아가는 누번족은 그 내부에서 끊임없이 권력 다툼이 일어나고 있었다. 그 싸움의 승자는 모든 것을 갖고 패자는 죽거나 승자의 노예가 되는 곳이 누번족이었다.

그런 곳에서 살아가는 사람들에게 쓸모가 다한 사람의 운명은 곧 죽음이었다.

그래서 이들은 묵룡대선의 전사들도 쓸모가 다하면 결국 자신들을 죽일 거라 생각하고 있었던 것이다.

"고맙습니다."

쿵!

살 수 있다는 확신이 생기자 누번족 전사들이 누가 먼저랄 것도 없이 땅에 이마를 들이대며 서군문에게 절을 했다.

아마도 이런 행동은 누번족 내에서 권력자에게 충성을 맹세하는 행동인 듯싶었다.

"약속은 약속이니까. 혹, 근처에 동굴 같은 곳이 있느냐?"

서군문이 누번족 전사들에게 물었다.

그러자 그중 한 명이 대답했다.

"있습니다."

"사람들이 왕래가 없는 곳이어야 한다."

"가끔 사냥을 나올 때 쉬곤 했던 곳입니다. 지금은 사냥을 할 때가 아니니……."

찾아올 사람이 없다는 뜻이다.

"안내해라."

서군문이 더 들을 것 없다는 듯 말했다.

그러자 두 팔이 등 뒤로 묶인 누번족 전사들이 엎드렸던 몸을 힘겹게 일으켜 급히 걸음을 옮기기 시작했다.

동굴은 습기 가득한 밀림의 작은 절벽 중간에 있었다. 땅으로부터 삼사 장 높이여서 짐승들이 쉽사리 접근할 수 없는 장소였다.

묵룡대선의 전사들은 누번족 전사들과 십이귀선의 해적 대진을 동굴에 들어가게 한 후, 그들의 급소를 눌러 움직이거나 말을 할 수 없게 만들어놓았다.

"짐승이나 뱀이 올라오면 어떻게 합니까?"

밀림의 무서움을 누구보다 잘 아는 누번족 전사 한 명이 자신의 급소에 손을 대는 전중삼을 보며 급히 물었다.

그는 자신들의 급소를 눌러 사지를 쓰지 못하게 하고, 말도 할 수 없게 만드는 무인들의 능력에 놀라기도 했지만, 그보다 밀림에 사는 사나운 짐승들이 더 두려운 모양이었다.

이대로 움직일 수 없게 되면 그들이 사냥하던 짐승들이 반대로 그들을 사냥할 수도 있었다.

"그걸… 운명이라고 하는 거다."

전중삼이 냉정하게 말하면 사내의 급소를 눌렀다.

"욱!"

사내가 무슨 말을 하려다 말고 급소가 눌린 통증에 신음 소리를 냈다. 그리고 그다음부터 아무런 말도 할 수 없었다.

"우리가 일찍 돌아오기를 바라거라. 그래야 너희들이 살 확률이 높아지니까. 만약 우리가 거기서 모두 죽기라도 하면… 너희들도 죽는 거지. 짐승의 공격이 아니라도 굶어서라도 말이야."

전중삼이 누번족 전사들을 보며 말했다.

누번족 전사들이 그런 전중삼을 향해 분노와 간절함이 동시에 묻어나는 눈빛을 보냈다.

그러자 전중삼이 갑자기 그중 한 명의 급소를 풀어주었다.

"컥!"

급소가 풀린 누번족 전사가 사래가 들린 듯 숨을 뱉어냈다.

그런 사내를 향해 전중삼이 말했다.

"우리가 조금 더 수월하게 마을을 장악할 방법이 있을까? 그래야 너희들이 살 확률도 높아지는데."

그러자 사내가 급히 입을 열었다.

"테긴! 테긴 전 부족장을 찾아가십시오."

"전 부족장? 그를 찾아가면 뭐가 달라지나?"

"그분은 애초에 십이귀선과 거래를 하는 것에 반대했습니다. 처음부터 그분은 우리 누번족이 섬 밖의 누군가와 거래하는 것 자체를 경계하셨지요. 그러다가… 결국 십이귀선 무인들이 도움을 받은 지금의 족장에게 기습적인 공격을 받고 사로잡히셨습니다. 지금은 습지의 수중감옥에 갇혀 계십니다. 지금의 족장은 일이 뜻대로 되면 큰 잔치를 열고, 그 잔치에서 전 부족장님을 처형할 생각입니다."

"그래서 그를 구하라고?"

"그렇습니다. 그럼 그분이 여러분을 도와주실 겁니다."

"그는 외부인을 싫어한다며?"

전중삼이 되물었다.

"그렇긴 하지만 십이귀선의 해적들 손에 부족의 운명이 넘어가는 것은 더 싫어하실 겁니다. 그분께서는 일이 그렇게 되면 결국 누번족 전체가 해적들의 노예가 될 거라고 생각하고 계십니다."

사내의 모습에서는 간절함이 보였다. 그건 단지 그 자신의 목숨을 구하기 위해서만이 아닌 것 같았다.

그 진심이 통했을까. 뒤에서 그의 말을 듣고 있던 서군문이 전중삼 앞으로 나서며 물었다.

"아직 그를 따르는 부족민이 있느냐?"

"그렇습니다. 아니, 오히려 테긴 님을 따르는 사람이 훨씬 많을 겁니다. 다만 현 부족장과 그를 따르는 몇몇 전사들의 포악함에 겁을 먹고 반발하지 못할 뿐이지요."

"시도해 볼 만하군."

서군문이 고개를 끄떡였다.

"하지만 이자의 속임수일 수도 있습니다."

전중삼은 신중했다.

그러자 사내가 급히 입을 열었다.

"절, 절 데려가십시오. 테긴 님이 절 보면 여러분을 믿으실 겁니다. 만약 일이 뜻대로 되지 않으면 그땐 절 죽이십시오."

사내가 대범한 제안을 했다.

그러자 서군문이 되물었다.

"너는 살아 있지만, 너의 동료 중 일부는 이미 우리 손에 죽었다. 그럼에도 그가 우릴 도울 것 같으냐?"

"테긴 님은 과거 부족장님들과 달리 누번족을 평화롭게 이끄셨지요. 그분은 부족민들의 평화를 위해 누군가의 희생은 감수하실 분입니다. 그리고, 솔직히 전사님들께 죽은 자들 대부분은 현 부족장님의 반역에 동참한 자들입니다."

사내가 말꼬리를 흐렸다. 그러면서 자연스럽게 그의 뒤에서 여전히 움직이지 못하고 있는 누번족의 전사들을 흘끔 바라봤다.

"저들도?"

"뭐……."

사내가 부인하지 않았다.

"넌?"

"전… 단지 두려움을 이기지 못하고……."

사내가 솔직히 대답했다. 그 솔직함이 믿음을 주었는지 서군문이 결정을 내렸다.

"좋아. 널 데려가겠다. 전 부족장이 갇혀 있다는 곳으로 가자."

"차라리 십이귀선의 해적들을 일거에 제거하는 것이 더 확실하지 않겠습니까?"

상황을 지켜보던 전사 송각이 조심스럽게 물었다.

그로서는 괜히 전 부족장을 구하려다가 일이 더 어렵게 될지도 모른다고 생각하는 것 같았다.

"위험한 방법이기는 하네. 하지만 만약 이자의 말처럼 전 부족장을 구해 우리 일을 돕게 할 수만 있다면 우린 애초에 이곳에 온 목적을 달성할 수 있네."

거간꾼 묘풍이 가져온 제안은 함정이었다. 그런데 전 부족장을 구하면 그 거래를 진짜로 만들 수도 있었다.

그건 십이귀선과의 싸움에서 굉장히 유리한 위치를 차지하게 된다는 의미였다. 결코 무시할 수 없는 기회였다.

"알겠습니다."

서군문의 의지가 확고하자 송각이 더 이상 그의 결정에 이의를 달지 않았다.

"좋아. 그럼 이자를 데리고 출발한다."

서군문이 명을 내리자 전중삼이 재빨리 누번족 사내를 일으켰다. 그리고 몇 군데 급소를 타격하자 사내의 얼굴에 생기가 돌기 시작했다.

"무공이란 것이 참… 무섭군요."

사내가 중얼거렸다. 아마도 무공을 갖지 못한 누번족의 신세가 우울하게 느껴진 모양이었다.

"마냥 좋은 것은 아니다. 언제나 사선(死線)을 걷게 되니까. 가자."

전중문이 사내의 등을 가볍게 쳤다.

그러자 사내가 동료들을 한 번 보고는 날짐승같이 날렵한 동작으로 동굴을 벗어났다.

*　　　　*　　　　*

어쩔 수 없이 물속으로 들어가는 수밖에 없었다. 만약 기습을 하는 것이라면 강을 가로지르는 위태로운 줄다리를 따라 공격해 들어가겠지만, 은밀히 스며들어 마을 외곽에 있다는 수중옥(水中獄)을 기습하려면 물속으로 들어가 강을 횡단하는 것이 가장 좋은 방법이었다.

왕도문조차 몸이 물에 젖는 것을 불평했지만, 그렇다고 강물 속으로 들어가는 것을 망설이지는 않았다.

일행은 머리만 물 위에 남겨두고 조용히 마을을 휘어 감아 흐르는 강의 하류를 건넜다. 강을 건넌 일행은 빠르게 마을 동남쪽 숲으로 숨어들어 갔다.

투둑!

거대한 아름드리나무 사이로 들어간 일행이 몸을 흔들고, 진기를 끌어올려 흠뻑 젖은 옷의 수분을 털어냈다.

물론 옷이 마르려면 한참 걸려야겠지만, 임시방편으로 물기를 털어내자 그런대로 움직일 만한 상황이 되었다.

"어느 쪽이냐?"

서군문이 누번족 사내에게 물었다.

"따라오십시오."

누번족 사내가 나직하게 대답하고는 젖은 몸으로 나무들 사이를 고양이처럼 달리기 시작했다.

옥(獄)은 사내의 말대로 물웅덩이 안에 있었다.

마을 외곽을 흐르는 강, 누번족이 돈강이라고 부르는 큰 강으로 흘러가는 수로 한가운데를 막아 웅덩이를 만든 후, 그 안에 굵은 나무를 엮어 옥을 만들어놓은 누번족이었다.

당연히 뇌옥의 절반은 물속에 들어가 있었고, 그런 뇌옥 다섯 개가 줄지어 웅덩이를 채우고 있었다.

불빛도 없는 뇌옥 주변은 십여 명의 누번족 전사들이 지키고 있었다.

그 중 세 명은 웅덩이 주변을 주기적으로 오가며 사방을 감시하고 있었고, 나머지는 통나무로 엉성하게 만든 오두막 앞에 작은 모닥불을 피우고 모여 앉아 있었다.

뇌옥 안에 갇혀 있는 사람들은 허리까지 물이 차오른 상태로 꾸벅꾸벅 졸거나 혹은 비참한 자신의 처지를 견디지 못해 훌쩍이고 있었다.

"저곳입니다."

누번족 무사가 웅덩이 안에 있는 뇌옥을 가리키며 말했다.

"죽여도 좋은 자들인가? 아니면……."

서군문이 누번족 무사에게 물었다. 뇌옥을 지키는 자들에 대한 물음이다.

"모두 죽어 마땅한 놈들입니다. 현 부족장의 수족들이고, 반란에 주도적으로 참여한 놈들이지요. 더군다나 갇혀 계신 전대 부족장님을 매일 모욕하고 있는 놈들입니다."

"그럼 수월하겠군. 일거에 덮쳐 소리 없이 모두 벤다."

서군문의 말에 묵룡대선의 무사들이 대답 없이 고개를 숙여 보였다.

그러자 서군문이 무한을 보며 말했다.

"칸!"

"……?"

무한이 시선을 맞추는 것으로 대답을 대신했다.

"십이귀선의 해적을 놀라게 한 너의 속도를 보고 싶구나. 오두막 옆에 매달린 징이 보이지?"

"예."

무한이 나직하게 대답했다.

"외부의 침입을 알리는 도구일 것이다. 그 징이 울리지 못하게 해라."

서군문의 명에 무한이 고개를 끄떡였다.

"좋아. 그럼 시작하자!"

서군문의 명에 묵룡대선의 전사들이 각자의 병기를 꺼내 들었다.

스슥!

무한이 달리기 시작했다.

그 뒤를 이어 다른 묵룡대선의 전사들도 조용히 앞으로 나아갔다.

그런데 적을 향해 출발하자마자 묵룡대선의 전사들은 뜻밖의 당혹감에 휩싸였다. 그리고 그들을 당혹시킨 것은 적이 아니라 무한이었다.

그들 역시 무한이 빠르다는 것은 알고 있었다. 하지만 출발하자마자 자신들로부터 순식간에 멀어지는 무한의 빠름은 그들의 예상을 몇 단계나 벗어나는 것이었다.

비단 소독 등 동료 전사들뿐 아니라, 독사검왕 서군문도 놀라긴 마찬가지였다.

서군문은 독안룡으로부터 무한의 무공이 범상치 않다는 이야기를 듣기는 했지만, 설마 이런 정도의 경지일 거라고는 미처 생각지 못하고 있었다.

무한은 한 줄기 빛과 같았다.

보통 무공을 수련한 무인들은 빠름을 바람에 비유하곤 한다. 하지만 무한의 빠름은 바람 이상의 속도를 가지고 있었다.

바람을 넘어 빛의 빠름을 연상시키는 속도, 그건 위대한 해왕무맥을 이은 묵룡대선의 전사들조차 경악하게 만드는 것이었다.

그리고 그 빠름은 무한의 위치를 순식간에 오두막 근처로 옮겨놓았다.

"엇?"

누번족의 전사들이 무한을 발견한 것은 무한이 오두막 옆에 있는 커다란 징을 사오 장 앞에 두었을 때였다.

"웬 놈… 컥!"

징과 가장 가까이 있던 누번족 무사가 아무런 반항도 하지 못하고 나직한 비명 소리와 함께 쓰러졌다.

무한이 검을 뽑지도 않고 검집 끝으로 벼락처럼 상대의 명치를 가격했기 때문이다.

명치를 가격당한 누번족 전사가 땅에 너부러져 숨을 쉬기 위해 발버둥 쳤다.

그런 사내의 뒤통수를 무한의 검집이 다시 한번 가격했다.

퉁!

사내의 머리에서 둔탁한 소리가 일어나더니 한순간에 사내가 정신을 잃었다.

무한은 자신의 무공을 숨기거나 아끼지 않았다. 그가 맡은 일이 중요하다는 것을 알기 때문이었다.

징이 울리면 모든 일은 수포로 돌아간다. 반대로 징이 울리지 않으면 누번족 마을에서 뇌옥에 문제가 생겼다는 것을 알 수 없다는 뜻이었다.

결국 징을 장악하는 것이 오늘 기습의 성패를 좌우하는 일이었다.

삭!

징을 지키는 적을 제압한 후에야 무한의 검이 검집을 벗어났다.

검집을 벗어난 무한의 검이 징을 매달아놓은 쇠줄을 단번에 끊었다. 제법 굵은 쇠줄이었지만, 무한의 검의 날카로움을 이겨낼 수는 없었다.

쿵!

웅!

징이 땅에 떨어지면서 묵직한 울림을 만들어냈다.

그러나 나무망치로 허공에 매달린 징을 쳐서 내는 소리와는 전혀 다른 소리다. 날카롭지도 않았고, 멀리 퍼져 나가지도 않는 소리였다.

그렇게 무한이 징을 장악하고 나서야 다른 누번족 전사들이 무한을 향해 달려들려고 했다.

하지만 그들은 무한을 공격할 수 없었다. 어느새 묵룡대선의 전사들이 물웅덩이 주변으로 닥쳐들어 누번족의 전사들을 공격했기 때문이었다.

팟!

서걱!

독사검왕 서군문을 비롯한 묵룡대선의 전사들은 최대한 적의 병기와 충돌하는 것을 피했다.

비록 무한이 적의 출현을 알리는 징을 장악했지만, 병기는 쇠로 만든 물건이다. 쇠와 쇠가 부딪히면 그 소리가 수백 장에 퍼져 나가게 마련이었다.

병장기의 충돌음은 생각보다 멀리까지 퍼져 나간다. 특히 이런 밤중에는 그 충돌음만으로도 옥에 문제가 생겼다는 것을 누번족 마을에서 알 수 있었다.

그래서 묵룡대선의 전사들은 적의 병장기와 충돌하는 것을 최대한 피하면서 빠르고 조용하게, 그리고 단번에 적의 숨이 끊길 만큼 날카롭게 적의 급소를 베어냈다.

그리고 그때마다 누번족 전사들이 속절없이 차가운 땅에 쓰러졌다.

풍덩!

개중에는 웅덩이 속에 만들어진 옥 근처의 물속으로 떨어지는 자들도 있었다.

노인은 허리까지 물에 잠긴 상태에서도 꼿꼿한 모습으로 서 있었다.

그는 얼마 전까지 자신의 수하들이었다가, 자신을 배신하고 그를 이 웅덩이 속 옥에 가둔 자들이 쓰러지는 것을 무표정한 시선으로 바라보고 있었다.

배신자들의 죽음에 통쾌해하지도, 혹은 과거 자신의 수하였던 자들의 죽음을 슬퍼하지도 않았다.

반면 그와 함께 갇혀 있던 자들의 눈에는 생기가 돌기 시작했다. 누군가 이 시궁창 같은 옥을 공격했다면, 그건 자신들을 구하기 위함임이 분명하기 때문이었다.

그사이에 다시 한 명의 누번족 전사가 웅덩이 속으로 떨어졌다.

풍덩!

누번족 전사가 웅덩이에 떨어지면서 일으킨 물보라가 노인의 얼굴을 뒤덮었다. 그럼에도 불구하고 노인은 물러나거나 표정을 변화시키지 않았다.

대신 그는 누번족 전사를 웅덩이에 던져 버리고 옥 쪽으로 다가서는 한 사내에게 시선을 고정하고 있었다.

"그대가 누번의 전 족장 테긴이오?"

웅덩이 바로 앞까지 다가온 독사검왕 서군문이 옥 안의 사내에게 물었다.

"…그렇소. 당신들은 누구요?"

옥 안의 사내, 누번족의 전 족장 테긴이 물었다. 비록 옥에 갇혀 있지만, 비굴하지도 당황하지도 않은 모습니다.

"그대들이 초대한 사람들이오."

서군문이 말했다.

"초대……?"

"누번족이 최근 초대한 사람들이 누군지 모르시오?"

"…아! 그럼 설마?"

"와 보니 반기는 사람이 없는 초대인 것 같은데. 어떻소? 당신이라도 우릴 반겨줄 생각이 있소?"

서군문이 물었다.

테긴은 노련한 인물이다. 비록 족 내 반역에 의해 비참한 신세가 되었지만, 그는 오랫동안 누번족을 그 어느 시대보다 단단하고 평화롭게 이끌어온 사람이었다.

서흑도의 다른 원시 부족처럼 힘에 의해 모든 것이 결정되는 누번족에서 테긴의 시대만큼 평온한 시대가 없었다는 것은, 그만큼 그가 강하고 노련한 인물이라는 뜻이었다.

그래서 그는 서군문의 말을 금세 알아들었다.

"우리 누번족이 치러야 할 대가가… 크겠구려?"

테긴이 물었다.

그는 그런 사람이었다. 당장 자기 자신의 안위보다 이 지경이 되어서도 누번족의 안위를 걱정하는 사람이었다.

"감수해야 할 위험이 적지 않을 것이오. 하지만 지금보다는 낫지 않겠소? 지금 상태라면 결국 누번족 사람들은 십이귀선 해적들의 노예가 되고 말 텐데."

"…적어도 우릴 노예로 삼지는 않겠다는 말로 받아들여도 되겠소?"

테긴이 물었다.

"그런 질문을 하는 것은 독안룡님의 성품을 무시하는 것으로 받여들여진다는 것을 아셨으면 하오."

서군문이 불쾌한 표정을 지었다.

육주나 파나류에서 노예 거래는 상인들 사이에서도 종종 있는 일이지만, 적어도 묵룡대선에는 노예 거래는 철저히 금지되어 있었다.

"…알겠소. 하긴 대영웅 독안룡님을 한낱 해적 나부랭이들과 비교하는 것 자체가 실례이긴 하오. 좋소. 어떤 위험이 기다리고 있을지 모르지만, 일단 이곳에서 벗어나고 봅시다."

테긴이 서군문의 제안을 받아들였다.

그러자 서군문이 망설이지 않고 검을 휘둘렀다.

서걱!

쿠쿵!

두어 번 검을 휘두르자 옥 한쪽 면이 순식간에 무너져 내렸다.

그러자 반쯤 물에 잠긴 채 옥에 갇혀 있던 테긴과 그의 충실한 수하들이 손이 묶인 채 물웅덩이 밖으로 걸어 나왔다.

묵룡대선의 전사들이 재빨리 그들에게 다가가 손을 묶은 밧줄을 끊어냈다.

"음!"

뭍으로 올라온 자들 중 일부가 지친 몸을 가누지 못하고 비틀거렸다. 그들은 모두 맨발이었는데, 오랫동안 물속에 들어가 있어서 핏기가 없을뿐더러 더러는 살이 썩어 들어가고 있었다.

"치료를 서둘러야 할 것 같습니다."

옥에 갇혀 있던 사람들의 상태를 살핀 용전사 송각이 심각한 표정으로 서군문에게 말했다.

"지금 당장은 어쩔 수 없네. 일단 오두막으로 가서 임시방편으로 비상약을 발라주는 수밖에."

"알겠습니다. 갑시다."

송각이 옥에서 나온 자들을 데리고 옥을 지키던 전사들이 쓰던 오두막으로 향했다.

그러자 서군문이 테긴에게 말을 건넸다.

"족장께서도 치료를 하셔야겠소이다. 일단 오두막으로 갑시다."

"알겠소. 그리고… 난 이젠 누번족의 족장이 아니오."

테긴이 씁쓸한 표정으로 말했다.

"그야 생각하기 나름이고. 일단 갑시다."

서군문이 테긴을 부축하듯 그의 팔목을 잡은 후 오두막으로 이끌었다.

"욱!"

"끄으……!"

누번족 전사들이 하나둘 신음 소리를 냈다. 묵룡대선의 전사들이 지니고 있는 비상약을 상처에 바르자 일어나는 강렬한 통증 때문이었다.

하지만 비상약의 효과는 고통만큼이나 확실했다. 일단 약을 바른 후 고통이 진정되자 그들의 상처에서 흘러나오던 진물이 거짓말처럼 멎었다.

그 와중에도 전 부족장 테긴은 신음 소리를 내지 않았다.

그가 얼마나 강한 정신력을 가진 사람인지 그 하나만으로도 알 수 있었다.

삐꺽!

누번족 전사들을 치료하는 와중에 약간 열려 있던 오두막의 문이 좀 더 열리며 소리를 냈다.

그리고 문밖에 나타난 한 사내가 엉거주춤한 자세로 슬쩍 오두막 안으로 들어섰다.

묵룡대선의 전사들을 테긴에게 데려온 누번족 사내였다.

"넌 농이 아니냐?"

치료를 받던 테긴이 문밖에 나타난 사내를 보고 놀란 표정으로 물었다.

"그, 그렇습니다. 족장님, 무사하셨군요?"

농이라 불린 사내, 무한 일행을 안내해 온 사내가 떨리는 목소리로 대답했다.

그러자 테긴이 잠시 사내를 본 후 침착한 목소리로 물었다.

"네가 이 사람들을 데려온 것이냐?"

"그렇습니다."

누번족 사내 농이 얼른 대답했다.

"왜 이런 선택을 했느냐? 넌… 이궐을 따르지 않았느냐?"

테긴이 물었다.

그러자 누번족 전사 농이 잠시 망설이다가 대답했다.

"사실 전 이분들에게 붙잡혀 죽을 상황이었습니다. 그래서……."

"살고자 이 사람들을 나에게 데려온 것이란 거냐?"

"그, 그렇습니다."

"후우……."

테긴이 길게 한 숨을 내쉬었다. 솔직히 대단한 대답을 원한 것은 아니었다. 부족의 미래를 위한 결정이라든가, 혹은 옳은 일을 하기 위해서라는 말 따위는 그가 아는 사내 농에게 어울리지 않는 말이었다.

하지만 그래도 살고 싶어서 묵룡대선의 전사들을 자신에게 데려 왔다는 말은 누번족의 전사란 자가 내뱉기에는 실망스러운 말이었다.

더군다나 외부인 앞에서 그런 말을 한다는 것은 누번족의 명예를 크게 떨어뜨리는 행동이었다.

"이제 나와 이야기를 좀 합시다."

누번족 사내 농이 나타나 무거워진 분위기를 바꾸려는 독사검왕 서군문이 테긴에게 말을 건넸다.

그러자 테긴이 망설이지 않고 고개를 끄떡였다.

"그럽시다. 기왕 이렇게 된 것. 반역자들을 몰아내고 부족의 안전을 지켜야겠소. 말씀해 보시오. 내가 뭘 도와드리면 되겠소?"

테긴이 갑자기 전의를 드러내며 서군문에게 물었다.

오두막 안에서 독사검왕 서군문과 누번족의 전 부족장 테긴이 비밀스러운 대화를 나누는 동안, 무한과 다른 묵룡대선의 전사들은 오두막 주변을 감시하고 있었다.

오두막을 지키던 자들은 입에 재갈이 물린 채 웅덩이 속의 뇌옥에 테긴과 그 수하들 대신 갇혔다.

테긴의 충실한 부하들은 오랫동안의 수중 옥살이에 몸이 상하고, 크게 기운이 상했음에도 불구하고 그들을 감시하던 자들이 쓰던 도검을 들고 묵룡대선의 전사들과 함께 주변을 경계했다.

그런 그들의 모습만으로도 무공이 없을 뿐, 누번족 전사들의 용맹함을 알 수 있었다.

그런데 사실 묵룡대선의 전사들은 그런 누번족 전사들보다 무한에게 더 많은 관심을 보이고 있었다.

무한이 기습을 위해 어쩔 수 없이 사용한 풍신보 때문이었다.

처음 무한 등이 숨어 있던 숲에서 오두막 옆에 세워져 있던 쇠 징까지의 거리가 대략 오십여 장, 그 거리를 적이 미처 알아채기도 전에 도달할 수 있는 방법은 풍신보밖에 없었다.

물론 그렇다고 무한이 전력으로 풍신보를 펼친 것은 아니었다. 만약 그랬다면 사람들은 무한이 공간을 이동할 수 있는 신비한 술법을 익혔다고 생각했을 것이다.

하지만 어쨌든 무한이 보여준 빠름은 묵룡대선의 전사들을 다시 한번 곤혹스럽게 만든 것이 사실이었다.

그래서 그들은 기회가 찾아오자 적을 상대하느라 미뤄두었던 무한의 무공에 대한 궁금증을 드러내지 않을 수 없었다.

"너 대체 어떻게 된 거냐? 진실을 말해봐."

다른 때라면 하연이 했을 질문이었지만, 이번에는 소독이 물었다.

소독조차 무한의 빠름에 관심을 드러낸다는 것은 그들이 받은 충격이 그만큼 크다는 의미였다.

"뭘요?"

무한이 무심하게 되물었다.

"그… 움직임 말이야. 저 숲에서 이곳까지 달려오는 시간이 겨우 숨 한 번 쉴 정도의 시간이었어. 어떻게 그게 가능한 거냐? 똑같은 무공을 배웠는데?"

소독이 가급적이면 침착함을 유지하려는 듯 조금 느린 말투로 물었다.

그러자 무한이 고개를 저으며 대답했다.

"설마 숨을 한 번밖에 안 쉬었겠어요. 물론 그래도 빠르긴 빨랐죠?"

"그러니까. 대체 어떻게 된 일인지 설명해 좀 해봐?"

"정확하게 뭐가 어떻게 되었다고 설명하기는 힘들어요. 사실 봄섬을 떠나기 전 이 문제로 스승님과 이야기를 나누기도 했어요."

"스승님? 선장님?"

보통 소룡의 수련 시간을 거쳐 전사가 된 사람들은 독안룡 탑살을 스승이라고 부르기보다는 선장으로 불렀다.

그래서 소독은 무한이 탑살을 스승이라고 부르는 것이 조금은 어색하게 느껴지는 것 같았다.

"예."

무한이 고개를 끄떡였다.

"흠… 우리 모두 마지막 수련 여행에서 돌아온 직후, 그리고 이번에 출항하기 바로 전에 각자의 무공에 대해 선장님께 가르침을 받을 시간을 가졌었지. 그래서?"

소독이 다시 물었다.

"그 당시 스승님께서 이런 말씀을 하셨어요. 무공의 진보는 어느 순간 무엇인가를 깨달을 때 비약적으로 발전한다."

"그야 상식이지. 그래서 네게 그런 순간이 왔다는 거야? 그 사막에서 홀로 되었을 때?"

"그게 그런 순간이었는지는 모르지만, 그 이후 제 자신과 무공에 대해 큰 변화가 일어난 것은 사실이에요."

"하지만 그것만으로 이런 빠름을 설명하기에는… 네가 보여준 속도는 솔직히 말해 사왕님들도 따라잡기 어려울 것 같았거든."

소독이 무한의 설명이 충분치 않다는 듯 말했다.

"이전에는 말하지 않았지만 스승님이 다른 말씀도 하셨어요."

"어떤?"

"기억하지 못하는 과거의 제가 무엇인가를 가지고 있었을 수도 있다고요."

"음… 묵룡대선에 타기 전에 이미 무공을 가지고 있었다?"

"무공까지는 아니어도……."

"내면에 무종의 씨앗이나 혹은 무공 수련에 도움이 되는 뭔가가 있었을 거란 뜻이군."

"그랬을 수도 있다고 하셨어요."

무한이 말했다.

거짓이라고 할 수 없는 대답이었다. 다만 그 과거가 철사자 무곤과 연결되어 있다는 것을 말하지 않았을 뿐.

"그럼 어느 정도 설명이 되지. 조금 불안하지만."

"불안하다뇨?"

무한이 되물었다.

"네게 그런 정도의 무엇인가를 남길 분들이라면 칸, 네 뿌리가 범상치 않다는 것 아니겠어? 그건 곧 네가 기억을 찾는 순간, 우릴 떠날 가능성이 많다는 의미고."

"에이, 걱정 마세요. 그럴 일 없으니까."

"네가 어떻게 확신하냐? 기억도 없다는 놈이. 과거가 어떨지 알고."

"과거가 어떠하든, 또 미래가 어떻게 변하든 제가 묵룡대선의 사람이라는 것은 이제 변할 수 없는 사실이에요. 기억을 찾는다 해도 이제 제 뿌리는 묵룡대선인 거죠. 그리고… 사실 떠난다는 것만 생각하면 제 과거와 상관없이 언젠가는 떠날 겁니다."

"뭐?"

소독이 놀란 표정으로 무한을 바라봤다.

"아니, 그럼 사형은 평생 묵룡대선만 타면서 늙어 죽을 거예요? 언젠가 한번은 묵룡대선을 떠나 사람들이 가보지 못한 곳을 여행해 봐야죠. 안 그래요? 사형들, 사형들은 그런 생각 안 해요?"

무한이 어떻게든 자신의 무공에 대한 관심을 다른 곳으로 돌리기 위해 하연 등 다른 전사들에게 물었다.

"난 그냥 묵룡대선에 있을래. 묵룡대선을 타고도 천하를 여행하고 있는데, 뭐."

왕도문이 말했다.

그러자 침묵이 익숙한 이산이 오랜만에 입을 열었다.

"난 한 번쯤 혼자 여행해 보고 싶긴 해."

"그건 나도 동감!"

하연이 말했다.

"후우… 이것들이 정말 팔자 좋은 소리만 하고 있네. 소룡의 수련 기간을 거쳐 묵룡대선의 전사가 되었으면 묵룡대선의 식구들을 위해 뼈를 묻을 생각을 해야지. 무종만 받고 여행이나 하겠다는 게 말이 되냐?"

사비옥이 불만스러운 표정으로 물었다.

"누가 당장 떠나겠다는 거냐? 세상이 안정되고 묵룡대선의 단단해지면 그러겠다는 거지. 그리고 아주 떠나겠다는 것도 아니고. 사오 년 시간을 내겠다는 건데. 그게 무슨 잘못이라고?"

하연이 반박했다.

"세상이 혼란하지 않은 시기가 언제 있었어? 항상 혼란의 연속이지."

사비옥이 냉랭하게 말했다. 그런 사비옥의 비판에 하연도 입을 다물었다. 생각해 보면 세상이 평화로운 시기가 언제였나 싶은 생각이 들었던 것이다.

흑라의 시대가 가진 공포가 워낙 강렬해서 그렇지 사실 세상은 그 전후로도 언제나 혼란스럽고 어지러웠다.

흑라 이전에 육주에서는 천록의 제국이 허무하게 대가 끊기면서 막을 내리는 일이 있었고, 흑라 이후에는 짧은 이왕사후의 군림기 이후 신마성이 등장해 다시 세상을 혼란 속으로 몰아넣고 있었다.

"…제길, 정말 그건 그래. 세상은 언제나 혼란스러워."

왕도문이 우울한 음성으로 말했다.

그러자 소독이 말했다.

"그래도 우리는 사정이 좀 나은 편이지. 선장님께서 세상의 권력과 명성을 좇는 분이 아니어서. 그래서 우린 어떤 혼란 속에서도 보다 자유롭지 않아?"

"그건 그래. 묵룡대선의 일원으로 사는 것은 여러모로 행복한 일이지. 그런데 그것조차 답답하다는 거냐?"

왕도문이 다시 화살을 무한에게 돌렸다.

"답답하다기보다는… 다른 곳도 보고 싶다는 거죠."

무한이 말을 얼버무렸다.

그러자 하연이 무한을 거들었다.

"맞아. 다른 곳도 한번 가보고 죽어야지."

"다른 곳 어디?"

왕도문이 퉁명스럽게 물었다.

그러자 무한이 대답했다.

"예를 들면 우리가 갔던 사막 한열지 그 너머에는 어떤 곳이 있을까 그런 거죠."

"한열지를 횡단해 보겠다고? 네가 아주 죽으려고 환장을 했구나?"

왕도문이 어이없다는 듯 고개를 저으며 말했다.

그러자 소독이 말했다.

"칸이라면 가능할지도 모르지. 어쩌면 세상에서 가장 빠른 발을 갖게 되었는지도 모르니까."

이야기는 다시 무한의 무공으로 돌아왔다. 무한으로서는 회피하고 싶었던 이야기로 다시 돌아온 것이다.

그런데 그때 무한을 곤란한 상황에서 구해주는 목소리가 오두막에서 들렸다.

"모두 모여라!"

"옛, 검왕님!"

서군문의 호출에 무한이 가장 먼저 반응했다.

대답을 하는 와중에 그는 벌써 오두막 문 앞으로 이동해 있었다.

"거참, 정말 어이없을 정도로 빠르네."

무한의 빠름이 익숙해지지 않는 듯 왕도문이 중얼거렸다.

"후우, 그러게. 정말 저 녀석 우리와 다른 사람이 되어가는 걸까?"

이산이 조금은 우울한 표정으로 중얼거렸다.

소룡오대 출신의 전사들 중 무공에 가장 충실히 매진하고 있는 사람을 들라면 당연히 이산이었다. 그런 그는 갑작스러운 무한의 무공 진보에 좌절감을 느끼는 듯했다.

"다르긴 뭐가 달라. 결국 같은 사람인데. 우리 눈에는 네 녀석도 그렇게 보여. 가자!"

툭!

소독이 이산이 어깨를 툭 치며 위로하듯 말하고는 오두막으로 향했다.

"우리는 십이귀선의 해적들을 상대한다. 그들이 머물고 있는 곳은 마을 남쪽의 별채, 그중 단 한 놈도 이곳을 벗어나게 하면 안 된다. 한 놈이라도 도주하면 일이 무척 위험해질 수도 있다. 이 섬

어딘가에 십이귀선 해적들의 별도 거주지가 있다고 하니까."

서군문이 말했다.

그러자 묵룡대선의 전사들이 놀란 표정을 지었다.

"그럼 이 섬이 십이귀선의 본거지라는 것입니까?"

왕도문이 침을 꿀꺽 삼키며 물었다.

만약 서흑도가 세상에 알려지지 않은 십이귀선의 본거지라면 자신들은 지금 호랑이 굴 속에 들어와 있는 것이나 마찬가지였다.

"아니, 그런 것은 아니다. 본래 해적들이란 기회가 보이면 나와서 약탈을 하고, 불리하면 도주해 숨는 것이 습성이지. 그래서 그들은 곳곳에 은신처를 만들어놓는다. 만약의 경우에 숨을 곳을 만들어놓는 것이지. 십이귀선 역시 무한해협의 무인도 곳곳에 은신처를 만들어놓았다. 서흑도에도 그런 은신처를 만들어놓은 것이다."

"그곳에 지금 사람이 있다는 겁니까?"

소독이 물었다.

"그런 것 같다. 아마도 만약의 경우 누번족을 힘으로 제압하기 위해 얼마간의 해적들이 그들의 은신처에 와 있는 것 같다."

"얼마나 있을까요?"

"그건 알 수 없지. 자세한 놈들의 전력은 일단 이곳에 나와 있는 자들을 제압한 후에 알아봐야겠지. 어쨌든 한 놈이라도 빠져나가면 곤란한 일이 생기니까. 철저하게 놈들을 제압해야 한다."

서군문이 굳은 표정으로 말했다.

"예, 검왕님!"

묵룡대선의 전사들이 일제히 대답했다.

"그런데… 그럼 지금 누번족 족장은 어떻게 상대하는 겁니까?"

사비옥이 물었다.

"그자는 여기 테긴 족장께서 알아서 하실 것이다."

"…그게 가능하겠습니까?"

의문일 들 수밖에 없었다.

오랫동안 옥에 갇혀 있던 테긴이다. 몸이 성치 않을뿐더러, 그동안 지금의 족장 이궐은 완벽하게 누번족을 장악했을 것이다.

이런 상황에서 테긴이 이궐을 제압하는 것은 쉬운 일이 아니었다. 아무리 기습을 한다 해도.

사비옥의 걱정하자 서군문이 아닌 테긴이 대답했다.

"걱정 마시오. 나 테긴, 그렇게 약한 사람이 아니오. 이궐이 기습을 해서 일이 이렇게 되었지만, 애초에 그놈은 내 상대가 아니었소. 그리고 내가 돌아가면 부족의 전사 대부분은 놈이 아니라 날 따를 것이오."

테긴의 말에 사비옥이 반문하려다 말고 입을 닫았다.

테긴의 눈에서 무공과는 상관없는, 강렬한 전사의 눈빛을 보았기 때문이었다.

이상하게 그 눈빛은 독안룡 탑살을 닮아 있었다.

제8장

작은 혈풍

칸은 앞서가는 사람의 숨소리가 거칠어지는 것을 느꼈다. 목적지에 가까워졌다는 의미다.

요즘 들어 칸은 지나치게 예민해진 자신의 감각들 때문에 그 자신조차도 당황할 때가 있었다.

지금도 그랬다. 그는 진기를 끌어올리지 않아도 안내하는 누번족 전사의 숨소리 변화를 알 수 있었고, 그 변화로부터 그의 마음까지 읽을 수 있었다.

상대의 마음을 불현듯 알아챈다는 것은 놀라운 능력이기는 하지만 당혹스러운 일이기도 했다.

예를 들면 봄섬에 남아 있는 장마산의 딸 장온이 자신의 앞에만 서면 잘게 몸을 떨고 호흡이 가빠진다는 것을 알아챘을 때의 당혹감 같은 것이었다.

그런 반응에서 무한은 장온이 자신에게 단지 친한 오라버니 이상의 감정을 가지고 있다는 것을 읽어낼 수 있었다.

그 감정을 모를 때 장온은 스스럼없이 대할 수 있는 귀여운 여동생 같았지만, 마음을 읽은 후부터는 장온을 상대하는 것이 불편했었다.

그뿐이 아니었다. 우애가 두터운 것으로 믿었던 소룡들 간의 경쟁심이 생각보다 민감할 수도 있다는 것을 알아챈 것도 그를 불편하게 하는 것 중 하나였다.

오대의 소룡들끼리는 큰 문제가 없었지만, 봄섬에서 다른 대의 소룡들과 이야기를 나눌 때, 간혹 그들에게서 지나친 경쟁심을 느낄 때도 있었다.

그런 경쟁심은 어느 순간이 되면 적의로 변할 수도 있다.

물론 그런 경쟁심이 마음속에만 머물 때는 문제가 되지 않는다. 사람이란 이기적인 존재여서 마음속으로는 무슨 생각이라도 할 수 있는 존재였다.

대부분의 사람들은 그런 마음 깊은 곳에서 일어나는 본능적 욕망을 이성의 힘으로 억제하고, 그가 속한 조직에 순응하면 살아간다. 그래서 마음으로 지은 죄는 죄가 아니라는 말이 있기도 했다.

그러나 그 마음을 누군가가 들여다봤을 때는 다른 이야기가 된다. 마음의 죄는 타인에게 그 마음을 보이지 않았을 때만 죄가 아니기 때문이었다.

무한은 그래서 어쩌면 자신이 생각보다 빨리 묵룡대선을 떠날 수도 있다고 생각했다.

오두막 앞에서 묵룡대선을 떠나 홀로 여행하는 문제를 입에 올린 것이 그저 농담만은 아니었던 것이다.

'싸울 때는 좋은데…….'

무한이 씁쓸하게 미소를 지었다.

적과 상대할 때 적의 미세한 반응을 읽고 그 행동을 예측할 수 있다는 것은 승부에 결정적인 영향을 주는 능력이었다.

그런 면에서 무한이 빛의 술사가 되면서 얻은 능력 중에서 사람들을 놀라게 한 풍신보는 오히려 그리 중요하지 않은 능력이라고 할 수 있었다.

아마도 그래서 전대 빛의 술사 마연이 풍신보를 단순히 빛의 정원에 들어온 사람에게 주는 선물로 남겨놓았는지도 모른다.

빛의 술사의 진실한 힘은 풍신보와 같이 몸으로 만들어내는 무공이 아니라, 사람의 마음을 읽고, 시간과 공간의 순리를 순간적으로나마 변화시킬 수 있는 천년밀교의 법술에 있었다.

그리고 무한은 점점 더 민감해지는 자신의 감각들이 그런 천년밀교의 법술을 구현하기 위해 필요한 능력들이라는 것을 알고 있었다.

그래서 한편으로는 두려웠다. 그런 능력들은, 그 능력을 가진 주인을 사람들로부터 멀어지게 만들기 때문이었다.

아마도 그것이 과거의 빛의 술사들이 세상과 일정한 거리를 두고 살아간 이유였을 것이다.

"제길……."

무한이 자신도 모르게 욕설을 뱉어내다 흠칫 놀라 주위를 돌아봤다.

다행이 목소리가 워낙 작아 다른 사람들은 그가 무슨 말을 내뱉었다는 것조차도 눈치채지 못한 것 같았다.

그리고 때마침 일행이 움직임을 멈췄다.

그들을 안내한 누번족 전사가 이동을 멈추고 어둠 속에 괴물처럼 서 있는 하나의 건물을 가리켰기 때문이었다.

"저긴가?"

독사검와 서군문이 확인하듯 누번족 전사에게 물었다.

"그렇습니다."

누번족 전사가 조심스럽게 대답했다.

"자네는 뒤로 물러나 있게."

서군문이 누번족 전사에게 말했다.

"알겠습니다."

누번족 전사가 순순히 대답했다. 그로서도 십이귀선의 해적들을 상대하는 싸움에 굳이 끼어들고 싶지 않은 모양이었다.

누번족 전사가 뒤로 물러나자 서군문이 묵룡대선의 전사들을 보며 말했다.

"말했지만 가능한 단 한 놈도 도주시켜서는 안 된다. 폭이 넓더라도 전 건물을 완전히 포위한다. 적의 숫자가 우리와 비슷하니 불리한 싸움은 아닐 것이다. 칸!"

서군문이 무한을 불렀다.

"예, 검왕님!"

"넌 조금 더 뒤에 머물며 상황을 주시하라. 혹 포위망을 뚫고 도주하는 자가 있으면 그자를 추격해 베어야 한다!"

"…제가 말입니까?"

도주하는 자를 추격해 베는 것은 실패하면 안 되는 일이었다. 그렇게 중요한 일을 막내인 자신에게 맡기는 것이 의아해 무한이 서군문에게 되물었다.

"그렇다."

"왜……?"

"네가 제일 빠르니까."

서군문이 분명하게 대답했다.

그리고 그건 누구나 인정할 수밖에 없는 사실이었다. 또한 가장 빠른 자가 도주하는 자의 추격을 맡는 것 역시 당연한 일이었다.

"알겠습니다."

무한이 더 이상 이의를 달지 않고 서군문의 명에 수긍했다.

그러자 서군문이 다른 전사들을 보며 말했다.

"일단 포위를 한 뒤에는 내가 건물 안으로 들어갈 것이다. 조용히 벨 수 있는 자들은 모두 벨 것이고, 내 검에서 살아남은 자들은 건물 밖으로 나올 것이다. 그들은 너희들이 상대한다."

서군문의 명에 묵룡대선의 전사들이 말없이 고개를 숙여 보였다.

그러자 서군문도 고개를 끄떡이고는 가볍게 손짓을 했다.

그의 신호에 따라 묵룡대선의 전사들이 미세한 소음을 남기며 빠르게 십이귀선의 해적들이 머물고 있다는 투박한 목조 건물을 포위하기 시작했다.

스릉!

포위망이 완성되고, 묵룡대선의 전사들이 자세를 낮춰 어둠속에 자신들의 모습을 숨기자 독사검왕 서군문이 검을 빼 들었다.

서늘한 검의 울음소리가 묵룡대선 전사들을 긴장하게 만들었다.

비록 상대가 해적이라고 해도 검을 든 싸움은 결코 방심할 수 없었다. 특히 특별한 목적을 위해 밀림 속 누번족 마을로 온 자들이라면 보통의 해적과는 다를 것이다.

"모두 긴장하라!"

서군문이 짧게 명을 내리고 몸을 날렸다.

무한은 서군문이 어둡고 투박한 건물 속으로 사라지는 것을 긴장한 표정으로 바라보고 있었다.

하지만 곰곰이 생각해 보면 걱정할 이유가 없는 일일 수도 있었다.

독사검왕 서군문이 누군가. 이 시대 최고의 영웅 중 한 명인 독안룡 탑살이 인정하는 고수였다.

그런 인물이 겨우 해적 몇 명 상대하는 것에 어려움을 겪을 이유는 없었다.

하지만 그럼에도 불구하고 어두운 밤, 검을 들고 싸워야 하는 상황은 어떤 적이라 해도 긴장하지 않을 수 없었다.

탁!

무한이 갑자기 땅을 차고 하늘로 올라갔다. 그리고 한순간에 공간을 이동한 것처럼 거대한 아름드리나무의 무성한 가지 사이에서 모습을 나타냈다.

그곳에서는 해적들이 들어 있는 건물과 그 건물을 포위하고 있는 묵룡대선의 전사들이 한눈에 들어왔다.

그렇게 나무 위에 올라선 무한의 눈에 한순간 건물 안에서 검광이 번쩍이는 것이 보였다.

그리고 뒤를 이어 나직한 비명 소리도 들렸다. 이 또한 빛의 술사가 된 이후에 얻은 청력 때문에 들을 수 있는 소리였다.

무한은 눈에 보이는 검광과 들려오는 소리들을 통해 건물 안에서 벌어지는 싸움의 일부를 머릿속으로 그려내고 있었다.

서군문은 서쪽 창을 통해 건물로 들어간 후 동쪽으로 전진하며 적을 베고 있었다.

그리고 무한이 세 번째 비명을 소리를 들었을 때, 건물이 침묵에서 깨어났다.

차창!

쾅!

"웬 놈이냐?"

화산이 폭발하듯 침묵이 깨지고 건물이 소란해졌다. 격렬한 싸움의 증거인 듯 건물 내부의 무엇인가가 부서지는 소리도 연이어 터져 나왔다.

"악!"

"컥!"

당연히 비명 소리도 들렸다.

'다섯!'

무한은 어느새 서군문이 벤 적의 숫자가 다섯에 이르렀음을 확인했다.

그리고 그 순간 투박한 건물의 창이 깨졌다.

콰쾅!

사방의 창이 깨지면서 그 안에서 해적들이 뛰쳐나오기 시작했다. 그들의 모습이 마치 호랑이에게 쫓기는 양 떼의 모습 같았다.

그리고 그런 적을 향해 묵룡대선의 전사들이 움직였다.

"와라!"

"어디도 갈 수 없다!"

묵룡대선의 전사들이 건물 밖으로 튀어나오는 적들을 향해 달려들었다.

해적들은 건물 밖에도 적이 있다는 사실에 일순간 당황했으나 본능적인 생존 욕구가 길을 막는 자들을 향해 검을 휘두르게 만들었다.

카카캉!

묵룡대선의 전사들이 건물에서 튀어나온 적과 격렬하게 격돌했다.

하지만 싸움은 격렬했지만 묵룡대선 전사들이 불리한 싸움은 없어 보였다.

예상대로 해적은 해적일 뿐이었다.

십이귀선이라면 예전이나 지금이나 세상을 공포에 떨게 만드는 포악한 해적이지만, 사실 그 명성은 땅이 아닌 바다에서 얻어진 것이었다.

귀신처럼 배를 다루는 솜씨와 단순한 해적 이상의 해전 능력으로 상선들에게 공포에 대상이 되었던 그들이었다.

하지만 전성기 시절에도 땅 위에서는 특별한 전공을 만들지 못했던 십이귀선이었다.

그런 자들이 묵룡대선의 정예 전사들을 상대하는 것은 애초부터 불가능한 일이었다.

"내가 할 일이 없겠는데?"

무한이 긴장이 풀린 목소리로 중얼거렸다.

건물을 벗어난 해적들이 족족 묵룡대선의 전사들에게 제압되고 있었다.

"그런데 왜 안 나오시지?"

무한이 갑자기 서군문이 여전히 건물 안이 있다는 사실을 깨닫고는 의아한 표정을 지었다.

해적들을 건물 밖으로 몰아냈으면 당연히 뒤를 쫓아 건물을 벗어나야 함에도 불구하고, 서군문은 여전히 건물 안쪽에 머물고 있었던 것이다.

그건 건물 안에 서군문이 상대해야 할 적이 남아 있다는 것을 의미한다. 그리고 지금까지 서군문이 제압하지 못했다면 제법 강한 무공을 지닌 자라는 뜻이다.

"그일까?"

무한이 중얼거렸다.

이곳에 오기 전 사로잡은 십이귀선의 해적 대진에게 들은 이름, 십이귀장 중 한 명인 와사불. 그가 아니라면 지금까지 서군문의 검을 견뎌낼 인물은 없었다.

십이귀장은 십이귀선을 움직이는 우두머리들이었다.

혹라의 시대 여러 명이 죽었지만, 아마도 지금은 새로운 인물들로 빈자리가 채워졌을 것이다.

그런데 새로 십이귀장이 된 사람들이 아닌 혹라의 시대에 생존한 십이귀장들은 결코 평범한 해적들이 아니었다.

그들은 그 시대에도 강력한 무공의 고수들로 이름을 날렸다. 실제로 그들의 손에 죽은 이름난 무인들이 적지 않았다.

그래서 옛 사람들이 십이귀선을 언급할 때 가끔 열두 척의 배보다 열두 명의 십이귀장을 더 중요하게 거론하곤 했었다.

그중 와사불은 혹라의 시대 이전부터 활동한 십이귀장이었다. 그라면 다른 해적들과 달리 독사검왕 서군문을 상대할 수 있는 인물인 것이다.

콰!

한순간 건물의 지붕이 깨졌다. 그리고 그 안에서 한 사람이 튀어나왔다.

지붕을 뚫고 튀어나온 검은 사람 그림자가 남쪽을 향해 무서운 속도로 달렸다.

그리고 잠깐 사이를 두고 밤하늘을 향해 뚫린 지붕 구멍을 통해 독사검왕 서군문이 솟구쳐 오르는 모습이 보였다.

"서랏!"

뒤늦게 지붕 위에 올라선 서군문이 도주하는 자를 향해 소리쳤다.

그리고 망설이지 않고 적을 추격하기 시작했다.

"할 일이 없을 줄 알았더니……."

무한이 나뭇가지 사이에서 몸을 일으켰다.

그리고 다음 순간 그의 모습이 거대한 나무 아래로 이동하더니, 순식간에 남쪽 숲을 향해 달리기 시작했다.

나이를 짐작하기 어려운 자였다. 더군다나 어스름한 달빛으로는 그의 얼굴을 제대로 볼 수조차 없었다. 하지만 그의 몸집은 충분히 알아볼 수 있었다.

보통보다 작은 키에 마른 체구, 전사가 되기에는 어울리지 않는 몸이다. 그래서 더욱 위험한 자다.

체구가 작은 자가 십이귀선의 열두 우두머리 중 한 명이란 것은 이자의 능력이 체구의 열등함을 넘어섰다는 뜻이고, 심성 또한 그만큼 독하다는 의미이기 때문이었다.

그 사실을 증명이라도 하듯 사내는 묵룡이선의 선장이자 묵룡사왕 중 한 명인 독사검왕 서군문의 추격을 받으면서도 쉽게 상대에게 뒤를 내주지 않았다.

오히려 어느 때는 거리가 더 벌어지는 듯 보이기도 했다.

하지만 서군문은 침착했다.

도주하는 자에 비해 순간적인 속도는 떨어질지 몰라도, 오랜 수련을 통해 얻은 정순한 공력은 일정한 속도로 사내를 추격할 수 있게 만들고 있었다.

반면 도주하는 자는 도주자가 가지는 조급함으로 인해 달리는 속도가 자주 변해 본래 가지고 있던 실력을 제대로 발휘하지 못하게 마련이다.

그래서 둘 사이의 거리는 거의 일정하게 유지됐다.

추격은 일각 이상 이어졌다.

보통 때는 짧은 시간이지만, 생명을 건 추격전을 벌이는 자들에게는 결코 짧지 않은 시간이다.

도주하는 자나 추격하는 자가 스스로에 대한 믿음이 떨어지고 초조해질 수 있는 시간이기도 했다.

무한은 그런 두 사람의 측면을 달리고 있었다. 사실 무한이 마음만 먹는다면 언제든 도주자의 앞을 막을 수 있었다.

하지만 무한은 성급하게 두 사람의 추격전에 끼어들지 않았다. 감히 독사검왕의 싸움에 함부로 개입할 용기가 없었던 것이다.

무공을 수련한 무인들은 자연스럽게 강한 자존감을 가지게 된다.

그래서 그들은 자신의 싸움에 타인이 끼어드는 것을 극도로 꺼려 했다.

그런 무인의 특성을 아는 무한은 감히 독사검왕 서군문의 싸움에 끼어들 용기가 없었던 것이다.

물론 도주하는 자를 추격해 제압하라는 명을 받기는 했지만,

그건 어디까지나 서군문이나 다른 묵룡대선의 전사들이 도주자를 추격할 수 없는 경우에 해당하는 명이라고 무한은 생각하고 있었다.

그런데 무한이 예상치 못한 서군문의 목소리가 들려왔다.

"뭘 꾸물대느냐? 길을 막아라!"

"…예! 검왕님!"

정색을 한 서군문의 명에 무한이 얼떨결에 대답을 하고는 달리는 속도를 끌어올렸다.

"이놈!"

바람 같은 속도로 숲을 우회해 자신을 막아서는 무한을 발견한 와사불의 입에서 욕설이 터져 나왔다.

놀라운 움직임이기는 했지만, 상대가 나이 어린 청년이라는 것을 한눈에 알아본 것이다.

그래서 와사불은 잠시 무한의 속도가 가지는 무서움을 간과했다.

자신과 자신을 추격하는 자의 속도를 생각하면, 자신들을 한 순간에 앞지르는 무한의 무공을 경계하는 것이 당연한 일이었다.

그런데도 와사불은 무한의 어린 점만 눈에 들어왔다. 그리고 이런 어린놈 정도는 단번에 베어버릴 수 있다는 자신감이 있었다.

번쩍!

와사불이 벼락처럼 검을 휘둘렀다.

팟!

그의 검에서 일어난 검기가 무서운 속도로 무한을 찔러왔다.

해적이라지만 수십 년 동안 상선들을 두려움에 떨게 한 십이 귀장의 능력이 고스란히 드러나는 공격이다.

무한이 재빨리 방패를 들어 올렸다.

콰앙!

와사불의 검기가 무한의 방패와 충돌한 후 사선을 그리며 튕겨 나갔다.

투툭!

무한이 상대의 검기에 실린 힘에 밀려 두어 걸음 뒤로 밀려났다. 그러나 그러면서도 그의 시선은 여전히 와사불을 향해 있었고, 자세 역시 흐트러짐이 없었다.

"놈!"

한순간 와사불의 입에서 욕설이 흘러나왔다.

그러면서도 표정은 어느새 변해 있었다. 그의 얼굴에 나이 어린 무한을 상대하는 것에 대한 자신감이 아니라, 숨길 수 없는 경계심이 떠올랐다.

콰아!

와사불의 검이 이번에는 수직으로 떨어졌다.

첫 번째 공격이 빠름을 앞세운 공격이었다면, 두 번째 공격은 힘의 공격이었다.

와사불은 적어도 내공에서는 자신이 어린 적을 압도할 것이라 생각한 것이다.

무한이 자신을 향해 떨어지는 와사불의 검기를 바라보며 다시 방패를 들어 올렸다.

와사불은 단번에 방패를 쪼개 버릴 듯한 기세로 검을 내려쳤다.

와사불의 검이 무한의 방패에 닿으려는 순간, 무한이 살짝 무릎을 굽히며 몸을 회전시켰다.

그리 빠른 움직임처럼 보이지 않았지만, 무척 자연스럽고 부드러운 움직임이었다. 그 순간 와사불의 검이 무한의 방패에 닿았다.

지잉!

와사불이 예상했던 강력한 충돌음은 일어나지 않았다. 대신 사람의 신경을 긁어대는 불유쾌한 마찰음이 검과 방패 사이에서 일었다.

그리고 교묘하게 기울인 방패의 각도를 따라 와사불의 검이 미끄러져 나갔다.

쾅!

무한의 방패에 미끄러진 와사불의 검이 애꿎은 아름드리나무를 들이쳤다.

와사불의 검에 실렸던 강력한 힘에 굵은 나무 기둥의 절반까지 검날이 파고들어 갔다.

그리고 그건 곧 와사불이 절체절명의 위기에 처했다는 의미기도 했다.

무한이 가볍게 와사불을 향해 검을 뻗었다. 그리 빠르지도 않고 강하지도 않은 검초다.

그러나 와사불에게는 그 어떤 공격보다도 위험했다. 굵은 나무에 박힌 그의 검을 쉽게 회수하지 못했기 때문이었다.

"우웃!"

와사불이 급하게 힘을 썼다. 그러자 나무에 박힌 검이 달싹였다.

그런데 그 순간 어느새 다가온 무한이 검을 잡은 와사불의 오른팔을 내려쳤다.

"헉!"

와사불이 당혹성을 뱉어내며 검을 쥔 손을 놓고 뒤로 물러났다.

무인에게는 최악의 치욕이다. 자신의 병기를 놓치다니. 그러나 팔이 잘리지 않으려면 어쩔 수 없는 선택이었다.

"이놈……!"

와사불이 자신을 굴욕적인 상황으로 몰아넣은 무한을 보며 이를 갈았다. 하지만 당장 무한에게 반격할 그 어떤 방법도 떠오르지 않았다. 손에 검이 없는 이상 그가 할 수 있는 것은 많지 않았다.

그런데 상대를 궁지에 몰아넣은 무한이 그를 공격하는 대신 한 걸음 뒤로 물러나 와사불의 어깨 너머로 시선을 주며 말했다.

"전, 여기까지 하겠습니다."

갑작스러운 무한의 말에 와사불이 어리둥절한 표정을 지었다. 다시 한번 공격하면 제대로 방어조차 할 수 없는 적을 두고 뒤로 물러나는 것은 그의 상식으로 도저히 이해할 수 없는 행동이었다.

하지만 그는 곧 자신이 더 큰 위기에 빠졌음을 깨달았다.

"왜? 네 손으로 마무리 짓지 않고?"

와사불의 등 뒤에서 굵은 사내의 목소리가 들려왔다.

무심한 듯도 하고, 한편으로는 서늘한 기운이 느껴지기도 했다.

와사불이 자신도 모르게 흠칫하며 몸을 돌렸다.

독사검왕 서군문은 당황한 표정으로 자신을 바라보는 와사불을 지그시 응시했다. 무한이 와사불을 막는 동안 이미 장내에 도착해 있었던 서군문이었다.

와사불을 응시하던 서군문이 덤덤하게 물었다.

"순순히 항복을 하겠나? 아니면 어느 한 곳이 잘려 나간 후에 항복을 할 텐가?"

"대체… 너희들은 누구냐?"

와사불이 물었다.

"짐작하고 있을 텐데?"

"그럼 역시……?"

"초대한 자가 손님을 알아보지 못하면 곤란하지."

서군문이 빙글거리며 말했다.

"후우… 역시 내가 갔어야 했어……."

와사불의 입에서 후회의 목소리가 흘러나왔다.

아마도 서흑도 서쪽 묵룡이선의 상륙지에 자신이 가지 않고 수하 대진과 누번족 전사들을 감시자로 보낸 것을 후회하는 모양이었다.

"결과가 달라졌을까?"

서군문이 여전히 퉁명스러운 목소리로 물었다.

"적어도 오늘 같은 기습을 허용하지는 않았겠지."

와사불이 대답했다.

"그래? 뭐, 생각이야 서로 다를 수 있으니까. 아무튼 더 소란 떨지 않았으면 하는데… 어떤가?"

서군문이 다시 한번 항복을 권했다.

그러자 와사불이 잠시 생각을 하는 듯하다가 긴장한 표정으로 물었다.

"당신은 누군가? 독안룡 같지는 않은데……."

"날 모르나? 그건 좀 서운하군. 묵룡대선을 상대로 이렇게 큰일을 꾸미면서 날 알아보지 못하다니……."

정말 서운한 표정으로 서군문이 말했다.

"무공과 하는 행동으로 봐서는 사왕 중 한 명일 것 같은데. 묵룡사왕 각자의 특성을 고려해 보면… 당신은 독사검왕 서군문이겠군."

"역시 십이귀장답군."

서군문이 고개를 끄떡였다.

"내가 누군지 알고 있다는 건가?"

와사불이 조금 의외라는 듯 되물었다.

"십이귀장 중 한 명인 와사불이라고 하더군."

"…그걸 어떻게… 대진이 배신을?"

"배신이라기보다는 살길을 찾은 거지. 설마 해적에게 목숨을 버리는 충성심을 바라는 건 아닐 테지?"

서군문이 물었다. 약간의 경멸이 담긴 말투다.

"십이귀선은 단순한 해적이 아니다."

"아, 물론 한때 해적질에서 벗어나 바다의 영주를 꿈꾸기는 했었지. 흑라의 힘을 빌어서. 하지만 결국 선장님께 패해 다시 해적의 본분으로 돌아간 것 아닌가? 덕분에 흑라에게 벌을 받지도 않았고, 육주의 토벌대에 토벌되지도 않았고. 그걸 보면 역시 그대들은 해적으로 사는 게 운명인 듯하군. 그런데… 그럼 해적으로나 살지 감히 묵룡대선을 상대로 전쟁을 벌이다니. 그건 해적의 본분에서 크게 벗어난 행동인 걸 모르나?"

서군문이 꾸짖듯이 말했다.

"흐흐흐, 여전히 도도하구나. 하지만 적어도 이번에는 다를 것이다. 과거 당한 패배를 몇 배 이상으로 돌려줄 테니까."

와사불이 서군문을 보며 경고했다.

그러자 서군문이 고개를 끄떡였다.

"그렇군. 그리고 넌 지금 항복할 생각이 없다는 것이고. 그렇다면 일단 널 꿇려야겠다. 그리고 너희들이 과거와 어떻게 달라졌는지 네 입을 통해 듣겠다!"

팟!

서군문의 몸이 한순간 반 장가량 떠올랐다. 그리고 마치 강풍에 밀리듯 와사불 앞으로 다가왔다.

"흡!"

갑작스러운 서군문의 공격에 와사불이 숨을 들이켜며 재빨리 뒤로 물러났다.

순간 서군문의 검에서 시퍼런 검기가 뻗어 나왔다.

삭!

서군문의 검기가 날카롭게 와사불의 다리를 베어냈다.

"큭!"

와사불의 입에서 신음 소리가 흘러나왔다. 그러면서도 그는 재빨리 나무에 박힌 검을 움켜쥐었다. 검이 없이는 도저히 서군문을 상대할 수 없다는 것을 알기 때문이었다.

"이익!"

와사불이 이를 갈며 힘을 썼다. 그러자 나무에 박혔던 검이 겨우 빠져나왔다.

그러나 검을 뽑은 기쁨도 잠시, 바로 그 순간 다시 날아온 서군문의 검이 막 나무 기둥에서 벗어나는 와사불의 검을 때렸다.

쾅!

강력한 충돌음과 함께 나무를 벗어났던 와사불의 검이 다시 나무에 박혔다.

그리고 그 순간, 서군문의 왼 주먹이 그대로 와사불의 뒤통수를 가격했다.

"헛!"

와사불이 재빨리 고개를 숙여 서군문의 주먹을 피했다.

그러자 서군문이 벼락처럼 검을 휘둘러 나무에 박힌 검을 잡고 있던 와사불의 팔을 잘랐다.

서걱!

소름끼치는 절단음과 함께 와사불의 팔이 매끈하게 잘려 나갔다.

"악!"

뒤늦게 와사불의 입에서 비명이 터져 나왔다.

그리고 그 순간 다시 다가온 서군문의 왼손이 이번에는 정확하게 와사불의 뒤통수를 가격했다.

쿵!

뒤통수를 가격당한 와사불이 둔탁한 소리와 함께 그대로 정신을 잃고 차가운 땅바닥에 쓰러졌다.

*　　　*　　　*

누번족의 가옥은 사각의 굵은 나무 기둥을 세운 후, 땅으로부터 이삼 장 높이에 생활공간을 만드는 식으로 지어져 있었다.

아직은 문명의 빛을 제대로 받지 못해 거친 생활을 하는 누번족이지만 집은 짓는 기술만큼은 무척 뛰어났다. 지면에서 일정한 높이의 공간을 남기고 집을 짓는 이유는 땅의 습기를 막기 위해서이기도 했고, 밀림에 득실대는 짐승들의 침입을 막기 위함이기도 했다.

특히 밀림이면 번성하는 뱀들의 침입을 막기 위해 기둥을 사각의 각진 모양으로 만든 것은 오랜 경험에서 얻은 지혜였다.

지붕은 대체로 물에 상하지 않는 목재를 넓은 판자 모양으로 만들어 일정한 간격으로 이어 붙여놓고 있었다.

벽돌이나 기와로 만든 집만큼 단단하지는 않아도 제법 튼실

해서 삼사 년간은 교체하지 않고 사용할 수 있었다.

그런 가옥들이 원형을 이루며 누번족 마을을 형성하고 있었다.

가장 바깥쪽에는 보통 가옥보다 서너 배 높은 망루 네 개를 세워 사방을 감시했다.

길도 찾기 힘든 깊은 밀림 속에서 외부의 적을 막기 위해 망루를 네 개나 세운 것이 이상해 보일 수도 있었지만, 사실 서흑도의 밀림에는 곳곳에 숨어 있는 원주족들이 적지 않았다.

척박한 섬에서 여러 부족이 살아가다 보면 크고 작은 충돌이 일어날 수밖에 없었다. 간혹 한 부족이 전멸하는 큰 싸움도 일어나는 곳이 서흑도였다.

그 사정을 알면 누번족이 네 개나 되는 망루를 세워 사방을 경계하는 것을 이해할 수 있었다.

원형으로 이뤄진 마을 중앙에는 다른 가옥들보다 서너 배 큰 건물이 서 있었다.

높이도 다른 건물보다 높아서 지붕에 올라가면 마을 전체를 조망할 수 있는 건물이었다.

당연히 그 건물의 주인은 누번족의 족장이었다.

쾅!

말의 뒷다리만큼이나 강해 보이는 다리 하나가 누번족 족장의 거처를 지키는 경비 무사의 가슴을 걷어찼다.

"컥!"

쿠당탕!

가슴을 걷어차인 사내가 격한 신음 소리를 내며 바닥을 나뒹굴었다.

"헉!"

갑작스러운 공격에 바닥을 뒹군 사내가 급히 몸을 일으키려다가 헛바람을 토해냈다.

어느새 그의 코앞에서 시퍼런 검날이 번뜩이고 있었기 때문이었다.

"우… 우발, 네… 가 어떻게?"

경비 무사가 검의 주인을 확인하고는 놀란 표정으로 물었다.

그런데 미처 물음에 대한 대답을 듣기도 전에 사방에서 그의 동료들이 토해내는 신음 소리가 들려왔다.

"크윽!"

"악!"

제법 높은 목소리도 들렸지만, 대부분은 제대로 비명도 지르지 못하고 쓰러지는 듯 아주 요란하지는 않았다.

"겨우 이런 실력으로 부족을 지키려 했느냐?"

우발이라 불린 사내가 뒤늦게 경비 무사에게 물었다.

"대… 대체… 무슨 짓을 하고 있는 것이냐?"

경비 무사가 물었다.

"네놈들이 한 짓을 그대로 돌려주는 거지."

"설마… 반역을?"

"반역? 네놈이 정말 미쳤구나. 반역이 아니라 반역자를 처단하는 것이다."

누번족의 전사 우발이 검을 좀 더 사내의 얼굴 가까이에 밀어

넣으며 말했다.

"그… 그건. 그건 불가능하다. 우발 네 실력이 뛰어난 줄은 알지만 그래도 족장님을 이길 수는 없어."

경비 무사가 용기를 내어 경고했다.

"걱정 마라. 그를 상대할 분은 따로 계시니까."

"…누가?"

경비 무사가 되물었다.

그러자 우발의 등 뒤에서 누번족 전 족장 테긴이 모습을 드러냈다.

"나라면 그의 상대가 되겠느냐?"

"헉!"

경비 무사가 귀신이라도 본 것처럼 놀라 헛바람을 토해냈다.

"그는 어디 있느냐?"

테긴이 다시 물었다.

"조… 족장님……."

"아직도 내가 네 족장이긴 하냐?"

테긴이 경비 무사를 보며 싸늘하게 물었다.

현 족장 이궐의 거처를 지키는 경비 무사들은 이궐이 테긴을 상대로 반란을 일으킬 때 그의 수족 노릇을 했던 자들이었다.

"…어떻게……?"

테긴이 마을 동남쪽 외곽 물웅덩이에 만들어진 옥에 갇혀 있다는 것은 모두가 아는 사실이었다.

특히 옥을 지키는 자들은 이궐의 부하들 중에서도 강하기로 소문난 전사들이었다.

그래서 그곳에 갇혀 있어야 할 테긴의 등장했으니 경악할 수 밖에 없는 경비 무사였다.

"그는 어디 있느냐?"

테긴이 다시 물었다.

"헉!"

그 순간 경비 무사의 입에서 다시 헛바람이 흘러나왔다. 그의 얼굴을 겨누고 있던 검이 빠르게 그의 뺨을 베어낸 것이다.

검에 베인 뺨에서 붉은 피가 흐르기 시작했다.

"다음번엔 목이다."

경비 무사의 뺨을 벤 누번족 전사 우발이 경고했다.

그러자 경비 무사가 얼른 입을 열었다.

"삼 층 침실에 드셨을 겁니다."

"이 층이 아니라?"

"그, 그것이… 지난 오 일간은 삼 부인의 침실에서 주로……."

"삼 부인……?"

우발이 의아한 표정으로 되물었다.

"기 노인의 딸을……."

"이런 개새끼가?"

우발의 눈이 뒤집혔다.

기 노인의 딸이라면 전사 우발이 이궐에게 잡혀 옥에 갇히기 전에 서로 마음을 주고받던 여인이었다.

그런데 옥에 갇혀 있는 사이, 그 여인이 이궐의 삼 부인이 되어 있었던 것이다.

"이궐 그놈이 기 노인을 협박한 모양이군."

분노하는 우발의 어깨를 잡으며 테긴이 말했다.

그러자 경비 무사가 얼른 고개를 저었다.

"그, 그건 아닙니다. 기 노인과 그녀 스스로 족장님을 찾아왔습니다."

"뭐?"

우발이 믿을 수 없다는 듯 되물었다.

"저, 정말이야. 그녀 스스로 족장님의 삼 부인이 된 거야. 우발 자네도 알고 있잖아. 송은… 욕심이 많은 여자야."

"그렇다고 어떻게……."

우발이 믿을 수 없다는 듯 중얼거렸다.

"이궐 님이 족장이 된 이후 가장 이득을 본 사람은… 송, 그녀였는걸. 족장님도 송을 삼 부인으로 맞은 후에는 다른 두 분 부인들은 쳐다보지도 않았으니까. 그래서 지금 부족 내에서 송은 이궐 님 다음가는 권력자야. 그녀 손에 벌써 세 사람이나 죽었어. 자네 어머님도 송에게 적지 않은 수모를 당했어. 널 살려달라고 찾아왔다가……."

"음… 그년이 정말……."

우발이 이를 갈아댔다.

그러자 테긴이 다시 우발을 진정시켰다.

"진정해라. 이제라도 그 아이의 본성을 알았으니 다행이라 생각해라. 이미 내가 주의를 주지 않았느냐? 그 아이는 네 짝으로 어울리지 않는다고."

아마도 테긴은 예전부터 이궐의 삼 부인이 된 송이라는 여인에 대해 좋지 않은 인상을 가지고 있었던 듯싶었다.

"제 손으로 죽이겠습니다."

"그건 마음대로 하거라. 일단 이궐을 잡은 다음에!"

테긴이 참착하게 말했다.

"앞장서!"

우발이 검으로 경비 무사를 겨누며 말했다.

"내… 내가?"

"아니면 여기서 죽든지!"

우발이 검을 들어 올렸다.

"아, 아닐세. 가, 갈게."

사내가 얼른 자리에서 일어나며 말했다.

"자요?"

원시적인 누번족 살림에 어울리지 않는 부드러운 잠옷을 걸친 여인이 시선을 돌려 그녀와 스무 살 이상 차이가 날 듯한 사내를 보며 물었다.

"으음… 왜?"

사내가 잠결에 되물으며 팔을 돌려 여인을 끌어안았다.

그러자 여인이 사내의 팔을 풀어내며 긴장한 목소리로 말했다.

"이상해요."

"그러니까, 뭐가?"

사내가 다시 여인의 몸을 더듬으며 물었다.

"잠깐만요. 정신 좀 차려보세요. 밖에 무슨 일이 있는 것 같아요. 누가 싸우는 것 같아요."

"뭐?"

사내가 놀란 듯 눈을 크게 떴다.

"들어봐요."

여인이 속삭이듯 사내에게 말했다.

그러자 사내가 여인을 더듬던 손을 멈추고 문밖으로 귀를 기울였다.

그리고 그 순간 문짝이 떨어져 나갔다.

쾅!

쿠당탕!

단단한 문짝이 박살 나며 방 안쪽으로 무너졌다.

"웬 놈이냐?"

사내가 표범 같은 움직임으로 옆으로 이동하며 여인을 더듬던 손으로 검을 움켜쥐었다.

여인은 이불로 몸을 감싸고 재빨리 사내의 등 뒤로 몸을 피했다.

"정말이군. 이 빌어먹을 연놈들!"

건장한 사내가 성큼성큼 방 안으로 들어오며 소리쳤다.

"네… 네놈은?"

여인과 자고 있던 자가 방 안으로 들어온 사내를 알아보고 놀란 눈을 치떴다.

"발?"

사내 뒤에 숨어 있던 여인도 방으로 들어온 인물을 알아본 모양이었다.

"팔자 좋다?"

누번족의 전사 우발이 검을 든 사내와 여인을 보며 빈정거렸다.

"네가 어떻게……?"

여인이 믿을 수 없다는 듯 중얼거렸다.

"내가 묻고 싶은 말이다. 네가 어떻게 여기서 자빠져 자고 있는 거냐? 저 늙은 놈 침상에서."

"…그… 그건……."

우발의 질문에 여인, 과거 우발의 연인이었던 송이라는 이름을 가진 여인이 말을 더듬거렸다.

"아, 됐어. 변명조차 듣기 싫다. 뭐, 솔직히 비난할 것도 없지. 형편이 달라지면 각자 자기가 원하는 대로 사는 거니까. 물론 그 선택에 대한 책임은 송, 네 스스로 져야 하는 건 알고 있지? 족장님! 들어오셔도 될 것 같습니다."

우발이 부서진 문 쪽을 보며 소리쳤다.

그러자 문을 통해 초췌한 모습의 초로의 노인, 누번족 전대 족장 테긴이 방으로 들어오며 입을 열었다.

"이궐, 잘 지냈느냐? 보아하니 제법 잘 지낸 것 같군. 하지만 안타깝게도 이젠 그 꿈에서 깰 시간이다."

제9장

제대로 된 거래

누번족 족장 이궐이 짐승처럼 움직였다. 등 뒤에서 그를 잡고 있던 여인을 뿌리치고 범처럼 솟구쳐 테긴을 향해 달려들었던 것이다.

"죽어라!"

이궐의 입에서 비명 같은 소리가 터져 나왔다. 마치 그 자신이 배신을 당했던 사람인 것처럼 이궐은 테긴을 향해 분노를 쏟아 냈다.

콰아!

이궐의 검이 벼락처럼 테긴의 머리에 떨어졌다. 그 사나운 기세를 오랫동안 물웅덩이 속 옥에 갇혀 있어 쇠약해질 대로 쇠약해진 테긴이 견딜 수 없을 것 같았다.

하지만 그건 기우였다.

테긴이 이궐의 검이 머리에 닿으려는 순간, 슬쩍 몸을 틀었다. 그러자 이궐의 검이 아슬아슬하게 테긴의 눈앞을 스치고 지나갔다.

적의 검을 이렇게 가까이서 피할 수 있는 사람은 둘 중 하나다.

무종을 받은 내공을 수련한 무공의 고수이거나 혹은 아주 오랫동안 도검이 난무하는 전쟁을 경험한 사람.

테긴은 후자의 경우였다. 수십 년 동안 누번족의 족장으로 살면서 그가 경험한 부족 간의 전쟁만도 수십 차례가 넘었다.

무공을 가진 무인은 없지만 서흑도 부족 간의 전쟁은 부족의 생존과 멸망을 걸고 벌이는 전쟁이라 세상의 그 어떤 전쟁보다도 거칠고 격렬했다.

그런 거친 전쟁을 수십 차례나 승리로 이끈 테긴이었다. 그 전쟁의 경험은 아무리 나이가 들어도 사라지지 않는 능력이었다.

퍽!

"컥!"

자신의 눈앞을 스쳐 지나가는 이궐의 옆구리를 테긴의 발이 벼락처럼 걷어찼다.

옆구리 급소를 맞은 이궐이 숨이 끊어지는 소리를 내며 그 자리에 고꾸라졌다.

"끄으으!"

이궐은 그렇게 한동안 숨을 쉬지 못했다. 강력한 충격에 한순간 숨이 멎은 이궐은 숨이 트일 때까지 어떤 것도 할 수 없었다.

그래서 이궐은 테긴과 그를 따라온 누번족 전사들 앞에서 마치 살에 맞은 물고기처럼 바르르 몸을 떨며 벌레처럼 꿈틀거렸다.

"에라. 이 빌어먹을 놈!"

쾅!

바들거리는 이궐을 전사 우발이 다시 한번 걷어찼다.

"악!"

이궐의 입에서 다시 비명 소리가 터져 나왔다. 그리고 머리를 정통으로 맞은 이궐이 그대로 정신을 잃었다.

"죽여 버릴까요?"

우발이 이궐에게 물었다.

"아니, 들어야 할 말이 있다."

테긴이 말했다.

"그렇군요. 그 십이귀선인가 뭔가 하는 해적 놈들과 어떤 거래를 했는지 알아야겠지요."

우발이 고개를 끄떡였다.

"마을 중앙에 웅덩이를 파고 물을 채워라. 그 안에 옥을 짓고 놈을 가둔다. 받은 대로 돌려주는 것이 누번족의 법! 놈에게 받은 대로 돌려준다."

"예, 족장님!"

"저 계집은 어찌할 생각이냐?"

테긴이 방 한구석에서 바들거리며 떨고 있는 여인 송을 가리켰다.

그러자 우발보다 먼저 여인이 입을 열었다.

"우발… 내, 내 잘못이 아니야. 난 억지로 끌려왔어. 어쩔 수 없었다고. 널 구하기 위해서 난 그의 부인이 된 거야. 그러니까……."

"닥쳐!"

우발이 변명을 해대는 여인 송의 말을 막았다. 그 차가운 기세에 여인이 입을 닫았다.

"내가 아무것도 모르고 이곳에 왔을 거라고 생각하냐? 네년이 스스로 이 빌어먹을 놈을 찾아온 걸 마을 사람들 모두 알고 있어. 그런데 그건 뭐 괜찮아. 네년 인생이니 어느 놈과 붙어먹든 그건 네 권리지. 화는 나도 내가 뭐라고 할 수 있는 게 아닌 것 정도는 나도 안다. 하지만!"

저벅저벅!

우발이 말을 끊고 여인 송 앞으로 다가갔다.

"…왜… 이해… 한다며?"

여인 송이 시퍼런 검을 들고 갑자기 자신을 향해 다가오는 우발을 보며 두려운 얼굴로 물었다.

"어머니를 모욕했다고? 모든 사람들이 보는 앞에서!"

"그… 그건……."

"다른 건 용서해도 그건 용서할 수 없지. 감히… 내 어머니를 모욕해? 어머니가 평소에 널 얼마나 아꼈는데. 병든 노인을……."

"난… 악!"

갑자기 여인 송이 비명을 질렀다. 우발의 검이 벼락처럼 그녀의 얼굴을 그어버렸기 때문이었다.

여인 송의 얼굴이 순식간에 피로 물들었다.

"누번족의 법을 알고 있지? 부모를 모욕한 자는 죽인다! 하지만 난 널 죽이지는 않겠다. 대신 그 얼굴로 평생 살아야 할 거다. 네 아비와 너! 평생 부족민들의 손가락질 속에서 살게 될 거야. 그게 싫다면… 이 마을을 떠나도 좋다. 여기까지! 이걸로 네 년과의 인연은 끝내겠다."

우발이 차가운 눈으로 여인 송을 한 번 응시하고는 미련 없이 몸을 돌려 테긴 옆으로 걸어왔다.

그러자 테긴이 여인 송을 보며 말했다.

"벌을 받은 것을 원한으로 생각지 말고, 죽이지 않을 것을 은혜라 여겨라. 더 이상의 벌은 없을 것이다. 부족민들의 경멸의 시선만 견뎌낼 수 있다면. 이 방 어딘가에 찾아보면 치료약이 있을 거다. 치료하거라. 가자!"

테긴의 명에 우발이 정신을 잃은 이궐을 둘러멨다. 그러고는 미련 없이 방을 나갔다.

"아아악!"

테긴과 부족 전사들이 떠나자 갑자기 여인 송의 울부짖음이 터져 나왔다.

그러나 누구도 그녀에게 돌아오지 않았다.

* * *

쿵쿵쿵!

태양이 밀림을 비추기 시작할 무렵, 누번족 마을의 중심에 위치한 족장 거처에서 거대한 북소리가 울리기 시작했다.

북은 족장이 머무는 건물 앞쪽에 만들어진 커다란 누대 위에서 세워져 있었다.

어른이 팔을 벌려야 양쪽에 닿을 만큼 커다란 북은 누번족의 상징과 같았다.

오랜 세월 이 북이 울릴 때마다 누번족은 격변의 시간을 겪었다.

타 부족과의 전쟁, 족장의 죽음과 새로운 족장의 탄생 등. 이 북은 누번족의 존망에 큰 영향을 미치는 일이 있을 때마다 울렸다.

그런데 그 북이 아침부터 울리고 있었다.

북소리에 눈뜬 누번족 사람들이 하나둘 북이 울리고 있는 마을 중앙 건물로 모여들기 시작했다.

그런 그들의 눈에 특이한 풍경이 들어왔다.

북이 울리는 누대 아래, 밤사이 거대한 물웅덩이가 만들어져 있었고, 그 안에 굵은 통나무를 엮어 만든 옥이 들어가 있었다.

부족민들은 이 모습이 어디선가 본 듯한 광경임을 떠올렸다. 그리고 그 기억을 떠올리는 순간, 누번족 사람들의 얼굴이 딱딱하게 굳었다.

이궐이 전대 부족장 테긴에게 반란을 일으켜 권력을 잡은 후 가장 먼저 한 일이 전 부족장 테긴을 마을 동남쪽 물웅덩이 옥에 가둔 것이었다.

그런데 그와 같은 옥이 족장의 거처 앞에 만들어져 있었다. 그건 한 가지 불길한 생각을 떠올리게 만들었다.

테긴의 처형!

전 부족장 테긴을 처형하는 것이 아니라면 굳이 마을 외곽에 있던 이 뇌옥을 밤사이 이 자리로 옮겨 올 이유가 없었다.

그런데 그렇게 생각하면 또 이해되지 않는 것이 있었다.

이궐은 말했었다.

자신이 주도하는 큰 일이 성사되어 누번족이 서흑도 전체를 차지할 수 있게 되면 큰 잔치를 열고 그 자리에서 테긴을 처형할 거라고.

그런데 누번족은 아직 서흑도 전체를 장악하지도 않았고, 지난밤 잔치를 열지도 않았다.

그렇다면 분명 갑작스럽게 테긴을 처형할 일이 생겼다는 의미다.

그 일이 무엇인지 모르는 누번족 사람들은 두려울 수밖에 없었다.

이궐이 테긴을 앞서 처형할 정도면 그가 다시 무서운 피바람을 일으킬 가능성이 크기 때문이었다.

그런데 어느 순간부터 갑자기 마을 사람들이 술렁이기 시작했다. 그 술렁임은 곧이어 놀람으로, 그리고 다시 경악과 강한 의문으로 이어졌다.

"테긴… 님이 아니야."

"아무래도 저건… 이궐 부족장님 같은데……."

처음에는 옥에 갇힌 사람이 당연히 테긴일 거라고 생각했던 부족민들은 아침이 밝아오고 태양이 웅덩이 속 옥을 비추기 시작할 때쯤이 웅덩이 속 인물에 대해 의심을 갖기 시작했다.

얼굴 전체가 진흙으로 범벅이 된 채 갇혀 있는 사람이 테긴이 아니라 부족장 이궐임을 알아챘기 시작했던 것이다.

"어… 어떻게 된 거지?"

"대체 지난밤에 무슨 일이 일어난 거야?"

놀란 사람들은 당황한 얼굴로 서로를 보며 물었다.

그러나 누구도 지난 밤 마을에 무슨 일이 벌어졌는지 알지 못했다.

그렇게 수백 명의 누번족 사람들이 술렁이고 있을 때 다시 북이 울렸다.

둥둥둥!

"족장님께서 나오신다!"

북이 세 번 울리고 나서 누대와 연결된 건물 안쪽에서 커다란 목소리가 흘러나왔다.

사람들의 시선이 당연하게 누대 쪽으로 향했다.

그러자 백발에 마른 몸을 한 초로의 인물이 누대 위로 걸어 나왔다.

"테긴 님!"

"아… 테긴 님이시다!"

누번족 사람들이 저마다 탄성을 자아냈다. 테긴의 등장은 이궐이 하룻밤 사이에 생긴 물웅덩이 속 옥에 갇혀 있는 것만큼이나 충격적인 것이었다.

하지만 지혜로운 사람들은 이미 지난밤 무슨 일이 있었는지 예측하고 있었다. 테긴이 아니라면 누구도 이궐을 하룻밤 사이에 옥에 가둘 사람이 없기 때문이었다.

사람들의 놀람 속에서 테긴이 누대 끝 난간에 자리를 잡고 섰다.

테긴은 야윈 몸이지만, 일단 누대에 오르자 그 누구보다 강렬한 기운을 내뿜었다. 그 모습은 과거 그가 이궐의 반란 이전에 누번족을 이끌던 때와 다를 바가 없었다.

"테긴 님!"

"테긴 님!"

누번족 사람들이 금세 지난 밤 어떤 일이 일어났는지 깨닫고 땅에 무릎을 꿇으며 테긴이 이름을 외쳤다.

본래부터 강자존의 생활 방식이 자리를 잡은 누번족이다. 이궐이 몰락했다면 그에 대한 충성을 고집할 사람은 없었다.

더군다나 이궐은 족장이 된 후 누번족 사람들은 이궐에게 노예처럼 억압받고 있었다.

재물을 빼앗기는 것은 보통이고, 가끔은 부인과 딸들까지 강제로 겁간을 당하는 상황이었다.

아무리 누번족이 강자를 숭상하는 부족이라도 타인의 아내와 딸을 빼앗는 일은 과거에는 없던 일이었다.

그런데 이궐과 그 수하들은 그런 행동을 서슴지 않고 해댔다.

자연스럽게 과거의 부족장 테긴을 그리워하는 정서가 누번족 사이에 형성되고 있는 상황이었다.

이럴 때 다시 권력을 잡은 테긴을 부정할 사람은 누번족에 없었다.

"모두 들어라!"

테긴이 자신을 향해 복종의 자세를 취하는 누번족 사람들을 보며 입을 열었다.

그러자 누번족 사람들이 무릎을 꿇은 채 테긴을 바라봤다.

"이궐의 반역은 끝났다. 나 테긴이 다시 누번족을 다스린다. 반대하는 자는 일어서라!"

테긴의 선언에 누번족 사람들 중 누구도 자리에서 일어나지 않고 테긴에 대한 복종심을 드러냈다.

"누번에는 법이 있다. 칼에는 칼로! 죽음에는 죽음으로! 이 법은 다시 지켜질 것이다. 이궐의 반역에 동조했던 자들 중 부족민을 죽인 자는 죽는다. 부족민의 재산을 갈취한 자는 자신의 모든 재산을 내놓는다. 부족민을 폭행한 자는 맞은 자에게 두 배의 매를 맞고 옥에 갇혀 죗값을 치를 것이다. 동의하는가?"

"예, 테긴 님!"

"물론입니다!"

그간 이궐의 수하들에게 억압당했던 부족민이 일제히 대답했다.

"오늘 하루! 과거를 청산한다. 우발! 사잠! 이탄!"

테긴이 세 사람의 이름을 불렀다.

그러자 그와 함께 어제까지 마을 남쪽 물웅덩이 옥에 갇혀 있던 세 전사가 앞으로 나왔다.

"명한다. 우발은 죽을죄를 지은 자를 벌한다. 사잠은 재물을 빼앗은 자들을 벌한다. 이탄은 형제들을 폭행한 자를 벌한다!

반항하는 자는 모두 죽여라!"

테긴이 세 전사에게 냉정하게 명을 내렸다.

"예, 족장님!"

세 전사가 고개를 숙이며 대답했다.

그러자 테긴이 다시 누대 아래 모여 있는 누번족 사람들을 보며 말했다.

"하루 동안 이궐의 죄를 씻어낸 이후 내일부터는 누구도 과거의 일을 거론치 말라. 내일부터는 새로운 누번족의 역사가 시작될 것이다. 알겠느냐?"

"예, 테긴 님!"

누번족 사람들이 일제히 대답했다.

"좋아. 그럼 지금부터 반란의 흔적을 씻어내라."

테긴이 냉혹하게 명을 내리고 누대를 벗어나 건물 안으로 들어갔다.

"참… 무서운 사람이었군요."

무한이 하루 동안 벌어지는 복수의 현장을 바라보며 중얼거렸다.

반격을 통해 이궐의 반란을 진압하고 다시 누번족의 족장이 된 테긴의 복수는 철저했다. 단 하루 만에 서른 명 가까운 사람이 죽었다.

죽은 자들은 모두 이궐의 반란에 동조했고, 이궐의 통치 기간 동안 족 내 사람들을 죽인 자들이었다.

테긴은 동족을 죽인 자들에게는 죽음으로 그 빚을 돌려줬다.

사방에서 사람들에게 끌려 나와 매질을 당하는 자들도 여럿 있었다. 그리고 일부는 아예 자신이 살던 집에서 쫓겨 나왔다.

그 모든 것이 하루 동안 이뤄졌다. 그 하루 동안 누번족 마을은 전쟁을 치르는 전쟁터처럼 처참했다.

보는 사람으로 하여금 눈살을 찌푸리지 않을 수 없게 만드는 광경이었다.

"크든 작든 한 지역의 지배자가 된다는 것은 누구나 냉혹한 면을 가지고 있다는 의미지."

사비옥이 말했다.

"용서라는 게 없어요."

무한이 다시 중얼거렸다.

"하지만 누번족에게는 아주 자연스럽게 보이는데? 아무도 이 일을 반대하지 않잖아? 그게 단순히 테긴 족장을 두려워해서라기보다는 마치 그들이 당연히 해야 할 일을 하는 것처럼."

왕도문이 말했다.

"그게 이들의 전통인가 보지. 테긴 족장의 말처럼 죽음은 죽음으로, 피는 피로써 갚아주는 게."

하연이 씁쓸한 표정으로 중얼거렸다.

무한 일행은 테긴의 배려로 마을 중앙에 위치한 족장의 거처에 머물고 있었다.

족장 거처는 족장이 머무는 곳일 뿐 아니라, 마을의 대소사를 논의하는 곳이기도 하고, 외부에서 온 귀한 손님을 위한 숙소로도 사용하는 모양이었다.

그럼에도 족장의 거주지는 그 모든 것을 감당해 낼 만큼 충분한 규모를 자랑했다.

"오늘이 지나면 과거를 씻어낸다고 했으니 내일은 좀 달라지겠지."

소독이 말했다.

평소 독심으로 유명한 소독이지만, 그조차도 오늘 벌어지는 이 살육과 폭력의 현장은 바라보기 힘든 모양이었다.

"후우… 이제 해가 지고 있으니 곧 끝나겠네."

왕도문이 중얼거렸다.

그의 말처럼 밀림 서쪽으로 붉은 석양이 드리워지고 있었다.

그런데 그때 갑자기 누대 위에서 다시 북이 울렸다.

둥둥둥둥!

"또 무슨 일이지?"

하연이 고개를 창밖으로 내밀고 중얼거렸다. 왠지 모르게 이 북소리를 들으면 두려운 마음이 드는 하연이었다.

"사람들이 모이고 있어요."

무한이 마을 외곽으로부터 사람들이 모여드는 것을 보며 말했다.

"정말 끝내려는가 보네. 해가 지는 것을 기점으로."

왕도문이 말했다.

그러자 노련한 전사 송각이 뒤늦게 입을 열었다.

"아마도 그를 죽이는 것으로 끝낼 것이다."

"그라면… 이궐 말입니까?"

왕도문이 되물었다.

그러자 송각이 대답 없이 고개를 끄떡였다.

"송 전사님의 말이 맞는 것 같아요. 그를 죽일 건가 봐요."

무한이 긴장한 표정으로 말했다.

그러자 사람들이 모두 무한이 서 있는 창가로 다가왔다.

둥둥둥둥!

북소리에서마저 살기가 느껴졌다. 마을 중앙 건물 앞으로 모여든 사람들 눈에 핏발이 서 있었다.

그 살기의 기운은 누대 위에 나타난 부족장 테긴이 손을 들어 북을 멈출 때까지 이어졌다.

테긴의 신호에 북이 멈추자 갑자기 마을에 적막이 찾아왔다. 고요는 사람들의 살기마저도 누그러뜨렸다.

석양이 테긴의 얼굴을 붉게 물들였다. 그래서 오직 그의 얼굴만이 오늘 하루 낮 동안 벌어진 핏빛 기억을 떠올리게 만들고 있었다.

"슬픈 날이다."

테긴이 입을 열었다.

그의 말에 우울함이 묻어났다. 테긴은 굳이 그의 감정을 숨기지 않았다.

"우리 손으로 우리의 형제를 베고 때렸다. 누번족의 역사에 치욕으로 기록될 날일 것이다."

테긴의 말에 오늘 하루 마음껏 분풀이를 해댄 사람들의 얼굴에 얼핏 자괴감이 떠올랐다.

"하지만 꼭 필요한 일이기도 했다. 과거를 묻지 않고 살아간다면 그 과거가 반복된다. 오늘 우릴 배신한 형제들을 벌주지 않는다면 내일 다른 형제들이 우릴 배신할 것이다. 그러니 오늘의 일을 부끄러워하지 말라. 모든 것은 누번족의 생존을 위한 일이니까. 그런 의미에서 이 일의 원흉을 내 손으로 죽이는 것으로 최근 누번족에 불어닥친 이 불행을 끝내겠다. 끌어내라!"

테긴의 명에 몇몇 전사들이 웅덩이 속으로 들어가 옥문을 열고 이궐을 끌어냈다.

쿵!

이궐을 누대 위로 끌고 올라온 전사들이 테긴 앞에 이궐을 던져 버렸다.

"크으……."

이궐이 짐승의 눈을 하고 테긴을 노려봤다.

그 순간 전사 우발의 주먹이 그의 얼굴로 날아갔다.

퍽!

"억!"

비명과 함께 이궐의 얼굴이 순식간에 피로 물들었다.

"버러지 같은 놈! 퉤!"

우발이 피범벅이 된 이궐의 얼굴에 침을 뱉고 물러났다. 그러자 테긴이 무거운 검을 들고 이궐 앞으로 다가왔다.

"빨리 끝내주마! 나도 오늘은 피곤하구나!"

테긴이 검을 들어 올리며 말했다.

순간 이궐의 눈에 간절함이 떠올랐다. 그리고 그가 무슨 말인가를 급히 내뱉으려 했다.

하지만 테긴의 검은 미처 이궐이 말을 할 기회를 주지 않고 허공을 갈랐다.

쿵!

"악!"

단번에 목이 잘린 테긴의 머리가 누대 아래로 떨어지자 누대 아래 있던 여인 중 몇몇이 비명을 질렀다.

이궐이 말 한마디, 비명 한 번 지르지 못하고 죽어버린 것이다.

"시신은 밀림에 버려라. 짐승의 먹이가 되어 세상에 마지막 도움이 되게 하라."

테긴이 섬뜩한 명을 내렸다.

"옛, 족장님!"

전사들이 일제히 대답했다.

그러자 테긴이 누대 아래 모인 부족민들을 보며 다시 말했다.

"해가 졌다. 하루가 끝나듯 복수도 끝났다. 누번족의 법이 말한다. 복수의 날이 끝나면 과거를 거론치 않는다. 이제 다신 이궐의 반란을 입에 올리지 말라!"

말을 끝낸 테긴이 머뭇거림 없이 몸을 돌려 누대 안쪽 건물로 사라졌다.

*　　　*　　　*

밀림 속, 처절한 피와 폭력의 향연이 펼쳐졌던 작은 마을에 고요가 찾아왔다.

누군가는 그것을 평화라고 말하겠지만, 무한은 그 고요 속에서 슬픔을 느꼈다.

복수의 흥분에 빠져 있던 사람들은 그 고요 속에서 자신들이 지난 낮에 했던 일들에 슬픔을 느끼고 있었다.

누구도 집 밖으로 나와 떠들지 않았고, 술 한잔 마시는 사람도 없었다.

그들은 마치 자신들이 하루 낮 동안 죽인 자들을 추모라도 하듯 각자의 집에서 조용히 그날 밤을 맞이했다.

하지만 그런 그들과 달리 부족장 테긴은 여전히 바쁘게 움직였다.

그는 이궐의 목을 베는 것 말고도 그가 자신과 자신의 부족민들에게 일어난 일을 제대로 마무리하기에는 아직 해야 할 일이 많다는 것을 알고 있었다.

그리고 어쩌면 부족의 안전을 지키기 위해 그는 이궐보다 훨씬 강한 자들과 싸워야 할 수도 있었다. 그건 부족의 존망과도 연결된 일이었다.

다행인 것은 그 위험을 헤쳐 나가는 데 도움을 줄 수 있는 사람들이 그의 마을에 머물고 있다는 것이었다.

그래서 그는 밤이 깊었음에도 불구하고 묵룡대선의 전사들을 찾아왔다.

대범한 테긴이지만, 하루 동안 벌어진 폭력적인 복수의 후유증이 아주 없을 수는 없었다.

그의 표정에서 느껴지는 이 공허감이 깊은 슬픔에서 비롯된다는 것을 무한은 당연히 알고 있었다.

만약 그에게 상대해야 할 적이 더 남아 있지 않았다면, 그는 아마도 자신의 방에 들어가 문을 걸어 잠그고 며칠 동안 밖으로 나오지 않았을 수도 있었다.

그리고 그가 방에서 나왔을 때, 그는 지금보다 훨씬 늙은 사람이 되어서 부족장의 지위를 젊은 전사들 중 누군가에게 넘겼을 수도 있었다.

그러나 지금 그에게는 상대해야 할 적이 있었다. 그것이 그를 여전히 강한 부족장으로 남아 있게 만드는 원동력일 것이다.

"소란스러운 하루 잘 참아주셨소이다."

독사검광 서군문과 마주 앉은 테긴이 가볍게 고개를 숙이며 입을 열었다.

"고생하셨소. 피곤할 텐데 내일 오시지 않고……."

서군문이 위로하듯 말했다.

"후우… 그렇지 않아도 기력이 조금 달리는 듯하오. 아무래도 이번 일이 끝나면 다른 사람에게 족장의 자리를 넘겨줘야 할 것 같소. 아마도 그래서 이궐이 반란을 일으켰는지도 모르겠소. 기다림에 지쳐서……."

테긴이 씁쓸하게 말했다.

"무슨 말씀을. 누번족에 족장님과 같은 사람이 있다는 것은 부족민들에게 큰 행운일 것이오. 족장님이 아니라면 누번족은 오래 지나지 않아 이 땅에서 사라졌을 것이오."

서군문이 단호하게 말했다.

"알고 있소. 십이귀선의 해적들이 어떤 자들인지. 그들에게 누번족은 짐승처럼 다룰 노예일 뿐이라는 것도. 아무튼 그래서 이제 내가 뭘 어떻게 하면 되겠소?"

테긴이 물었다.

반역을 일으킨 이궐과 그 일당을 처리하는 것이야 부족 내의 문제이니 그가 알아서 할 수 있지만, 십이귀선의 해적들을 상대하는 일은 그에게 벅찬 일이었다.

그리고 당연히 이제부터 주도권은 서군문에게 있었다. 테긴이 할 수 있는 일은 그런 서군문을 돕는 일이었다.

"그들과 싸울 수 있겠소?"

서군문이 물었다. 묻지 않을 수 없는 질문이다. 십이귀선과 같은 강적과 싸우는 것은 누번족의 존망을 걸 수밖에 없는 일이기 때문이었다.

묵룡대선의 전사들이 없다면 감히 생각조차 할 수 없는 일인 것이다.

"어차피 싸울 수밖에 없지 않겠소? 그들의 사람이 우리 마을에서 죽어나갔으니……."

"살아서 이곳을 벗어난 해적들은 없소. 그건 이곳에서 일어난 일을 우리 묵룡대선의 몫으로 돌릴 수 있다는 뜻이오. 그렇게 되면 누번족은 오늘 일의 책임을 회피할 수 있소."

서군문이 침착하게 말했다.

그러자 테긴이 고개를 저었다.

"해적들이란, 특히 십이귀선의 해적들에게는 그런 변명이 통하지 않을 것이오. 일이 일어난 것이 이 마을이고, 죽은 자들은 그들의 동료와 그들에게 협력했던 이궐이니까."

테긴의 말에 서군문이 가만히 고개를 끄떡였다.

"하긴 누번족이 물러설 수 없는 길에 들어선 것은 맞는 것 같소."

누번족 마을에서 자신들이 동료가 죽은 것을 안다면, 십이귀선의 해적들은 누번족의 책임이 있든 없든 이 마을을 쑥대밭으로 만들 것이다.

아무런 연고도 없는 사람들을 공격해 그 재물을 빼앗고 사람을 죽이는 자들이 해적들이다. 그런 자들이 동료가 죽어나간 마을을 그대로 둘 리 없었다.

"기왕에 싸워야 할 것이라면 끝을 봐야 하오. 부족의 생존을 위해서라도. 부탁드리겠소. 이 싸움, 끝까지 맡아주시길……."

테긴의 표정에서 간절함이 묻어났다. 그 자신의 죽음에는 초연할 수 있지만 부족의 존망이 걸린 문제에서는 결코 태연할 수 없는 테긴이었다.

"물론이오. 묵룡대선은 결코 시작한 싸움을 허투루 끝내지 않소. 앞일을 장담한다는 것은 오만한 일이지만, 한 가지는 약속하오. 묵룡대선은 끝까지 누번족 옆에 있을 것이오."

"그 말씀으로 충분하오. 그렇다면 우리 누번족도 최후의 한 사람까지 십이귀선의 해적들과 싸울 것이오."

테긴이 투지를 드러내며 말했다.

"좋소. 그럼 오늘은 쉬시고, 내일 와사불, 그자의 입을 여는 것으로 이 싸움을 시작해 봅시다."

서군문이 말하자 테긴이 자리에서 일어나 새삼스럽게 서군문에게 정중하게 고개를 숙이며 말했다.

"다시 한번 누번족의 일을 도와주신 것에 감사드리오. 더불어 십이귀선과의 싸움 역시 잘 부탁드리겠소. 이 일은 결국 누번족의 존망과 이어지는 일이니… 나로서는 묵룡대선의 전사님들을 의지할 수밖에 없소이다."

테긴의 말에서 간절함이 묻어났다.

그러자 서군문이 역시 고개를 약간 숙이며 대답했다.

"나 역시 잘 부탁드리오. 함께 십이귀선의 해적들을 물리쳐 봅시다."

사람의 기분을 바꾸는 데는 의외로 아주 평범한 것들이 큰 역할을 하곤 한다. 특히 시간이 그렇다. 다만 사람들이 그 사실을 모르고 지나칠 뿐.

하룻밤이 지나고 어둠을 밀어내며 태양이 떠오르자 누번족 마을의 분위기도 사뭇 달라졌다.

광기에 서린 야수처럼 복수를 위해 광분하던 어제의 일이 아주 먼 옛날, 그들이 태어나기도 전에 있었던 일처럼 느껴졌다.

지난밤 그들은 조용히 그날 낮에 있었던 폭력의 흔적을 지웠다. 그래서인지 아침 햇살이 내리쬐는 누번족 마을은 깨끗했고 평온했다.

폭풍이 지나간 후의 허무감이 약간은 남아 있는 듯 보였지만, 사람들은 애써 웃음을 지었고, 폭행의 후유증으로 남은 상처들을 치유해 나갔다.

그러나 그들도 알고 있었다. 모든 것이 끝난 것이 아니라 새로운 무엇인가가 다시 시작되고 있다는 것을. 그리고 그 일에 그들 부족의 운명이 걸려 있다는 것을.

그 일은 마을 외곽 사악한 손님들이 머물던 건물에서 시작되고 있었다.

"끄윽!"

공포의 해적단, 십이귀선의 우두머리 중 한 명인 와사불의 입에서 견딜 수 없는 고통의 신음 소리가 흘러나왔다.

그럼에도 그는 아무 말도 할 수 없었고, 어떤 반발도 할 수 없었다.

그의 입에는 재갈이 물려 있었고, 그의 손발은 나무 의자에 단단히 묶여 있기 때문이었다.

무한과 젊은 묵룡대선 전사들은 처음에는 잠깐 실내에 머물렀지만, 누번족의 족장 테긴이 손을 쓰기 시작한 지 채 일각도 되지 않아 슬며시 밖으로 도망쳤다.

와사불을 다루는 테긴의 손속이 그만큼 잔혹했기 때문이었다.

테긴은 마치 처음부터 와사불에게서 어떤 말도 듣고 싶지 않은 사람처럼 그의 입을 막고 고문을 가했다.

입을 막고 고문을 시작한 것은 와사불에게 주는 경고였다.

어떤 말도 하지 않아도 좋다. 하지만 난 오늘 네가 우리 부족에 가져온 불행의 대가는 모두 받아낼 것이다. 네가 입을 여는 것은 충분한 고통 후에 빠른 죽음을 간청하기 위해서일 것이다.

테긴의 그런 독심은 그의 손끝에 그대로 드러났다.

와사불은 순식간에 피투성이가 되었다. 뼈가 부러지고, 근육

이 갈라져 나갔다. 그럼에도 불구하고 테긴은 표정 한 번 변하지 않고 와사불을 고문했다.

그런 테긴에게서 묵룡대선의 전사들은 악마의 모습을 보는 것 같았다.

어제 배신했던 부족민을 벌할 때와는 전혀 다른 모습이다. 그때의 우울함과 슬픔은 찾아볼 수 없었다.

그대로 두면 와사불을 수천 조각으로 난도질할 것 같은 테긴이었다.

그럼에도 그를 막을 사람이 없었다. 그의 눈에서 흘러나오는 차가운 복수심, 그리고 담담하게 닫힌 입에서 느껴지는 오히려 강렬한 의지. 그런 그의 표정을 보고 그에게 그만하라고 만류할 사람이 없었던 것이다.

하지만 단 한 사람, 독사검왕 서군문은 달랐다. 장내에서 오직 서군문만이 테긴의 고문을 중지시킬 수 있는 유일한 사람이었다.

"그쯤 하시고, 일단 그의 말을 들어봅시다."

차가운 이성을 가진 채 가해지는 복수의 처절함이 흥분한 자의 그것보다 더 두렵고 잔혹하다는 것을 두 눈으로 보고 있던 서군문이 어느 순간 테긴을 만류했다.

그러자 테긴이 손을 멈추고 옆에 놓인 수건으로 손을 닦으며 말했다.

"사실 이자에게서 들어야 할 말이 있는지 모르겠소. 이 섬에 있는 이자들 동료들의 거처는 우리 부족의 힘으로 이틀 안에 찾아낼 수 있소. 그곳을 급습해 그자들을 제압하면 필요한 말은 그들에게서 들을 수도 있을 것이오."

테긴의 말이 얼마나 공포스러운 것인지 알고 있는 와사불이 그 순간 부르르 몸을 떨었다.

테긴의 말은 자신에게 어떤 말도 듣지 않고 숨이 끊어질 때까지 지금의 고통을 주겠다는 말과 같기 때문이었다.

더 무서운 것은 이런 식의 고문으로는 자신의 목숨이 쉽게 끊어지지도 않는다는 것이었다.

그리고 최악의 경우 자신을 죽지 않게끔 치료를 하면서 고문을 이어갈 수도 있었다.

사실 그런 방식의 고문은 십이귀선에서도 종종 행해지는 것이었다.

"그래도 십이귀장이니 좀 더 특별한 것을 알고 있지 않겠소? 섬 내에 머물고 있는 해적들 중 십이귀장이 더 있을지는 확신할 수 없으니."

서군문이 말했다.

그러자 테긴이 손을 닦던 수건을 한쪽에 던지며 말했다.

"그건 그렇구려. 그럼 일단 말부터 들어봅시다."

슥!

테긴이 와사불을 향해 손을 내밀었다.

그러자 와사불이 몸을 흠칫했다.

"겁을 먹은 거냐? 십이귀장이나 되는 자가… 겨우 이 정도로. 걱정 마라. 네 말을 듣자는 거니까."

테긴이 비웃으며 와사불의 입에 물려 있던 재갈을 풀었다.

"후우욱 후욱."

와사불의 입에서 거친 숨소리가 흘러나왔다.

그는 호흡을 통해 뛰는 심장을 진정시키고, 고통을 약화시키려는 듯 보였다. 그나마 노련한 무공 고수이기에 가능한 모습이다.

그렇게 숨을 고르고 있는 와사불에게 테긴이 물었다.

"서흑도에 너와 같은 십이귀장이 또 들어왔느냐?"

테긴의 물음에 와사불이 고개를 저었다.

"아니, 이 섬에 들어온 것은 나 하나다."

"정말?"

너무 뻔한 대답이라서 의심이 생긴 테긴이 다시 물었다.

그러자 와사불이 얼른 고개를 끄떡였다.

"이 와중에 왜 거짓말을 하겠느냐?"

와사불이 고개를 들어 테긴을 보며 말했다. 마치 자신의 진심을 증명하려는 듯.

그런데 그 순간 지켜보던 서군문이 입을 열었다.

"좀 더 고생을 해야 할 것 같소."

"그게… 무슨 소리냐?"

와사불이 두려운 표정으로 물었다.

그러자 서군문이 말했다.

"묵룡대선을 상대로 만든 함정이다. 그 일을… 설마 너 혼자서? 우스운 일이지. 묵룡대선에 대한 모독이고. 십이귀장 모두가 와도 어려운 일인데. 아직 버틸 힘이 남은 것 같소."

서군문이 테긴을 보며 말하자 테긴이 말없이 고개를 끄덕이고는 와사불이 다른 말을 뱉기도 전에 그의 입에 다시 재갈을 물렸다.

그리고 다시 끔직한 고문의 시간이 이어졌다.

"흐흐흐흐!"

울음인지 웃음인지 모를 소리를 재갈이 물린 와사불이 토해냈다.

그의 몸은 말 그대로 만신창이가 되어 있었다. 그럼에도 불구하고 테긴은 더 할 것이 남은 사람처럼 다른 칼을 집어 들고 있었다. 이미 세 자루째 칼을 바꾸고 있는 테긴이었다.

"거죽은 끝냈으니 이젠 뼈를 좀 손봐주겠다. 그 이후에는 내장이 될 테고. 꽤 오래 걸릴 거다. 설마 지친 것은 아니겠지?"

테긴이 와사불에게 물었다.

"으으으!"

와사불이 사납게 고개를 저었다.

"그 말은 그만하라는 거냐?"

테긴이 다시 물었다.

그러자 와사불이 얼른 고개를 끄떡였다.

"한 번 더 기회를 주시겠소? 본래 이런 자들의 약속은 믿을 것이 못 되지만."

테긴이 서군문에게 물었다.

그러자 서군문이 대답했다.

"그럽시다. 믿을 만하면 얼마간 살려둡시다. 혹시라도 나중에라도 거짓임이 밝혀지면 그 대가를 치러줘야 하니까."

"그렇구려. 그것도 한 방법이구려. 들었느냐? 말하는 내용 중에 거짓말이 섞여 있음이 나중에라도 드러나면 널 살려두었다가 다시 지옥을 맛보여줄 것이다. 그러니까… 잘 생각하거라. 다 널 위해서 하는 충고니까."

테긴이 진심으로 와사불을 위해 충고를 하는 듯 말했다.

"으으으!"

와사불이 얼른 고개를 끄떡였다.

더 이상 비명 소리가 들리지 않았다.

그래서 오히려 마음이 놓이는 묵룡대선의 전사들이었다.

얼마 전까지 십이귀선의 해적들이 사용하던 건물 밖에서 무한과 묵룡대선의 전사들은 건물 안에서 끊이지 않고 들려오던 신음 소리에 지쳐가고 있었다.

정확하게는 그들의 몸이 아니라 마음이 지쳐가고 있었다.

입에 재갈을 물려 신음 소리가 크지는 않았지만, 그 나직한 신음 소리에 내포된 고통과 공포의 기운은 오히려 커다란 비명 소리보다 더 강렬하게 느껴졌었다.

그런데 그 끝날 것 같지 않은 신음 소리가 더 이상 들려오지 않는 것이다.

"죽은 걸까?"

왕도문이 중얼거렸다.

"살았어요."

무한이 나직하게 대답했다.

"그래? 그런데 네가 그걸 어떻게 알아? 본 것도 아니면서?"

왕도문이 의아한 표정으로 물었다.

"안에서 하는 이야기 안 들려요?"

"무슨……?"

왕도문이 뜨악한 표정으로 물었다.

그러자 무한이 고개를 저으며 말했다.

"사형은 가끔 너무 둔한 것 같아요. 신경 써서 들어보세요. 그가 뭔가를 말하고 있잖아요."

무한의 타박에 왕도문이 뾰쭘한 표정으로 건물 안에서 들려오는 소리에 귀를 기울였다. 그러다가 이내 고개를 끄떡였다.

"들리네. 뭔 말을 중얼거리긴 하는 것 같다. 그런데 신경 써서 듣지 않으면 누가 말하는 건지 알기 어려운데……."

왕도문이 무한을 빤히 바라보며 말했다.

"또 무슨 말을 하시려고요?"

"아니, 뭐… 발만 빨라진 게 아니라 귀도 밝아진 것 같아서."

"제가 귀가 밝은 게 아니라 사형이 둔감한 거라니까요."

"흐흠… 정말 그러냐? 나만 못 들었던 거야?"

왕도문이 곁에 있는 다른 동료들을 보며 물었다.

그러자 사비옥이 말했다.

"칸의 귀가 밝은 것도 맞고, 네가 둔감한 것도 맞아. 나도 그가 살아 있다는 것 정도는 알고 있었으니까."

"그래? 제길 그럼 내가 정말 둔한 모양이군."

왕도문이 투덜거렸다.

"그러게 작작 좀 처먹어라. 귀에도 살이 찌니 소리가 제대로 들리지 않지."

하연이 버릇처럼 누번족에게서 얻은 육포를 씹고 있는 왕도문을 타박했다.

"젠장 귀에 살이 찌다니. 난 건장한 거지, 살이 찐 게 아니야."

왕도문이 반박했다.

"지나가는 누번족 아이들을 붙들고 물어봐라. 살이 찐 게 아닌지."

하연이 말씨름하기 싫다는 듯 그 말을 하고 고개를 돌렸다.

그러자 왕도문이 떨떠름한 표정을 짓다가 무한에게 속삭이듯 물었다.

"칸, 내가 정말 그렇게 살이 쪄 보이냐?"

"조금요."

무한이 손가락 두 개로 작은 틈을 만들어 보이며 말했다.

"뭐? 정말 그렇단 말이야?"

왕도문이 무한의 대답에 놀란 표정으로 자신의 볼과 귀를 매만졌다. 그런데 그때 무한이 급히 입을 열었다.

"검왕님이 나오세요. 이야기가 끝난 모양이에요."

무한의 말에 묵룡대선의 전사들이 일제히 문 쪽으로 시선을 돌렸다. 그러자 정말 독사검왕 서군문이 문을 열고 밖으로 걸어 나왔다.

제10장

바다, 해전의 바람이 불어오다.

—칸! 이 일의 성패는 네 발에 달렸다고 해도 과언이 아니다. 놈들이 이곳에서 일이 잘못되었다는 것을 알아차리기 전에 묵룡이선에 소식을 전해야 한다. 네 빠름에 기대를 걸어보마.

와사불을 취조하고 나온 독사검왕 서군문은 무한에게 누번족 마을에서 서흑도 동남방으로 흘러 바다로 흘러들어 가는 강, 이 섬의 원주족들이 돈강이라 부르는 강을 따라 달릴 것을 명했다.

만약 무한이 제때에 묵룡이선에 이르지 못하면 두 가지 상황이 벌어질 수 있었다.

첫째는 일이 틀어진 것을 안 십이귀선의 해적들이 대양으로 도주할 가능성, 다른 하나는 섬으로 모든 전력을 끌고 들어와 반격하는 것이었다.

어느 쪽이든 묵룡이선이 지금의 상황을 모르고 있다면 대처하기 어려운 일이다.

반대로 묵룡이선에 와사불이 실토한 내용을 전한다면 계획대로 서흑도 해안 숲에 숨어 있는 세 척의 십이귀선과 서흑도 깊은 밀림 속 은거지에 모여 있는 오십여 명의 해적들을 전멸시킬 수도 있었다.

그래서 시간이 중요했다.

서흑도에 들어와 있는 십이귀선의 해적들이 누번족에게서 와사불이 사로잡힌 것을 알아채기 전에 서흑도 동남쪽으로 이동해 있을 묵룡이선이 그들과 싸움을 시작해야 하는 것이다.

서군문은 그 일을 무한에게 맡겼다.

그리고 그의 결정에 누구도 이의를 달지 않았다. 이제 묵룡대선의 전사들은 무한이 그들 중 가장 빠른 발을 가졌다는 것을 모두 인정하고 있기 때문이었다.

하연이 같이 갈 것을 제안하기는 했다. 그녀로서는 적에게 발견될 수도 있는 길을 무한 혼자 가는 것이 위험하다고 생각했기 때문이었다.

그러나 무한은 하연의 동행을 거절했다. 그녀가 동행하면 최대한의 속도를 내지 못한다는 이유에서였다.

하연은 그런 무한의 반응에 잠깐 언짢은 기색을 보였지만, 결국 무한의 속도를 자신이 따라갈 수 없다는 것을 인정하고 동행을 포기했다.

그렇게 무한은 명을 받은 즉시 누번족 마을을 떠나 돈강을 따라 바다를 향해 달리기 시작했다.

스스스!

무한의 몸이 바람에 움직이는 빛 그림자처럼 숲 사이를 관통했다. 마치 두 개의 공간을 한순간에 이동하는 것처럼 신비로운 움직임이었다.

누군가 그의 움직임을 보였다면 그가 축지의 술을 쓰는 것이 아닌가 의심할 정도였다.

처음 누번족을 떠날 때는 그나마 사람들이 볼 수 있을 정도의 빠름이었지만, 일단 사람의 시야에서 자유롭게 된 이후부터는 빛의 정원에서 얻은 풍신보를 최대한 끌어올려 질주하고 있는 무한이었다.

무한이 풍신보를 마음껏 발휘한 것은 이번이 처음이었다. 그래서 처음에는 그 자신도 풍신보의 속도에 당황했지만, 시간이 지나 그 빠름에 익숙해지자, 마치 시간과 공간이라는 굴레에서 벗어난 것 같은 자유로움을 느끼게 되었다.

그래서 그 질주가 즐거웠다. 반나절 동안 단 한 번도 쉬지 않고 달릴 정도로.

하지만 사람의 기운이란 영원할 수는 없다. 특히 내공을 사용하는 무인의 경우, 풍신보와 같은 강력한 무공을 사용하게 되면 내공이 급격하게 소모되게 마련이었다.

그럼에도 불구하고 무한이 반나절이나 풍신보를 펼친 것은 무한 자신도 예상치 못했던 일이었다.

그리고 그건 그의 몸속에 잠재한 잠재력들이 자신도 모르는 사이에 점점 그를 괴물로 만들어가고 있다는 의미였다.

"후우!"

무한이 한순간 깊이 숨을 쉬며 걸음을 멈췄다. 어느새 멀리 바다와 합류하는 돈 강 하구가 아스라이 보였다.

보통 사람, 아니, 지리에 익숙한 누번족 전사가 최대한 빨리 달려도 이틀이 걸릴 거리를 무한은 반나절 만에 주파한 것이다.

그쯤에서 무한이 휴식을 취하기로 한 것은 지치기도 했거니와, 지금 당장 묵룡이선으로 가는 것은 그의 무공에 대한 또 다른 논쟁거리를 만들 수 있기 때문이었다.

"좀 쉬고 바다로 나가는 게 좋겠지. 적들의 눈을 피할 수도 있고……."

무한이 강의 하구를 보며 중얼거렸다.

그러다 문득 하늘을 바라봤다. 그러고는 가볍게 한 손을 들어 올렸다.

순간 먼 창공 위에 검은 점 하나가 나타나더니, 무서운 속도로 무한을 향해 떨어져 내리기 시작했다.

마치 매가 사냥감을 향해 떨어져 내리는 모습으로.

카악!

무한을 향해 떨어져 내리던 물체가 무한의 머리 바로 위에서 기괴한 소리를 내며 활짝 날개를 폈다.

풍룡이었다.

"오랜만이다?"

무한이 풍룡을 보며 자신의 어깨를 툭툭 쳤다.

그러자 풍룡이 무한의 어깨에 가볍게 내려앉았다. 하늘에 떠서 날개를 폈을 때는 여우 성체 정도 크기여서 무한의 어깨에 앉기에 너무 큰 듯 보였지만, 날개를 접으면 고양이 크기로 변해서 무한의 어깨에 올라타는데 무리가 없는 풍룡이었다.

"용노께서는 어디 계시지?"

무한이 물었다.

"카르릉!"

무한의 물음에 풍룡이 날카로운 소리를 내 대답했다.

"해안가에? 섬에 들어오셨다고?"

무한이 다시 묻자 풍룡이 머리를 무한의 어깨에 비비는 것으로 대답을 대신했다.

"그럼 만나야겠다. 어차피 시간이 남으니까. 데려갈 수 있지?"

"카룽!"

풍룡이 다시 대답했다.

"좋아. 그럼 가자."

무한의 말에 풍룡이 무한의 어깨 위에서 머리와 발을 움직여 무한에게 길의 방향을 알려주기 시작했다.

"마정(魔井)?"

무한이 물었다.

밀림을 뚫고 빛의 신전 세 문지기 중 한 명인 용노를 만나러 가면서 무한은 그동안 풍룡이 알아낸 것들에 대해 듣고 있었다.

"카륵!"

무한의 물음에 풍룡이 대답했다.

"그곳에 신마성의 본거지가 있단 거지? 그런데 마정이라면… 과거 흑라의 본거지 역시 마정 근처에 있었다고 하던데… 역시 신마성과 흑라는 연관이 있는 건가? 검은 마종 흑라가 흑종의 전인이었다면 더더욱 문제가 심각해지는데……."

무한이 어두운 표정으로 말했다.

흑종이 가지는 의미는 무한에게 무척 중요했다. 왜냐하면 그는 정확하게 절반의 빛의 술사이기 때문이었다.

빛의 술사로서 완전한 힘을 가졌던 마지막 술사 마곡에 의해 천년밀교의 힘은 반으로 갈라져 그 한쪽, 흑종은 그의 둘째 아들인 마현에게 전해졌다.

그리고 무한은 그 흑종이 검은 마종 흑라의 뿌리이지 않을까 의심하고 있었다.

무한에게 이어진 빛의 힘은 마곡의 첫째 아들 마연이 전수받은 밀교의 밝음의 힘, 명종이었다.

그렇게 빛의 힘이 둘로 나뉘어짐으로써 결국 빛의 술사의 역사가 끝나고 말았던 것이다.

그런데 이 시대에 다시 그 두 개의 힘이 세상에 모습을 드러내고 있었다. 우연치고는 놀랍기도 하고, 한편으로는 섬뜩하기도 한 우연이었다.

"세상에 우연히 일어나는 일은 없지. 어쩌면 다시 제대로 된 빛의 역사가 시작되려는 것일지도 모르고. 누가 온전한 천년밀교의 힘을 다시 하나로 모을지는 모르겠지만."

무한이 중얼거렸다.

"카롱!"

무한의 말을 들은 풍룡이 소리를 냈다.

"당연히 나라고? 세상에 당연한 일은 없어. 흑종을 이은 사람이 나보다 더 뛰어날 수도 있잖아?"

무한이 말했다.

"카르릉!"

"삼분지 일? 그렇게 생각해? 흑종의 힘은 빛의 술사의 힘 중 삼분지 일만 나뉜 거라고?"“

"카릉!"

풍룡이 고개를 끄떡이며 무한의 말에 수긍했다.

"왜지? 분명히 힘이 절반씩 나뉘어졌다고 알고 있는데?"

무한은 밀교의 힘이 반으로 나뉘었다고 알고 있었다. 그런데 풍룡은 마곡이 두 아들에게 건네준 빛의 힘이 같지 않다고 말하고 있었다.

"카르릉!"

"그래? 그에게 간 것은 기운일 뿐이라는 거지? 밀교의 법이 아니라?"

"카릉!"

"그럼 좀 다르긴 하네."

무한이 고개를 끄떡였다.

"카르르 카릉!"

"그래서 법을 이은 내가 빛의 술사의 정통이라고……."

"카릉!"

"후후… 꿈보다 해몽이 좋구나. 아무튼 좋아. 그야 어쨌든 결국 하나가 되어야 할 힘이란 건 분명해. 나누어놓았을 때 어떤 일이 벌어지는지 확실하게 알게 되었으니까."

"카르릉!"

"알아알아. 아직 조심해야 할 때라는걸. 그래서 당장 흑종을 찾아 마정에 가지는 않을 거라고 했잖아. 아무튼… 넌 흑종의 기운을 쫓을 수 있으니 기회가 될 때마다 한 번씩 가봐. 정말 신마성주가, 혹은 마정 근처의 다른 누가 흑종의 힘을 가지고 있는지 알아야 하니까."

"카르릉!"

"신마성주일 거라고? 글쎄. 그건 확신할 수 없지. 신마성주는 흑종의 힘을 가진 자가 부리는 꼭두각시일 수도 있으니까. 우리 추측대로 흑라가 흑종의 힘을 가졌던 자라면, 그 전인 역시 흑라처럼 자신의 거처를 떠날 수 없어야 하는 것 아니야? 그런데 신마성주는 파나류 동부까지 나와 활동했으니까. 그것도 꽤 오랫동안."

무한이 풍룡에게 되물었다.

"크르르!"

무한의 물음에 풍룡이 풀이 죽은 소리를 냈다.

"후후, 그렇다고 네 생각이 아주 틀렸다는 건 아냐. 뭐, 조금 다른 전인일 수도 있으니까."

"카룽카룽!"

"그래. 열심히 알아보자. 그나저나 다 온 거니?"

무한이 풍룡에게 물었다.

어느새 두 사람은 돈강 하구에서 이어지는 서흑도 동남쪽 해변에 이르러 있었다.

"아! 심심해. 심심해! 이럴 거면 신전에 남아 있는 대형이 더 나을 수도 있겠어. 이건 뭐 줄곧 혼자서 지내야 하니. 풍룡 이 녀석은 자기 마음 내킬 때만 나타나고. 젠장, 이럴 줄 알았으면 광전사 몇 명을 데리고 오는 건데."

열화산 황벽 안에 있는 깊은 동굴에서 풍룡을 지키고 있던 용노가 모래사장에 누워 투덜대고 있었다.

바다를 향해 자란 나무가 그늘을 만들어 뜨거운 태양으로부터 용노를 가려주었다.

그는 무한으로부터 자신과 가까운 곳에 있으라는 명을 받고 무한이 파나류를 떠나 봄섬으로 갈 때도, 그리고 봄섬을 떠나 이곳 서흑도로 올 때도 작은 배 한 척에 의지해 무한을 따라다니고 있었다.

그런데 그 생활은 상상 이상으로 무료했다.

그래서 지금은 오히려 한열지의 빛의 신전에 남은 사곤이 부러울 정도였다.

황벽에서 그를 도와 풍룡을 지키던 광전사들을 데리고 다니면 이런 무료함을 어느 정도 달랠 수 있었다.

하지만 광전사들에게는 아직 새로운 빛의 술사인 어린 주인의 정체를 밝힐 수 없기에 혼자 일엽편주에 몸을 싣고 무한을 따라다니고 있는 용노였다.

"젠장, 제일 팔자가 좋은 사람은 역시 삼제야. 지금쯤 육주에 가 있겠지? 육주는… 파나류와는 많이 다르다던데. 주루나 기루도 많고… 쩝."

용노가 입맛을 다셨다.

"설마 청정하신 이공께서 기루에 놀러나 다니시겠어요?"

용노가 자신의 처지를 한탄하고 있는데, 갑자기 뒤쪽 숲에서 사람의 목소리가 들려왔다.

"엇?"

용노가 놀란 얼굴로 날렵하게 몸을 일으켰다. 그리고 목소리의 주인을 확인하는 순간 그의 얼굴에 미소가 번졌다.

"술사님!"

용노가 풍룡을 어깨에 올리고 숲에서 걸어 나오는 무한을 발견하고는 그를 향해 달려갔다.

"잘 지내셨어요?"

무한이 오랜만에 보는 용노에게 미소를 지으며 물었다.

"아아, 잘 지내긴 했는데… 그게……."

"무척 심심하시다는 말이죠?"

"들으셨군요?"

용노의 말에 무한이 어깨를 으쓱했다. 그러자 용노가 다시 말했다.

"뭔가 다른 대책을 강구해야 할 것 같습니다."

"다른 대책이라뇨?"

무한이 되물었다.

"이런 식으로 술사님을 따라다니는 것은 안 될 것 같습니다. 이러다가는 제가 미쳐 버릴지도 모르겠어요. 풍룡의 동굴에 있을 때보다 더 지루하니……."

"그럼 어떻게 하고 싶으세요?"

무한이 물었다.

"몇 놈 데리고 다니든지. 아니면 아예 저도 묵룡대선 사람이 되면 어떨까요?"

"용노께서요?"

무한이 놀란 표정으로 물었다.

"뭐… 찾아보면 할 일이 있지 않을까요?"

용노가 물었다.

"그건… 아무래도……."

"안 되겠습니까?"

용노가 사정하듯 물었다.

"그렇게 되면 이 녀석과 연락하기 힘들지 않겠습니까?"

무한이 풍룡을 가리켰다.

"그건… 그렇지만… 에이 참, 어쩔 수가 없구나. 그런데 무슨 일로 이렇게……?"

그제야 용노가 무한이 갑자기 찾아온 이유를 물었다.

"배 좀 빌리려고요."

무한이 가볍게 미소를 지으며 대답했다.

"이것 참, 흥미진진하군요. 저도 좀 도울까요?"

무한이 배를 빌리려는 이유를 들은 용노가 눈을 반짝이며 물었다.

"글쎄요. 도울 일이 딱히……."

"아니, 뭐, 놈들의 동태를 살핀다든지……."

"어차피 와사불이라는 자가 다 실토를 했어요. 세 척의 해적선이 섬 동쪽 해안가 어디에 숨어 있는지, 그리고 육지로 상륙한 해적들이 어디에서 근거지를 두고 있는지 등을요."

"쩝, 그것참… 그 빌어먹을 놈은 왜 조금 더 버티지 못하고 모두 실토를 해가지고……."

자신이 할 일이 없다는 것을 깨달은 용노가 누번족장 테긴에게 모진 고문을 당한 후 서군문에게 모든 것을 실토한 와사불에게 욕설을 해댔다.

"그렇게 아쉬우시면 해적선들의 움직임을 살펴주세요. 이 녀석이 도움을 줄 거예요. 예상과 다르게 움직일 수도 있으니까요."

"그, 그럴까요? 그럼? 그거라도 하는 게 낫겠지요?"

용노가 반색을 하며 물었다.

"그렇게 심심하세요?"

"후우… 술사님도 한번 혼자서 배를 타고 무산해협을 오르내려 보십시오. 미쳐 버릴 지경이니까."

"음… 그럼 이곳의 일이 끝나면 파나류로 가보실래요?"

"신전으로 돌아가라는 뜻입니까?"

"아뇨, 옛 북창으로 가주세요."

"옛 북창? 거긴 신마성이 점령한 곳 아닙니까?"

"그렇죠."

무한이 고개를 끄떡였다.

"거긴 왜……?"

"십이귀선 중 세 척은 이곳에서 함정을 파고 묵룡대선을 공격하려고 하고 있지만, 정작 중요한 십이귀선의 우두머리인 무면귀

호탄은 이곳이 아니라 옛 북창항구로 갔다고 하더군요."
"그자가 거길 왜……?"
용노가 의아한 표정으로 물었다.
"아마도 신마성과 거래를 하려는 것 같아요."
"무슨 거래를……?"
"들어보니까 무면귀 후탄은 이전부터 해적이 아니라 거대한 해상 세력으로 변신하고 싶어 했다고 하더군요. 해신성에 버금가는 세력으로 말이죠. 그래서 흑라에게 복속했던 것인데……."
"독안룡에 의해 그 꿈이 깨졌군요."
용노가 참지 못하고 무한의 말을 중간에 끊었다.
"맞아요. 그래서 특히 더 묵룡대선에 원한이 깊은 것이죠. 어쨌든 그들에게 다시 한번 기회가 온 거죠. 신마성의 등장으로."
"그럼 그자들이 이번에는 신마성에 복속하겠다는 겁니까?"
"그러려는 것 같아요. 조건은 옛 북창을 자신들의 본거지로 넘겨달라는 것이고요."
"하여간 욕심은 개돼지처럼 많아서… 북창이 누구 집 개 이름도 아니고. 북창은 파나류 북동부 최고의 요지 아닙니까? 해적놈들 따위가 감히 욕심낼 수 없는 중요한 곳인데, 그런 곳을 욕심내다니. 참 나……."
"그들도 나름대로 계산이 있는 거죠. 신마성에 쓸 만한 해상 전력이 없으니까."

무한이 하는 말들은 모두 와사불에게서 흘러나온 말들이었다.

십이귀선의 우두머리 무면귀 후탄은 신마성의 등장을 기회로 다시 한번 십이귀선을 제대로 된 해상 세력으로 키우려고 하고 있었다.

마침 옛 북창항이 신마성의 수중에 떨어졌으니 그곳을 기반으로 하면 그들은 금세 파나류 북부 해안을 장악할 수 있을 터였다.

특히 뒤에서 신마성이 도움을 준다면 순식간에 묵룡대선이나 육주의 해신성에 버금가는 해상 세력을 구축할 수 있을 거라 자신하고 있다는 것이었다.

"신마성주가 그 거래를 받아들일까요?"

"그건 잘 모르겠어요. 그가 육주에 욕심을 내는 야심가라면 당연히 그 제안을 받아들이겠지만, 갑자기 마정으로 물러나서… 의도를 잘 모르겠어요. 그래서 파나류의 사정도 살필 겸, 겸사겸사 북창엘 한번 가보시죠?"

무한이 용노에게 다시 한번 권했다.

"재미있기는 하겠는데……."

"귀찮으시면 안 가셔도……."

"아니, 아닙니다. 갑니다. 가요. 하릴없이 무산해협을 오가는 것보다야 백번 낫지요."

"후후, 그렇게 하세요. 대신 조심하시고요."

"그깟 해적 놈들… 조심할 게 뭐 있나요."

"그래도 이번에는 광전사들을 데리고 가세요. 이런저런 소식을 들어보려면 광전사들이 필요할 겁니다. 아예 해적들 사이에 광전사 한두 명 넣어두는 것도 좋고요."

"흐으… 이거 점점 흥미진진해지는군요."

용노가 손바닥을 비비며 중얼거렸다. 그는 십이귀선을 상대하는 일이 위험하기보단 재미있는 놀이처럼 느껴지는 모양이었다.

"한 가지 명심해야 할 것이 있어요."

"…말씀하십시오."

용노가 정색을 하는 무한의 표정에 긴장하며 말했다.

"어떤 경우든 빛의 술사에 대한 이야기가 나와서는 안 됩니다."

"그야……."

"광전사들에 대한 당부입니다. 그들에게… 그 정도의 충성심이 있습니까?"

무한이 여전히 표정을 굳힌 채 물었다.

"걱정 마십시오. 적어도 자신들이 빛의 역사의 일부분이라는 사실을 아는 놈들은 죽어도 배신할 놈들은 아닙니다. 뭐, 애초에 싹수가 노란 것들은 정식 광전사로 들이지도 않았습니다."

"그렇다면 다행입니다."

무한의 얼굴이 풀렸다.

그러자 용노가 해안선을 따라 걸으며 말했다,

"오십시오. 배는 저쪽에 숨겨두었습니다."

용노가 움직이자 무한도 그 뒤를 따라 해안가에 발자국을 만들며 용노의 뒤를 따라 걸었다.

용노의 배는 굵고 긴 나무로 나란히 두 척의 작은 소선을 이어 붙인 모양이었다. 용노는 그 특이한 배를 무성한 해안가 밀림 속에 숨겨두고 있었다.

넓이는 제법 되는데, 원체 높이가 낮은 배여서 양쪽 배에 하나씩 있는 선실로 들어가려면 몸을 제대로 세우지도 못할 지경이었다.

"이걸 타고 무산해협을 건너셨다고요?"

무한이 생각보다 작은 배를 보며 물었다.

"보기와는 다릅니다. 아주 튼튼하죠. 태풍이 불어도 견딜 만큼. 단지 제가 손재주가 없어서 두 척의 배를 이어 붙인 모양이 엉성해 보이는 겁니다."

"그래도 내해의 큰 파도를 넘기에는……."

"그래서 두 척의 배를 이어 붙인 겁니다. 높이가 낮아 배가 전복될 일이 없습니다. 그리고 혹시라도 한쪽 배가 손상되어도 다른 쪽만 멀쩡하면 그런대로 항해가 가능하지요."

용노가 자신이 만든 배에 자부심을 가지고 있는 듯 두 척의 소선을 이어 붙인 배의 장점을 장황하게 늘어놓았다.

"아무튼 대단하세요. 전 이런 배를 타고 있으실 거라고는 생각지도 못했어요."

"하하하, 칭찬으로 듣겠습니다. 그리고 이렇게 두 척의 배를 이어 붙여놓으니 오늘 같은 날 유용하게 쓰이지 않습니까?"

용노가 두 척의 배를 이어주던 통나무들을 엮은 밧줄을 풀기 시작했다.

단단하게 고정되어 있던 통나무들이 사라지자 온전한 두 척의 배가 마련됐다.

"혹시 돌아오실 수 있으시면 다시 가져다 주십시오. 사정이 여의치 않으면 가져오시지 않아도 됩니다만."

"그럼 한 척으로 북창까지 가시겠다는 겁니까?"

무한이 걱정스러운 표정으로 물었다.

"옛 북창포구까지는 사실 큰 바다가 아니지요."

"그래도 사령군도와 파나류 사이의 바다도 오 일 이상 길인데……."

"그 정도는 너끈합니다. 나름대로 요놈을 고쳐 쓸 수도 있고요."

용노가 배 한 척을 툭툭 치며 말했다. 아마도 배 한 척으로 움직일 때는 다시 그 배를 자신의 생각에 맞게 개조할 모양이었다.

"그런 능력이 있으신 줄 몰랐어요."

"하하하, 제가 생각보다 재주가 많습니다."

"앞으로도 기대하죠."

"그렇다고 너무 일을 많이 시키지는 말아주십시오."

"알았어요. 자! 이제 전 가봐야겠어요."

"저녁 식사라도 하고 가시지. 제가 생선 요리를 맛나게 해드릴 수 있는데……."

용노가 아쉬운 표정으로 말했다.

그러자 무한이 미소를 지으며 대답했다.

"급한 전갈을 가져가는 전령이 중간에 끼니까지 챙겨 먹는다면 사람들이 어떻게 생각하겠어요."

"그야 뭐 안 먹은 척하면 되죠."

용노가 어깨를 으쓱거렸다.

"묵룡이선에 도착하면 반드시 식사를 한 번 더 해야 할 겁니다. 제게 밥을 꼭 먹일 사람이 있거든요."

"아, 그 아적삼이라는……."

"네. 맞아요."

"하긴 그렇군요. 부모가 자식에게 밥 먹이는 것 말고 즐거운 일은 없으니까. 알았습니다. 그럼 타시죠. 배를 밀어드리겠습니다."

용노의 말에 무한이 훌쩍 배 위로 올라섰다.

"으챳!"

용노가 무한이 탄 배를 바다 깊은 곳으로 밀고 들어갔다. 허리까지 물에 젖었지만, 용노는 자신의 몸이 젖는 것을 아랑곳하지 않았다.

카르륵!

배가 바다 깊은 곳에 들어가 무한이 노를 잡자 풍룡이 무한의 배로 날아와 앉으며 소리를 냈다.

"아니, 너와도 여기서 작별이야. 용노 님을 잘 도와드려. 신마성이 점령한 북창을 살피는 일은 만만치 않으니까."

무한이 풍룡에게 말했다.

"끄르르!"

풍룡이 다른 때와 달리 풀죽은 소리를 냈다.

"나중에 먼 곳을 여행할 때 오랫동안 함께 다녀보자."

무한이 풀죽은 풍룡을 달랬다.

"카릉!"

풍룡이 무한의 말에 맑은 울음소리를 내고는 훌쩍 날아올라 바다를 향해 자란 나뭇가지 위로 올라갔다.

그러자 무한이 들고 있던 노에 공력을 실어 힘껏 젓기 시작했다.

콰아아!

무한이 탄 배가 순식간에 너른 바다로 밀려 나갔다.

"자, 우리도 할 일을 하자. 놈들이 세 척의 배를 숨겨뒀다니까 그 위치를 좀 더 정확하게 알아야겠다."

무한이 바다로 나가자 용노가 풍룡을 보며 말했다.

좌아악!

무한이 탄 배는 빙판을 달리는 썰매처럼 매끄럽게 바다를 미끄러졌다. 그 속도가 작은 배가 내는 속도라고는 믿을 수 없을 만큼 빨랐다.

시간은 이미 석양도 사라질 만큼 깊어져 있었다. 밤이 되면 묵룡이선을 찾기 어려울 수도 있었다.

십이귀선의 해적들을 상대하기 위해 움직이는 묵룡대선이 배 밖으로 빛을 흘려보내지는 않을 것이기 때문이었다.

그나마 달빛이 있다고 해도 배를 발견할 수 있는 거리는 낮에 비해 무척 짧았다.

그래서 무한은 노를 저으면서도 시선은 앞쪽 너른 바다를 뚫어지게 주시하고 있었다.

그러다가 어느 순간 마지막 남은 석양 끝에서 작은 점 하나를 발견했다.

"저기 있구나."

비록 작은 점이지만 무한은 단번에 묵룡이선을 알아보았다. 수평선 위로 드러나는 잔영으로 묵룡이선의 모양을 구분할 수 있기 때문이었다.

무한의 손에 힘이 가해졌다. 그러자 배가 좀 더 빠르게 파도를 헤치기 시작했다.

"누가 옵니다."

묵룡대선의 갑판 위에서 서흑도 방향을 감시하고 있던 전사 한 명이 소리쳤다.

그러자 막 요기를 하려던 사람들이 서흑도 방향의 어둑한 바다로 시선을 돌렸다.

그사이 보고를 받은 묵룡대전사 석다산이 바다 위의 배를 발견한 전사 옆으로 다가갔다.

"저깁니다."

바다를 감시하던 전사가 손을 들어 어둑한 바다 한 지점을 가리켰다.

석다산이 수하가 지목한 물체를 잠시 살펴보다가 입을 열었다.

"빠르군. 일반적인 배가 아니다. 만약에 대비하라!"

석다산의 명이 떨어지자 식사를 하려고 젓가락을 들었던 묵룡대선의 전사들이 음식을 놓아둔 채 각자의 위치로 빠르게 이동했다.

*　　　*　　　*

"아버지!"

어둑한 바다 위에서 들려오는 소리에 아적삼의 눈이 번쩍였다.

파도 소리에 묻어 오는 아버지라는 단어를 분명히 들었기 때문이다. 그리고 당연히 그 목소리의 주인이 누군지도 알아챘다.

모를 리가 없었다. 낳지는 않았어도 하늘이 선물처럼 이어준 보석처럼 귀한 아들의 목소리라면 한순간도 잊지 않고 있는 아적삼이었다.

"칸!"

아적삼이 배의 난간으로 달려와 소리쳤다.

"칸? 칸이 왔다고?"

그의 옆에서 이문술이 의아한 표정으로 물었다. 당연한 일이었다. 그는 아버지라는 소리 자체를 듣지 못했기 때문이었다.

"응."

아적삼이 고개를 끄떡였다.

"그걸 어찌 아는가?"

조금 옆쪽에서 묵룡대전사 석다산이 물었다. 그 역시 칸이 아적삼을 부르는 소리를 듣지 못한 모양이었다.

"칸이 절 불렀습니다. 대전사님은 듣지 못하셨습니까?"

아적삼이 되물었다. 칸이 자신을 부르는 소리를 다른 사람들은 듣지 못했다는 사실을 그제야 깨달은 것이다.

"혹시 존 거 아냐? 그래서 꿈속에서 칸을 만난 것 아니냐고?"

이문술이 의심스러운 눈으로 아적삼을 보며 물었다.

"졸긴 누가 졸아. 같이 밥을 먹으려 하고 있었잖아? 말이 되는 소리를 해라."

아적삼이 화를 냈다. 그러자 이문술이 뺄쭘한 표정으로 입을 닫았다.

"그 아이가… 전음을 쓸 정도였나?"

대전사 석다산이 고개를 갸웃하며 중얼거렸다.

자신의 원하는 사람에게만 목소리를 전하는 전음의 술은 무종을 전수받은 자들 중에서도 일부만이 사용할 수 있는 고도의 기법이었다.

소룡 출신 묵룡전사들이 놀라운 실력을 가진 것은 분명하지만, 그중 가장 어린 무한이 전음의 술을 사용할 수 있다는 것은 놀라운 일이었다.

그러는 사이 어느새 작은 배가 묵룡이선의 옆까지 다가왔다. 그리고 사람들은 정말 작은 배 위에 서 있는 무한을 발견했다.

"칸, 역시 너지! 어떻게 왔어?"

아적삼이 배 아래를 보며 소리쳤다. 그의 목소리에는 자신의 판단이 틀리지 않았다는 것에 대한 자부심이 담겨 있었다.

"야, 정말 칸이네."

이문술이 믿을 수 없다는 듯 중얼거렸다.

"검왕님의 전갈을 가져왔어요."

무한이 묵룡이선을 올려보며 소리쳤다.

"사다리를 내려라!"

석다산이 급히 명을 내렸다.

그러자 무한이 얼른 고개를 저었다.

"아뇨, 그럴 필요 없습니다. 제가 올라갈게요."

무한이 자신이 타고 온 배에서 굵은 밧줄을 묵룡이선의 갑판 위로 던졌다. 그러자 아적삼이 얼른 밧줄을 잡아 배의 난간에 단단히 묶었다.

"올라가요!"

배가 묵룡이선에 묶이자 무한이 훌쩍 몸을 날렸다. 그러고는 마치 줄타기를 하듯 소선과 묵룡이선을 묶은 줄을 밟으며 묵룡이선의 갑판 위로 올라섰다.

"어… 저놈… 저거?"

"야, 칸 저놈, 재주꾼이 다 됐네."

묵룡대선의 선원들이 외줄을 타고 배 위로 올라서는 무한을 보며 탄성을 자아냈다.

"어서 와라. 그래 무슨 일이야? 검왕께서 무슨 전갈을 보내셨느냐? 아니, 그런데 너 혼자 온 거냐?"

아적삼이 무한을 손을 잡고 쉬지 않고 질문을 던졌다.

"예, 저 혼자 왔어요. 검왕님의 전갈은 총관님과 대전사님께 먼저 말씀드릴게요."

무한이 차분하게 아적삼을 진정시켰다.

"아, 물론, 물론 그래야지. 어서 총관님을 뵈러 가거라."

아적삼이 자신이 무한을 만난 기쁨에 너무 흥분했다는 것을 깨닫고 얼른 무한의 등을 떠밀었다.

"들어가서 말씀드리겠습니다."

무한이 대전사 석다산을 보며 말했다.

"그렇게 하거라. 들어가자!"

석다산이 고개를 끄떡이고는 총관 옹백이 있는 선실로 걸음을 옮겼다.

"그 인원으로 가능하겠더냐?"

총관 옹백이 무한에게 물었다. 사실 무한에게 물을 질문은 아니었다.

서흑도 상륙해 있는 십이귀선의 해적들을 누번족에 가 있는 검왕이 이끄는 전사들만으로 제압하겠다는 것은 무한의 생각이 아니라, 검왕의 뜻이기 때문이었다.

하지만 눈앞에 있는 사람은 검왕이 아니라 무한이므로, 옹백은 자신의 걱정을 무한에게 말할 수밖에 없었다.

누번족 마을에 있는 용전사들의 숫자가 여덟, 모두 강한 무공을 가진 전사들이지만, 배에서 내려 서흑도 밀림 속에 들어와 있는 십이귀선 해적들의 숫자가 오십을 넘는다면 상대하기 쉬운 숫자가 아니었다.

"누번족 전사들이 있으니까요."

무한이 걱정하지 말라는 듯 말했다.

"그들이 목숨을 걸고 돕겠느냐?"

"그럴 겁니다. 그 족장을 검왕께서 구했는걸요. 그건 곧 십이귀선 해적들의 노예가 될 운명이었던 누번족을 구한 것이기도 하고요."

"음… 그렇다 한들 그자들을 믿을 수 있을지. 한번 배신을 한 자들인데. 그건 그들의 속성이 속임수에 능하다는 뜻이기도 하다."

옹백이 누번족에 대한 불신을 들어냈다.

"족장 테긴이란 사람은 믿을 수 있을 것 같았어요. 무척 자존감이 강하더라고요. 그런 사람은 배신을 잘 하지 않잖아요. 또 십이귀선에 대한 원한도 깊고요."

무한이 침착하게 말했다.

"듣고 보니 그럴 수도 있을 것도 같고… 동원할 수 있는 누번족 전사의 숫자가 몇이지?"

"본래 일백여 명 가까이 되지만, 이번 내분을 겪으면서 스무 명 이상 희생된 것 같아요."

"그래? 그럼 가능하겠군. 십이귀선의 해적들이 모두 무종을 전수받은 무인들도 아니고."

총관 옹백이 그제야 안심이 되는 듯 말했다.

"검왕께서는 오히려 이쪽의 싸움을 걱정하셨습니다."

무한이 말했다.

그러자 옹백이 가볍게 미소를 지었다.

"놈들이 우리 계획대로만 움직여 준다면야 어려운 싸움이 아니지."

옹백이 말했다.

"결국 시간 싸움일 것 같습니다."

대전사 석다산이 말했다.

"맞소. 밀물과 썰물을 잘 맞춰야 하고… 놈들의 출현을 어떻게든 빨리 발견해야 할 것이오. 승패는 거기서 결정될 것이오."

옹백이 고개를 끄떡였다.

"이틀 후라고 했지?"

석다산이 무한에게 물었다.

"예."

무한이 대답했다.

"그런데… 칸, 넌 지치지도 않느냐?"

"뭐… 괜찮습니다."

"본래 내일 아침에나 도착했을 녀석이… 대체 네 녀석은 알다가도 모르겠구나. 아까 보니까 전음을 사용하는 것 같던데, 맞느냐?"

"예, 서툴지만……."

"허어! 정말 수수께끼 같은 녀석이구나. 그래서 선장님이 그런 말씀을 하신 건가?"

석다산이 중얼거렸다.

"스승님이요?"

무한이 되물었다.

"그래. 독안룡님께서 네 녀석에 대해 이런 말씀을 하신 적이 있단다. 어쩌면 네 녀석이 선장님도 도달하지 못한 해왕무맥의 절정에 이를지도 모르겠다는……."

"에이, 설마요."

"내가 농담이나 할 사람으로 보이느냐?"

"아, 아닙니다. 그런 건 아니고요……."

"나도 처음 선장님께 그 말을 들었을 때는 선뜻 동의하기 어려웠지만, 네 녀석의 요즘 모습을 보면… 설마설마하다가 정말 그렇게 될 수도 있겠다는 생각이 드는구나. 선장님께서 농담이라도 그런 말씀을 쉽게 하실 분도 아니고……."

"그럼 저야 좋죠. 히히."

무한이 실실 웃으며 대답했다.

"하하하, 그 녀석 참, 처음 묵룡대선에 탔을 때는 길 잃은 외로운 사슴 같았는데, 이젠 초원을 누비는 젊은 사자 같구나. 여유도 생기고……."

"감사합니다!"

무한이 석다산에게 꾸벅 고개를 숙이며 큰 소리로 대답했다.

"좋아. 아무튼 한바탕 제대로 싸워봐야겠습니다."

석다산이 총관 옹백을 보며 전의를 불태웠다.

"그럽시다. 제대로 한번 싸워봅시다. 그나저나 무한, 넌 돌아가야 하는 건 아니지?"

옹백이 무한에게 물었다.

"검왕께서 묵룡이선에서 함께 싸우라고 하셨습니다."

"좋아. 그럼 너도 함께 싸우자. 네 녀석 실력을 제대로 한번 봐야겠다."

옹백이 미소를 지으며 말했다.

출렁!

세 개의 돛이 펴졌다. 바람이 해안 쪽으로 불고 있어 배는 빠르게 서흑도를 향해 출발했다.

무한이 묵룡이선에 도착한 지 이틀이 지난 이른 아침의 일이었다.

배 안의 사람들은, 전사가 아니더라도 단단히 갑옷을 걸치고 있었다.

묵룡이선이 상선보다는 해전을 목표로 하는 전선으로 만들어졌기에 배에 오르는 모든 선원들은 도검을 다룰 줄 알았고, 각자의 갑옷과 병장기가 준비되어 있었다.

하지만 그런 묵룡이선의 특징을 정확하게 모르는 사람들이 본다면, 묵룡이선은 조금 특별하게 생긴 상선일 뿐이었다.

아마도 서흑도 어딘가에서 묵룡이선을 공격할 기회를 노리고 있는 십이귀선의 해적들은 묵룡이선을 상선의 범주에 놓고 싸울 계획을 세울 것이다.

그리고 그건 그들에게 치명적인 실수로 작용할 가능성이 컸다.

무한은 아적삼과 함께 갑판 위에 있었다. 갑판장으로서 아적삼은 적과의 전투 시에 갑판 위에 단단한 방패의 벽을 세우는 임무를 맡고 있었다.

"지금쯤이면 놈들이 우릴 발견했겠지?"

이문술이 긴장한 표정으로 말했다.

"그랬겠지."

아적삼은 제법 여유가 있어 보였다.

"그런데 비록 전선으로 만들었다지만, 정말 세 척이나 되는 귀선을 상대할 수 있을까?"

이문술은 걱정이 되는 눈치였다.

"문술, 자네도 늙었군. 그런 걱정을 하는 걸 보니."

아적삼이 이문술을 놀렸다.

"젠장, 농담할 기분 아니야. 난 진지하다고. 지난번에 육주에 갔다 오다 무산해협 입구에서 놈들과 조우했을 때를 생각해 봐. 그때 우린 제법 위험했다고."

"그때와는 좀 다르지. 그때는 우리가 기습을 당했고, 지금은 놈들을 함정으로 끌어들이려는 거니까. 그리고 배가 다르잖아. 묵룡본선이야 어쨌든 상선이고, 제이 선은 전선 아니냐. 놈들을 유인해서 대해로 나갈 수만 있다면 한 척, 한 척 작살을 낼 수 있을 거야. 또… 내 생각에는 세 척 모두가 우릴 따라오지는 않을 것 같아."

"왜?"

"놈들도 서흑도 안의 일에 관심을 두지 않을 수 없을 테니까. 자그마치 검왕께서 그곳에 계시잖아? 아마도 그들에겐 묵룡이선만큼이나 섬 안에 계시는 독사검왕님을 상대하는 일도 중요할걸?"

"…그렇긴 하네."

이문술이 고개를 끄덕였다.

"지금쯤이면 아마도 누번족에 무슨 일이 생겼다는 걸 깨닫고 있을 것이고… 그래서 세 척 모두 추격에 나서기는 쉽지 않을 거야. 만약을 대비해야 할 테니까."

"야… 아적삼! 갑판장이 되더니 점점 똑똑해지는구나! 놀랍다."

"누구나 조금만 생각하면 짐작할 수 있는 일이야. 문술, 자네가 생각이란 걸 안 해서 그렇지."

아적삼이 이문술을 타박하는 순간, 먼 하늘을 보고 있던 무한이 입을 열었다.

"놈들이 움직였어요."

무한은 사람들의 시선이 닿지 않는 공간, 먼 하늘 위를 날고 있는 풍룡을 바라보고 있었다.

『사자의 아들: 칸의 여행』 8권에 계속…